Carmela Scotti

DIE UNBEUGSAME

GOLDMANN
Lesen erleben

Carmela Scotti

DIE UNBEUGSAME

Roman

Aus dem Italienischen
von Barbara Neeb
und Katharina Schmidt

GOLDMANN

Die Originalausgabe erschien 2016 unter dem Titel
»L'imperfetta« bei Garzanti, Mailand.

Dieses Buch ist auch als E-Book erhältlich.

MIX
Papier aus verantwortungsvollen Quellen
FSC® C014496
FSC www.fsc.org

Verlagsgruppe Random House FSC® N001967

1. Auflage
Deutsche Erstveröffentlichung Oktober 2018

Umschlaggestaltung: UNO Werbeagentur München
Umschlagfoto: Gestaltung nach Cristina Giubaldo/studio pym
unter Verwendung eines Motives von trevillion/Charlotte Grimm
Redaktion: Christina Neiske
BH · Herstellung: Han
Satz: Uhl + Massopust, Aalen
Druck und Bindung: GGP Media GmbH, Pößneck
Printed in Germany
ISBN: 978-3-442-31496-6
www.goldmann-verlag.de

Besuchen Sie den Goldmann Verlag im Netz

»VATER«

In dem Moment, als er die Augen schloss, sagte ich, seine Tochter Catena, zum letzten Mal »Vater«, denn dieses Wort starb mit ihm. Als mein Vater noch lebte, begannen die Dinge, sie geschahen und hatten ein Ende. Danach war alles nur mehr ein einziger Abgrund, Zeit, die wie bei einem nächtlichen Feuerwerk in tausend Stücke zerfetzt wird, und dann – nichts mehr.

Mein Vater, ein Schreiner und Zimmermann, hatte das Haus erbaut, in dem wir lebten. Seine Hände hatten es aus Holz und Erde geschaffen, das ganze Haus, mit einem großen Kamin für die Zeit, wenn draußen Winter war. Klein, wie ich war, kletterte ich mit ihm aufs Dach hinauf, um die Löcher zu stopfen, durch die der Regen eindrang. Danach setzten oder legten wir uns auf die Ziegel und beobachteten den Flug der Raben, die weidenden Schafe, den Himmel oder die Häuser von Roccamena, das wie ein verrosteter Nagel mitten in das Herz von Sizilien gerammt war. Wir atmeten im Einklang, tief und lang, fast nie sprachen wir, denn dort draußen warteten zu viele Dinge darauf, sich Gehör zu verschaffen.

In diesem Haus lebten mein Vater, meine Mutter Maria, meine beiden Schwestern Antonia und Teresa und ich sowie Ignazio, der seit Jahren verwitwete Bruder meines Vaters, und dessen Sohn Gaspare, taub und stumm seit seiner Geburt.

Ich fragte mich, was seine Ohren wohl wahrnahmen, welche Art von Stille, welches Geräusch, welchen Klang von tiefem Wasser. Ich steckte mir die Finger in die Ohren, um selbst die Dunkelheit in den Stimmen zu suchen.

Meine Mutter trug den holden Namen der Madonna, besaß aber weder ihr Lächeln noch den blauen bodenlangen Umhang wie auf dem rußgeschwärzten Bild, das über dem Kamin hing. Ich weiß nicht, ob sie jemals Liebe für meinen Vater empfunden hat, aber selbst wenn, war davon nichts mehr geblieben.

Von morgens bis abends machte sie ihm nichts als Vorwürfe, weil es nicht genug zu essen gab, weil die Bäume nicht genügend Früchte trugen, weil ihr Haus nicht so schön war wie das, in dem sie aufgewachsen war. Sie wollte, dass unser Vater uns reich machte, so reich wie ihr Vater war, der so viel Land besaß, dass er nicht einmal bis an seine Grenzen blicken konnte, aber mein Vater empfand anders, für ihn bemaß sich Reichtum nicht in Morgen Land, und er verlangte der Erde nicht mehr ab, als nötig war, um uns satt zu bekommen. Ich verachtete ihn nicht, und deswegen verachtete meine Mutter mich, denn ich war ihre älteste Tochter und ihre bitterste Enttäuschung. Sie verachtete sogar mein Gesicht, denn das glich Zentimeter für Zentimeter dem meines Vaters.

»Du bist genau wie er«, sagte sie, wenn sie kam, um die Kerze neben meinem Bett zu löschen, »ich will dich nicht einmal ansehen.« Es fiel mir nicht schwer, ohne ihre Liebe auszukommen, und während meine Schwestern sich ihr anschlossen, aus Angst, sie zu verärgern, gab ich mich ganz in die Hand meines Vaters, wobei ich in sein Gesicht blickte wie in einen Spiegel, um zu sehen, wie meines wohl beschaffen war.

33.

Schert mich ruhig kahl, ihr könnt mir nicht wehtun. Vermesst meine Augen, vermesst die Krümmung meines Schädels, vermesst meinen Mund, der nicht antwortet. Nehmt eure Instrumente zur Hand, klemmt meine Schläfen darin ein und sucht nach Antworten dort in dem Fleisch zwischen Augenbrauen und Haaransatz. Schert mir ruhig den Schädel, tut alles, was in eurer Macht liegt, um Gerechtigkeit zu erhalten. Ihr sperrt mich hier ein, in Ketten oder nicht, ihr reißt mir diese schmutzigen Lumpen vom Leib, legt mir andere Lumpen um, säubert die Zelle mit Schwefel, ätzt mir den Schädel mit beißender Lauge frei, weißelt alles mit ungelöschtem Kalk.

Peitscht mich ruhig aus, wenn ich es verdient habe, gebt mir regelmäßig zu essen. Erhaltet mich am Leben, damit ein satter Tod kommt. Vermesst auch mein Schweigen, jedes Mal, wenn die Lippen klebrig wie Leim werden, wenn die Fäuste sich ballen, bis es blutet. Euch, die ihr nichts seid, werde ich nichts erzählen von jener Nacht der Zikaden und des Vollmonds und nichts vom silbernen Widerschein auf der Klinge meiner Hippe.

Heute ist Donnerstag, der 30. November 1899, 293 Tage habe ich in dieser Zelle verbracht, Tage voller Peitschenhiebe und Erinnerungen. Morgen beginnt der Dezember, bald ist es ein Jahr her, dass mein Sohn seinen ersten Schrei tat. Wie ein

Rinnsal glitt er an meinen Beinen herab, still und schön, die Fäuste geschlossen, um den Wald zu begrüßen. Auch unter dem Galgen werde ich seinen Namen rufen; der Wind wird meine Stimme zu ihm tragen, wird sich auf seinen traumwarmen Körper legen, mit dem Blut meines Blutes wird er die Erinnerungen weit und fruchtbar wie Samen verbreiten. Ich werde deinen Namen rufen, Vater, denn es ist derselbe, den ich meinem Sohn gegeben habe, auf dass er heranwachse und werde wie du. Ich werde dem Holz des Galgens von euch erzählen, jeder Stufe, die ich unter dem Johlen der mich anspuckenden Menge nach oben gestoßen werde. Ich werde von euch erzählen, um nicht mehr die tote Zeit hier in dieser Zelle zu spüren, die Schreie, die in schweren Tropfen an den Wänden kleben, die Läuse und das ranzige Essen. Möge meine Erinnerung mich weit von hier forttragen, hin zum ruhigen Schlaf meines Sohnes, den zu lieben ich gelernt habe, hin zu den Umarmungen meines Vaters, der mich immer geliebt hat.

BLUTEGEL

Mein Vater konnte lesen und schreiben und Arzneien aus Feldkräutern herstellen; er wusste alles, was Nonna Agata, seine Mutter, ihm beigebracht hatte. Sie verwahrte ihre Bücher in einer großen Truhe, weitab vom Rauch des Kamins und vom Alltagslärm, und wenn am Abend Ruhe einkehrte, zeigte sie sie ihren Kindern, damit diese die Bedeutung der Tintenzeichen lernten. Mein Onkel Ignazio rümpfte nur die Nase und lachte spöttisch über diese Geschichten, die nichts als Rauch waren, die man weder berühren noch riechen konnte, noch gegen einen Laib Brot verkaufen, während mein Vater zuhörte, lernte und mit dem Finger diese papiernen Straßen entlangfuhr.

Nonna Agata starb, viele Jahre bevor ich auf die Welt kam, aber ich weiß alles über sie, was mir mein Vater erzählt hat, und alles, was man sich im Dorf erzählt. Man sagt, der Schmerz habe sie niedergedrückt wie ein Felsblock, der vom Berg herabrollt, als mein Großvater Melchiorre starb, und dass sie dann von der Schwermut durch ein Kraut geheilt wurde, das hartnäckig und ein wenig schief am Rand seines Grabes gewachsen sei. Sie wusste damals nicht, was das für ein merkwürdiges Kraut war, sammelte es aber dennoch, aß es und vertrieb so den Schmerz über den Verlust.

Von dem Tag an begann Agata, Kräuter, Blumen und Blüten

zu sammeln und zu katalogisieren, und heilte gegen ein wenig Essen für sich und ihre Kinder jedermann, der mit einem Leiden zu ihr kam. Niemand weiß, von wem sie Lesen und Schreiben gelernt hatte, aber ihr Haus füllte sich mit Büchern über alle bekannten Pflanzen, über die Sterne und die Mondphasen und noch mit anderen Büchern voller Zeichnungen und Formeln, voller Zauber und Hoffnungen. Meinem Vater hinterließ sie, gleich einem seltenen Schatz, alles, was sie wusste. »Der Reiche hinterlässt Gold, der Arme Worte«, sagte Nonna Agata, ehe sie starb, den Mund der Decke zugewandt, über der der Himmel ruhte.

Am Abend, wenn in dem großen Kamin ein Feuer brannte, erzählte uns mein Vater von dem, was er von seiner Mutter gelernt hatte, von Pflanzen, die auf so hohen Bergen wuchsen, dass sie die Wolken durchstießen, von kleinen Blumen so weiß wie Milch, die unter dem Eis wuchsen, um dann die frostige Kruste aufzubrechen und ihre Blütenkrone zu entfalten. In ruhigen, wolkenlosen Nächten führte er uns auf den Platz vor dem Haus und erzählte uns von Sternen und Sternennebeln, die am Himmel seltsame Fabelwesen bildeten: heilige Schakale, Nilpferde, auf deren Rücken Krokodile schliefen, Ochsenfüße, zweiköpfige Riesenschnecken, Drachen mit Feuerzungen; und dann von Orion, dem Wal, dem Stier, dem Großen Hund, dem Hasen und der Schildkröte, von Sternen, die bis in alle Ewigkeit leuchteten, und von anderen, die sich in Millionen von Jahren selbst verzehrten und erloschen wie die Holzscheite im Kamin.

»Schaut genau hin, dann werdet ihr sie sehen«, sagte er und zeichnete mit dem Finger eine Schildkröte aus Sternen in den Himmel, bis wir den Eindruck hatten, wir könnten sie direkt vor uns kriechen sehen, mit ihrem merkwürdigen runzligen Kopf und dem Panzer auf dem Rücken.

»Worte sind Tintenzeichen auf dem Papier, sie füllen erst den Kopf und dann die Seiten, ordentlich aufgereiht wie bei einer Prozession«, sagte mein Vater, während meine Schwestern und ich ihm gebannt zuhörten und hofften, dass die Nacht nie zu Ende ginge. Eins nach dem anderen deutete er auf die Worte in einem seiner Bücher, legte den Finger auf die dunklen Zeichen, und wir legten unsere Kinderfinger dazu, wiederholten das Wort, bis es warm wurde, bis es in unseren Mündern und dem Rot der Glut zerging. Wir lasen abends, wenn meine Mutter schlief, nachdem mein Vater den Zeigefinger an die Lippen gelegt und leise »Schsch« gemacht hatte, worauf die Kerzenflamme erzitterte. Meine Mutter wollte nicht, dass wir etwas von »der Hexe Agata« oder ihrem »Teufelszeug« erfuhren; nicht einmal ihren Namen durfte man im Haus aussprechen, denn sie war schuld, dass mein Vater als Mann nichts taugte und auch nicht als Vater, wenn er, statt ans Geldverdienen zu denken, sich in diesen Lügen aus Papier verlor.

Mein Vater war die Erde, auf die man die Füße setzen konnte, er war die Luft, die die Räume erfüllte. Er war das Blut in meinen und seinen Adern, und das Blut raffte ihn auch dahin, wütete verborgen in seinem Körper.

Der Arzt setzte ihm dunkle Blutegel auf Brust und Arme. Doch er öffnete nicht die Augen, sagte nichts. Er lag nur da und wartete, die Augen den Balken über ihm zugewandt und später seitwärts blickend, auf das Geräusch des blindlings von diesen großen Mäulern eingesaugten Blutes. Wenn mein Vater wach war, hielten Antonia, Teresa und ich uns in seinem Zimmer auf, stumm so wie er, ungehorsam gegenüber meiner Mutter, die wollte, dass wir uns den Buckel krumm schufteten auf dem Feld, das gepflügt werden musste. Sie schlug mich, um mich für die Liebe zu bestrafen, die ich empfand; damit der Schmerz mir eine Lehre sei, prügelte sie mit dem Stock auf mich ein, bis sie keine Kraft mehr in den Armen spürte. Das harte Holz war der Mund meiner Mutter, es sprach für sie und lehrte mich einen Gehorsam, von dem ich nichts wissen wollte. Wenn sie von mir abließ, schluckte ich meine Tränen hinunter und lief zu meinem Vater, um ihm Gesellschaft zu leisten, wärmte die Sätze an, indem ich sie in meinem Mund hin- und herschob, damit sie ihn in der Nacht warm hielten.

Er kämpfte einen Monat lang mit dem Tod. Sein Körper trocknete aus wie eine Tomate in der Sonne, und seine Lippen zogen sich von den Kiefern zurück. Ehe er in der Erde endete, sagte er mir noch, ich solle mich um das Feld kümmern, säen und es pflügen, die Raben fernhalten. Und dann sollte ich meine Schwestern beschützen und jeden Tag mit den Tintenzeichen üben, für Nonna Agata und für ihn. Zum letzten Mal sagte ich: »Ja, Vater« und sah zu Boden.

Danach war nichts mehr wie vorher. Der Bruder meines Vaters übernahm alles, auch seinen Platz im Bett. Dann brach das Unglück über uns herein, Hagel und Stürme zogen übers Land, der Himmel wurde schwarz wie ein tiefer Brunnengrund. Man läutete die Glocken, um die Wasserdämonen zu vertreiben, Wachskügelchen wurden in Schöpfeimer geworfen und Olivenzweige in die Fenster gestellt. Ich wusste, oder vielleicht hoffte ich es auch nur, dass es mein Vater, dass es der ganze Himmel war, der Rache nehmen wollte.

WASSER WILL ICH WERDEN

Als mein Onkel zum ersten Mal zu mir kam, nachdem mein Vater gestorben war, saß ich im Schuppen für die Werkzeuge und las in einem Buch, das von den Geheimnissen des Himmels erzählte, von Sternen und Meteoren, die wie Steine über eine Landstraße verteilt waren. Der Himmel selbst, so hieß es dort, enthält so viele Himmel, dass die Augen aller Menschen auf der ganzen Welt nicht ausreichen würden, um sie zu betrachten. Unter dem Himmel liegt das Meer, es besteht aus Salzwasser, Wäldern und tiefen Abgründen. Es hat keine Grenzen, weder Anfang noch Ende, und auf ihm leben die Schiffe mit ihren geblähten weißen Segeln. Wenn ich wiedergeboren werden könnte, würde ich gern zu Wasser werden, ein ganzes Leben lang.

Mein Onkel näherte sich mir von hinten, mit ausgebreiteten Händen, die zitterten wie die Flügel eines verletzten Raben. Seine Hände betrachtete ich, so oft ich konnte, wenn er am Tisch saß, wenn er zuschlug, wenn er das Glas mit dem Wein hob oder meine Mutter zwischen den Schenkeln und dem Bauch berührte. Hände so weiß und trocken wie ein Wort: Verrat, Klage oder Gewalt. Seine Hände erzählten, wer er wirklich war, aber ich wollte es gar nicht wissen. Er selbst schämte sich ihrer, ich hatte gesehen, wie er sie angeekelt betrachtete. Er schämte sich ihrer vielleicht noch mehr als seines tauben Sohns, der nicht sprach und die Strafe für all seine Sünden war.

»Geh und hilf deiner Mutter in der Küche«, sagte er, und dann begann der Schmerz.

Ich werde erzählen, was er mir Schlimmes antat, an dem Tag und in den darauffolgenden Monaten, ich werde erzählen, wie mir niemand zu Hilfe kam, obwohl mein Schrei über alle Felder hallte und durch die geöffneten Fenster in jedes Haus drang.

»Mama, hilf mir!«, schrie ich in der Hoffnung, dass sie die Tür aufreißen und mich in den Arm nehmen würde wie damals, als ich noch klein war, dass sie mich in Sicherheit bringen würde, aber sie kam nicht, und der Schrei erstarb und erstickte in meinem Mund. »Dir wird keine Menschenseele helfen«, sagte er zu mir, während er mir seinen weinsauren Atem ins Gesicht blies und mich auf einen Haufen Jutesäcke warf, die mein Vater aus irgendeinem Grund, an den ich mich nicht mehr erinnere, dort in einer Ecke aufgestapelt hatte. Ich spürte den rauen Stoff auf meinen Armen und hoffte, dass dieses Gefühl alles andere auslöschen würde.

»Rau, rau, rau«, wiederholte ich laut, um nicht die mit dem weinsauren Atem gemischten Worte hören zu müssen.

»Rau, rau, rau«, flüsterte ich und rieb die Arme über den Stoff, damit die Kratzer auf der Haut die Angst auslöschen würden. Dieser Mann riss mir die Kleider vom Leib und ließ die Hosen herunter, und ich bohrte meine Nägel in seine Haut, bis es blutete, bis sie brachen und bis meine Kräfte schwanden.

Ich schrie, ich flehte, ich hörte auf und begann von Neuem, aber es kam niemand, meine Mutter riss diese Tür niemals auf und breitete auch nicht ihre Arme aus für mich, und ich hörte auf, mein Leben dem Mitgefühl anderer anzuvertrauen.

32.

Die Richter befragen mich, die Wachen bringen mich zurück in die Zelle. Vier Wände, ein Boden, den ich nicht wahrnehme, eine Decke, die mich niederdrückt, der Gestank und dann Wasser, eimerweise durch die Gitter geschüttet. Ab und zu öffnet sich die Tür, sie holen eine von uns, einen dürren Körper, der an den Handgelenken fortgezerrt wird, Knöchel, die über den Boden schleifen. Es ist zu dunkel, um zu zählen, wie viele wir sind, eine ewige Nacht sitzt uns im Nacken. Vier, fünf, sechs Frauen, jede an anderer Stelle in der Zelle in sich zusammengesunken, mit schmutzigen Haaren und zerrissenen Kleidern. Immer gibt es eine, die schreit und weint, der Schatten bewegt sich und erbebt, dann folgt die Peitsche.

Ab und zu fällt durch ein kleines Loch in der Wand, das sie Fenster nennen, versehentlich ein Sonnenstrahl auf den Boden. Wir springen alle vor, um ihn zu berühren, stoßen und beißen einander weg und hocken uns dorthin, wo er sich niedergelassen hat, strecken die Hand aus und schließen sie, weil wir glauben, wir könnten ihn einfangen. Eines Tages fiel der Sonnenstrahl in die Ecke, in der ich schlief, und ich dachte, du wärst es, Vater, du seist gekommen, um mich zu besuchen.

Vor zwei Tagen hat eine Frau versucht, mir die Schuhe zu stehlen. Ich schlief, und sie kam leise zu mir gekrochen, hin-

ter meinem Rücken. Seit ich hier bin, habe ich gelernt, meinen Schlaf zu kontrollieren, nicht weit fortzugehen, auch noch die leisesten Geräusche wahrzunehmen. Ich bin aufgesprungen und habe sie weggestoßen. Alle hier fürchten sich vor mir, weil ich Krankheiten heile und nie sterbe.

»Mavara«, *sagen sie, Hexe, Heilerin, Unglücksbotin, aber ich sehe ihre Münder nicht. Das Wort prallt an mir ab und zerbricht, fällt wie Regen auf den Boden und vergeht dort. Damit ich sie nicht höre, halte ich die Augen so lange wie möglich geschlossen. Ich öffne sie erst in der Nacht, wenn ich in der Dunkelheit Geschichten erfinden und all das zum Leben erwecken kann, was mir fehlt.*

FLEISCH UND SCHLAMM

Jeden Morgen kam mein Onkel in das Zimmer, in dem ich mit meinen Schwestern schlief.

»Dein Vater ist unter der Erde, es gibt niemanden mehr, der dich beschützt«: Er riss seinen Mund über den Ruinen seiner Zähne auf, aus denen Stücke herausgebrochen waren wie bei alten, vom vielen Gebrauch abgenutzten Tellern, und ich senkte den Kopf, um nicht geschlagen zu werden. Ich hörte, wie meine Mutter in der Küche hantierte, Milch in den Krug füllte, mit einer meiner Schwestern schimpfte, weil sie das Brot hatte fallen lassen, und fragte mich, ob sie es wusste. Ob sie die Schreie ihrer Tochter aus dem Zimmer hörte, ob sie sich ihre kleinen Knochen vorstellte, die zu Boden gedrückt wurden, die knirschenden Zähne, die Arme, die herumwirbelten wie trockene Blätter im Wind, während sie hilflos ins Leere biss und salziges Wasser ihr aus Haut und Augen trat. Ob sie davon wusste, ohne etwas dagegen zu unternehmen, vielleicht sogar laut sang, um die Hilferufe zu übertönen, den Ruf ihres eigenen Blutes. »Lieb mich doch, warum kannst du mich nicht lieben?«, fragte sie mein stummer Blick, wenn wir bei Tisch saßen, und in ihren Augen lag all das, was ich nicht hören wollte.

»Ab mit dir aufs Feld«, sagte mein Onkel, »geh und hilf deinen Schwestern.« Ich antwortete nicht aus Angst vor Schlägen, aber die Finger unter der Decke ballten sich zu Fäusten, bohrten sich ins Fleisch, so fest, bis Blut kam, das ich dann wegleckte. Sobald er gegangen war, kroch ich unter das Bett, hob zwei Fliesen hoch und holte die Bücher meines Vaters hervor. Vergilbte, schneidende Seiten, in Leder und Kupfer. Sie würden mir die Bücher wegnehmen, nun, da er tot war, würden sie dem Feuer übergeben und ihre Asche dem Wind.

Ich legte mein Gesicht auf eine Seite und atmete den Duft der Finger meines Vaters ein, sog ihn kräftig und tief in mich, dazu stellte ich mir seine Augen vor, wie sie weit offen über dem Papier schwebten. Nur so konnte ich mich beruhigen und hörte auf zu zittern.

Am Nachmittag zog ich mich an und ging in die Küche. Das war die beste Zeit, denn alle hatten das Haus verlassen. Meine Mutter und meine Schwestern waren bei einer Nachbarin, um dort den Rosenkranz zu beten, und mein Onkel betrank sich irgendwo, die bleichen Hände fest um den Hals einer bauchigen Weinflasche geklammert. Der Wein erleichterte auch ihm seinen Kummer, sodass er sich nicht mehr daran erinnern musste. Denn genau das macht der Wein, er kommt und wischt alles weg, und so saß mein Onkel schwankend auf dem halb geborstenen Stuhl irgendeiner Schenke des Dorfes, versunken in einer stehen gebliebenen freundlichen Zeit. Sein Kopf tauchte unter Wasser und brachte ihn weit weg von den Raben, der Aussaat, dem Blick seines tauben Sohns, der nicht sprach. Er dachte, die falsche Ruhe des Rotweins würde genügen, um sich zu retten.

Allein zu Hause bereitete ich meine Rache vor: eine Puppe aus Fett, Seife und Schlamm, der ich menschliche Züge verlieh.

Ich trug diese Puppe hinter einen Aprikosenbaum, umgeben von Wind und zertretenem Fallobst richtete ich die Arme, den Oberkörper, den Kopf und die Beine. Obenhin klebte ich ein paar Haare, die ich meinem Onkel im Schuppen ausgerissen hatte, und als Augen nahm ich zwei Knöpfe. Keinen Mund, damit er keine Worte hätte, um mich zu verletzen. Ich stahl meiner Mutter eine Nadel für die Strickarbeit und versteckte sie unter dem Rock. Sie selbst musste es sein, die ihn verletzte, sie musste ihre Tochter rächen, ob sie es wollte oder nicht. Mit der Nadel bohrte ich Löcher in den Bauch aus getrocknetem Schlamm, um Schmerzen und Koliken hervorzurufen. Hätte ich den ganzen Körper durchbohrt, Kopf, Füße, Augen und Herz, wäre mein Onkel gestorben, aber das wollte ich nicht. Noch nicht.

Ich wickelte die Puppe in ein altes Laken, sprach Totengebete und begrub sie ganz tief in der Erde, damit niemand sie entdeckte. Zwei Tage danach kam der Schmerz, ganz plötzlich und heftig. Meine Mutter half meinem Onkel ins Bett. Aus meinem Zimmer hörte ich ihn schreien, meinen Namen rufen, umgeben von Flüchen, und Anschuldigungen gegen die kleine Hexe ausstoßen: »Die soll man verurteilen, und brennen soll sie im Feuer, bis nichts mehr übrig ist von Haut und Knochen.«

Ein Arzt wurde gerufen, er gab verdorbenem Essen die Schuld, verschrieb ihm bestimmte Medikamente und Ruhe, aber mein Onkel schrie, es wäre meine Schuld, denn ich sei eine Hure und hätte ihn vergiftet. Meine Mutter prügelte mit dem Stock auf mich ein, sagte, dass ich sie ins Unglück bringen wolle, dass ich an allem schuld sei, genau wie mein Vater, der mich nicht richtig erzogen hätte.

Tag und Nacht schrie mein Onkel vor Schmerz, und am Ende wurden seine Flüche Teil des Hauses, wie die Mauern und das Feuer im Kamin. Seine Stimme verlor sich im Wasser des Brunnens, im Regen auf den Fenstern, im Plätschern der Milch, die man morgens in die Tassen goss.

Jede Nacht stand ich auf und grub. Ich holte die Puppe aus der Erde, zielte mit der Nadel auf das Herz und hielt das Leben meines Onkels in meinen Händen. Nur ein Absenken der Hand, und sein Atem würde für immer verstummen und seine Kehle austrocknen. Stattdessen verharrte die Nadelspitze wenige Spannen über diesem Herzen aus getrocknetem Schlamm, ohne herabzustoßen oder sich zu entfernen. Ich entschied für das Leben und wünschte den Tod, wie ein kleiner Gott mit zerschmetterten Knochen und verbranntem Herzen. Noch einen Herzschlag zulassen oder nicht, die Nadel versenken oder zurückziehen – diese Entscheidung gehörte allein mir, und das versüßte mir die Nacht.

Mein Herz schlug heftig, und die Nadelspitze zitterte. »Ja, ich tu's«, sagte ich und zog doch die Hand zurück. Ich wickelte die Schlammpuppe wieder in das Laken, bedeckte sie mit Erde und wartete ab.

PIMPINELLE

Eines Morgens, als ich in die Küche kam, um einen Korb mit frisch gepflücktem Obst abzuliefern, saß mein Onkel Ignazio dort auf einem Hocker. Vor ihm stand sein Sohn Gaspare, mit gesenktem Kopf und dem Rücken zur Tür, die auf die Felder ging. Mein Onkel glaubte, Gaspare wolle nur nicht reden und dass er mit Schimpfen und Prügeln schon noch eine Stimme aus diesem trotzigen Kind hervorholen würde, so wie man Wasser aus dem Brunnen holt. Jeden Morgen hielt er für den Jungen einen neuen Befehl bereit, den er ausführen sollte, und die Bestrafung, die er aus der knotigen Faust seines Vaters empfing, blieb sich immer gleich.

»Schieb den Holzkeil in die Tür, dann klappert sie nicht im Wind«, sagte mein Onkel zu Gaspare.

Doch der Junge bewegte sich nicht, hob nicht einmal den Kopf, und mein Onkel stürzte sich mit der Wut eines vom Regen angeschwollenen Flusses auf ihn. Er hob eine Hand und schlug ihn zwei Mal, auf beide Wangen, so heftig, dass Gaspares Kopf hin und her geschleudert wurde, ein Geräusch wie von einem Ast, der im Wind bricht. Dann stand er auf und ging.

Gaspare blieb einen Moment starr an seinem Platz, so als wären seine Füße am Boden festgenagelt wie die von Christus am Kreuz, dann öffnete er den Mund, aus dem ein langes Schweigen drang, zog etwas aus dem Hosenbund, eine gebogene Klinge, ein Aufblitzen, und rannte zur Tür.

Auch ich rannte, packte Gaspare am Arm, ehe er über der Schwelle war, und stieß ihn zurück in die Mitte des Raumes. In seinen von den Ohrfeigen geröteten Augen standen Tränen, die gleichmäßig über die heißen, geschwollenen Wangen rannen, und die Finger, die sich um die Klinge einer alten Hippe krümmten, wiesen mehrere Schnitte auf und starrten vor Erde und Blut.

»Ich komme jetzt näher, nicht erschrecken«, sagte ich. »Ich weiß, was du tun wolltest, aber die Zeit dafür ist noch nicht reif.« Ich bewegte die Lippen langsam, ließ die Worte kreisen, als ob sie bleischwer wären, rührte sie um wie die aufkochende Milch mit der Käseharfe. Gaspare öffnete die Finger weit, und ich meinte, den Aufprall der Hippe auf den Boden müsse man über alle Felder hinweg hören. Ein Vogel ließ bei diesem dumpfen Ton den Zweig aus dem Schnabel fallen und flog fort, und ich wusste nicht mehr, ob das Geräusch, das ich gehört hatte, von den Flügeln kam oder von der Klinge.

Ich steckte die Hippe weg, verbarg sie tief unter meinem Rock, trocknete Gaspares schwere Tränen mit einem Küchenlappen und lächelte ihn an.

»Tut es weh? Hast du Schmerzen?« Ich sprach diese Fragen so deutlich aus, dass er sie von meinen Lippen lesen konnte, und er nickte. Darauf nahm ich ihn bei der Hand, brachte ihn zurück in sein Bett und pflückte Blätter einer Pimpinelle, die mein Vater am Feldrand gepflanzt hatte.

»Wenn ihr diese Blätter auf eine Wunde legt, hört sie auf zu bluten«, sagte er jedes Mal, wenn meine Schwestern und ich mit aufgeschlagenen Knien zu ihm kamen, und dann betrachteten wir wie verzaubert die in Sternenzacken spitz zulaufenden Blättchen, bis wir den Schmerz nicht mehr spürten. Ich sammelte ein paar Blätter ein und ging zu Gaspare zurück, der sich inzwischen auf seinem Bett zusammengerollt hatte und die Hände zwischen den Beinen verbarg. Seine Wunden waren zum Glück nicht tief, aber wenn mein Onkel sie gesehen hätte, hätte er ihn wieder geschlagen.

»Ich tue dir nicht weh«, sagte ich, während ich mich seinem Bett näherte. Ich wusste, dass er mich nicht hören konnte, aber ich hoffte, dass ihn zumindest der Atem erreichte, aus dem meine Worte gemacht waren, dass die Schwingungen meiner Kehle seine Haut wärmen und die Ecken und Kanten seines Lebens abrunden würden, die hart und spitz waren.

Ich sprach mit Gaspare, bis es dunkel wurde und die Blätter der Pimpinelle alles Blut aufgesaugt hatten, dann wickelte ich Verbände um seine Handflächen, damit sie sich nicht entzündeten. Er schlief erst bei Sonnenaufgang ein, dabei zitterte er hin und wieder, geängstigt von bösen Träumen, und legte die verletzten Hände weit geöffnet vor sich hin, als ob er sich ergeben wollte.

Ich berührte die Hippe unter meinem Rock und hoffte, dass mein Onkel litt, dass er sich im schwarzen Abgrund seines Herzens wie der einsamste Mensch auf Erden fühlen möge.

31.

Zwei Frauen in der Zelle sind an Auszehrung gestorben. Seit Tagen haben sie Blut und Schweiß ausgehustet, bis ihr Leben sich durch den Mund davongemacht hat wie Atemhauch an Wintertagen. Man stirbt an den unterschiedlichsten Krankheiten, hier an diesem Ort, wo man kaum atmen kann, in diesem Dunkel, wo es keine Ruhe gibt und jedes Leiden seinen gerechten Anteil Toter einfordert.

Manchmal habe auch ich gespürt, wie das Fieber versuchte, seine Zähne in meine Knochen zu versenken, wie es an meiner Haut geleckt hat, bis der Schüttelfrost kam, aber ich habe mich immer erholt.

»Du kannst mich nicht mitnehmen«, sage ich zu der Luft in der Zelle, und darauf wendet sich das Fieber von mir ab und sucht sich woanders sein Anrecht auf Schmerz.

Eine der beiden Frauen lag die ganze Nacht auf dem Boden, sie schwitzte und verschloss den Mund wie ein verrosteter Riegel. Zuerst hörte ich es nur, dann graute der Morgen, und ich konnte es sehen: dass ihr Gesicht gelblich war wie eine fahle Sonne und ihr ganzer Körper schweißnass. Die Krankheiten holen sich diejenigen, die nicht sterben wollen, die sich mit aller Gewalt an den Dingen des Lebens festklammern, einfach so, ohne irgendeinen Grund. Mir ist es gleich, und deswegen bleibe ich am Leben.

Eine Frau ist am Morgen gestorben, die andere am folgenden Tag. Sie blieben drei Tage in der Zelle liegen, ehe die Wachen sie fortgeschafft haben, dann haben sie uns, also die Lebendigen, in den Hof getrieben, um die schlechte Luft zu reinigen. Die Augen taten weh, die Beine taten weh. Wir haben uns an die Mauern gelehnt und die Lider zusammengekniffen. So viel Himmel machte uns Angst, er lastete auf den Schultern, beugte sie. Wir kauerten uns hin und schnappten nach Luft.

Wir sind im Hof geblieben, bis alles sauber war: Die Luft wurde mit Schwefel ausgeräuchert, die Wände mit ungelöschtem Kalk gestrichen. Jede von uns hat eine Seife und ein Desinfektionsmittel bekommen, dann haben sie uns alle wieder mit groben Stößen in die Zelle zurückgetrieben.

DIE ENTSCHEIDUNG

Dann überschlugen sich die Ereignisse. Mein Onkel entdeckte die Wunden auf Gaspares Händen und dachte, ich hätte ihm diese zugefügt, um mich für das zu rächen, was er mir angetan hatte. Er fragte nicht einmal, was geschehen war, sondern benutzte die einzige Sprache, die er kannte, nämlich die harte des Stockes.

»Dafür wirst du bezahlen«, sagte er und fletschte die Zähne. Er zerrte mich in den Schuppen, wie ein wildes Tier seine Beute im Maul fortträgt. Sieben Tage blieb ich dort, auf den Jutesäcken, die so rochen wie jemand, der von uns gegangen ist. Meine Schwestern kamen zur Tür und warfen mir kleine Steine in den Nacken, während ich mit dem Gesicht zur Wand dalag. Sie hatten das Gesicht des Mannes vergessen, der sie geliebt hatte, die tausend Dinge, die die Schatten unserer Finger auf den Buchseiten zu erschaffen wussten, wenn die Kerze im Luftzug zitterte.

»Schaut, ich habe die Pfoten eines Wolfs gemacht«, sagte Teresa damals.

»Und ich einen Baum«, sagte Antonia und spreizte die fünf Finger vor der kleinen Flamme. Mit Daumen und Zeigefinger formte ich den Schnabel eines großen Vogels, der den Wolf verjagte, und die großen Hände meines Vaters, die sich zu den unsrigen gesellten, bildeten die Wolken an unseren Schattenhimmeln.

Nach dem Tod meines Vaters lehrte meine Mutter meine Schwestern, wie man nähte und stickte, sie sagte, dass sie die Vergangenheit vergessen müssten, dass Bücher Teufelswerk seien. Ich war die verlorene Tochter, das Unkraut, die *malanova* des Hauses, ein Unglück. Bei mir war Hopfen und Malz verloren. Nach und nach lernten meine Schwestern fortzulaufen, wenn ich vorüberkam, sich hinter den Bäumen zu verstecken, mir nie ein Lächeln zu schenken.

Ich hasste sie nicht. Das hätte ich gern, aber ich konnte es nicht. Hätte mein Vater noch gelebt, wäre ich ihnen bis aufs Feld hinterhergerannt, um sie zu kitzeln, bis sie lachen mussten, aber er, der uns geliebt hatte, war nicht mehr, und das Gute, das Einzige, was ich jemals ersehnt hatte, lag tief in der Erde begraben.

Vielleicht brauchte ich jetzt nur noch den Hass der anderen, um am Leben zu bleiben.

Während meiner Zeit im Schuppen brachten mir meine Schwestern Essen, manchmal auch meine Mutter. Sie riss die Tür weit auf, und ich sah zu, wie ihr magerer Körper den Teller mit dem Essen auf den Boden stellte und sich schnell wieder von mir entfernte.

»Was habe ich dir getan?«, fragte ich sie und sah ihr in die Augen, aber meist antwortete sie mir nicht, und wenn sie es einmal tat, dann nur, um mich daran zu erinnern, wie sehr alles an mir schuldig war.

»Du hättest zusammen mit deinem Vater unter die Erde gehört, dann könnten wir alle in Frieden leben«, sagte sie, und ihre schwarzen Augen funkelten boshaft, der Mund verzerrte sich zu einer Wutgrimasse, ehe sie mir ihren knochigen Rücken schenkte und mich allein im Schuppen zurückließ. Ich aß auf dem Boden, wie die Hunde, träumte von meinem Vater, ging in Gedanken die Bücher durch, die ich nicht lesen durfte, und tröstete mich mit dem Wissen, dass sie gut versteckt waren, dass keiner sie forttragen oder verbrennen oder ihre Worte über die Felder verstreuen konnte.

Manchmal erschien Gaspare in der Tür und beobachtete mich von der Schwelle aus. Er öffnete und schloss geräuschlos den Mund, starrte auf seine Füße und auf die von krustigen Narben durchfurchten Hände. Ich erzählte ihm Geschichten, zeichnete mit dem Finger unsichtbare Tiere auf den schmutzigen Boden, Hühner und Kühe, die Mähne eines Pferdes.

Eines Nachmittags überraschte uns mein Onkel.

»Ab mit dir ins Haus«, sagte er zu Gaspare und packte ihn an der Schulter, und mir kam es vor, als könnte ich sein Kinderherz wie verrückt unter meinen Füßen klopfen hören oder wie eine vollkommen verängstigte Katze die Wände des Schuppens hinaufklettern. Gaspare beugte Kopf und Rücken, als wollte er so viel Körper wie möglich den Schlägen entziehen, dann rannte er davon. Er musste die Worte seines Vaters nicht hören, um zu wissen, was er jetzt tun musste.

Mein Onkel verharrte auf der Schwelle, sah auf mich herab, als wäre ich eine Schnecke, die man zerquetschen musste, einer von den vielen Schädlingen, die die Ernte verderben.

»Selbst dein Vater hätte sich deiner geschämt!«, sagte er. Diese Worte brachen durch Dächer und Türen, drangen überall ein, unter mein Hemd, in die Knochen, in den Bauch. Ich bewegte mich nicht, der Himmel änderte nicht seine Form, der Schuppen blieb derselbe. Und doch war nichts mehr so wie vorher.

30.

Die Gänge hallen von den Schritten wider, die sich entfernen und näher kommen, ganz gleich, ob sie wirklich sind oder bloße Vorstellung. Da sind Schritte in unseren Köpfen und in unseren Herzen, so viele, dass wir nachts davon aufwachen, während Staub an unseren verschwitzten Rücken klebt. Ein Schritt auf eine Zelle zu bedeutet ein »Schlag« voll verdorbenes Essen, wenn es gut geht, sonst Peitschenhiebe und Prügel.

Wenn eine von uns auf der Suche nach ein wenig restlicher Sonne in der Mitte des Raumes sitzt, läuft sie, sobald sie die Schritte der Wachen hört, schnell zur Wand, die am weitesten von der Tür entfernt ist, schlingt die Arme um die Beine und verbirgt den Kopf zwischen den Knien. Wir versuchen alle zu verschwinden, uns in schwebenden Staub zu verwandeln. Wenn wir die Macht hätten, würden wir unseren Herzen befehlen, langsamer zu schlagen und geräuschlos, würden unseren Atem anweisen, im Mund zu verdunsten. Manchmal richtet sich die Strafe der Wache gegen eine Einzelne von uns, weil sie tagsüber etwas getan hat oder nicht getan hat, manchmal auch gegen alle.

Die Schritte spüren wir im Kopf, noch bevor unsere Ohren sie hören, und träumen davon, dass wir sie nur träumen; wir sagen uns immer wieder vor: »Sie sind nicht da, sie sind nicht da, sie sind nicht da« und hoffen, das möge genügen, um sie verschwinden zu lassen.

Die Schlüssel von allen Zellen sind an einem großen Ring befestigt und der Ring an den Gürteln der Hosen, ein Ring, der eigens dafür gemacht wurde, möglichst viel Lärm zu erzeugen, damit wir uns wünschen, tot zu sein, nichts mehr zu sein.

Die Schritte halten vor der Tür an, und auch unsere Herzen halten an, zusammen mit unserem Atem. Das laute Geräusch, der schwere Ring, der angehoben wird, das Lachen, das die Wachen mit sich bringen, um das Fallen der Ketten zu begleiten, und dann die Tür, die beim Öffnen schreit, um weitere Angst auf die Angst zu häufen. Sie sagen uns nie, was wir verbrochen haben, denn allein unser Leben ist schon Verbrechen genug, die Peitschen sausen nieder, auf Köpfe und Füße. Blindlings, denn es ist dunkel, hinein in den Haufen, wo sie gerade hintreffen, Staub wirbelt auf und wirbelt herum, und die Schreie entstehen und vergehen wie Früchte, die niemand pflückt. Manchmal schütten sie Eimer mit Schmutzwasser über uns aus, oder sie haben eine Pumpe dabei, aus der das Wasser so hart schießt, dass es Knochen bricht.

Gestern haben sie aus purem Spaß das einzige Fenster verrammelt, durch das noch ein Fetzen Himmel zu uns drang, und haben uns im Dunkeln gelassen, einer Schwärze so dicht, dass sie wie Schlamm wirkt, der Arme und Beine verklebt und uns an den Boden fesselt. In dieser Schwärze treiben wir, lauschen auf den Atem der anderen und berühren einander manchmal mit den Händen, um uns zu vergewissern, dass wir noch einen Körper haben, dass wir uns nicht in diesem endlosen Käfig aufgelöst haben.

STERNE UND STOCK

Im Schuppen blieb ich sieben Nächte und sieben Tage, mit den Füßen in den Jutesäcken, weil sie mir lieb und teuer geworden waren. Tag und Nacht betete ich mir im Kopf die Worte aus den Büchern meines Vaters vor. Ich hatte sie alle in meinem Gedächtnis gespeichert, diese Worte aus Papier, niemand kann schwerelose Gedanken rauben oder sie dem im Schlaf wegnehmen, der sich an ihnen festklammert. »Ammoniumacetat, Quecksilberacetat, Morphiumacetat, kristallines Bleiacetat, gelöstes Bleiacetat, Vierräuberacetat«: Das Botanikbuch, welches im Schatten der Bodenfliesen unter meinem Bett versteckt lag, sprach flüsternd zu mir aus der Ferne während meiner Tage im Schuppen, damit ich nicht vor Angst und Sehnsucht zugrunde ging.

Die Bücher wechselten einander ab, und alle kamen sie mir zu Hilfe. Die Himmelsarchitektur und der Andromedanebel, die Fixsterne und die Galaxien und dazu noch die Cepheiden und Eruptionen, etwas, das groß und weit entfernt ist, mit dem bloßen Auge nicht erkennbar, aber trotzdem existent, wie Viren und die Wirklichkeit der Träume. Alles, was mein Onkel tat, wurde gemildert dank der Worte aus den Büchern, jede Wunde wurde gereinigt und versorgt. Jeder Stockhieb war ein Planet, als sollte der Schmerz so angesichts der Komplexität der Himmel weichen. Der Holzstock brach die Knochen, der Gürtel hinterließ Spuren so lang wie ganze Straßen. Doch von mir kam nicht ein Laut, der nicht den Wörtern der Bücher entstammte. Wenn die Nacht hereinbrach, füllte sich der Schuppen mit Himmel, und für den Schmerz war hier kein Platz mehr.

Am letzten Tag, den ich dort drinnen verbrachte, geschah etwas, das mir half, mich zu entscheiden, das mich verdammte und mich befreite, alles zur selben Zeit. Ich war mit zwei dünnen Ketten an die Wand gefesselt, sie begannen an den wunden Handgelenken und wickelten sich um meine Brust wie zwei Wasserschlangen. Aus einem tiefen Schnitt am Handgelenk tropfte das Blut auf den Boden. Draußen schrie mein Onkel in Ohren, die nicht zum Hören gemacht waren: Gaspare konnte nicht gut auf dem Feld arbeiten, er war zu klein und schwach. Also nur ein weiteres Maul, das man stopfen musste, so wie die Vogelküken, die mit aufgesperrtem Schnabel auf den Wurm warten und immer nur warten. Ich hörte die lauten Schreie von dem, der zuschlug, und die stummen Laute von dem, der die Prügel empfing, und dachte, wie schön es sein musste, nichts zu hören und Ohren wie dicke Mauern zu haben.

Ich hörte und wollte nichts hören, und inzwischen fiel das Blut von meinem Handgelenk, tropfte und breitete sich auf dem trockenen Staub des Bodens aus, bis es die Form eines Herzens annahm. Dreimal sagte ich den Namen meines Vaters. Eine Weile geschah nichts, dann schloss ich die Augen, und mein Vater kam, leibhaftig, als wäre er immer noch am Leben. Ich stellte mir vor, dass er den Anzug trug, in den ich ihn nach seinem Tod gekleidet hatte, den dunklen mit den Knöpfen in der Farbe von Taubenkehlen. Ihn umgab ein leichter Nebel, wie der, der in der Morgendämmerung alles verschwimmen lässt.

»Was soll ich tun?«, fragte ich ihn, und mein Herz schlug so laut, dass es mit seinem Hall das ganze Land erfüllte. Die Stimme, die mir antwortete, kam nicht aus seinem Mund, sondern aus dem Nebel, der alles einhüllte, und sie klang traurig, wie von einer Seele, die keinen Frieden findet: »Was richtig ist«, sagte sie. Dann erkaltete das Blut.

Ich wollte, dass er bei mir im Schuppen blieb, sich auf die Jutesäcke legte, dass er weiter mit mir redete, dass er auf meine Wunden pustete, aber er gehörte der Welt der Toten an, nicht mehr meinem Himmel. Er schloss die Augen, und ich betrachtete ihn, wie ich in meinem ganzen Leben noch nichts betrachtet hatte, und stellte mir vor, mein Blick wäre eine Schnur, die ihn einwickeln und festbinden könnte, ein magischer Knoten, der sich niemals mehr löst.

Am nächsten Tag rief ich meinen Onkel und spielte ihm tiefe Zerknirschung vor. Ich gestand, dass ich bereute, zählte all meine Fehler auf. Ich würde ein besserer Mensch werden, sagte ich, ich würde niemandem mehr Schmerz zufügen. Meine Augen waren auf den Boden gerichtet, damit man die Lüge nicht erkannte, die Fäuste geballt, die Zähne in die Lippen gebohrt. Mein Onkel dachte, ich wäre gebrochen, er machte mich los und brachte mich zurück ins Haus.

Am nächsten Morgen ging ich aufs Feld, um bestimmte Pflanzen zu sammeln, Brennnesseln, Mohn und Kamillenblüten, zerstampfte sie mit einem Stein und bereitete daraus eine

Salbe für meine Wunden. In den Wäldern weitab vom Haus machte ich ein Feuer, schöpfte Wasser aus einem kleinen Fluss, der träge dahinfloss und dabei Blätter und kleine Rindenstückchen mit sich führte, und kochte die Pflanzen aus. Ich sorgte für mich, dachte nur an meine Bedürfnisse. Als ich zurückkam, gab meine Mutter mir einen Lumpen und eine Ohrfeige.

»Geh und wasch dein Blut im Schuppen weg«, sagte sie. Der Fleck war noch an seinem Platz, ein Herz aus getrocknetem Blut, auf das sich Staub gelegt hatte. Ich wusch es nicht fort, sondern legte mein Gesicht darauf, und es fühlte sich weich an und so voller Worte, dass ich, während ich ihnen allen lauschte, darüber einschlief.

29.

Es gibt einen Festtag, einen pro Woche, immer den gleichen. Das ist der Tag, wenn auf dem Platz vor den Kerkern der Vicaria in Palermo Markt ist. Für jemanden, der nicht in Ketten liegt, ist das ein ganz gewöhnlicher Tag, an dem man etwas kauft und verkauft, ein Tag voller Straßenschmutz, streunender Hunde, Verkaufsstände und Betrunkener, die bettelnd die Hand aufhalten: eine Münze, nur eine Münze für billigen Wein, der für Schlaf und Vergessen sorgt. An diesem Tag lege ich mein Ohr an die Wand und lausche auf alles dort draußen. Laute von Menschen, Schweinen, Pferden, Hunden, Hühnern, dazu belausche ich die Leute, die reden, schreien, weinen, miteinander streiten, Kneipenlieder singen. Bei jeder Stimme spiele ich ein Spiel: Ich stelle mir das Gesicht dazu vor und zu jedem Gesicht das Leben, das Haus, die Verwandten, die Sorgen, die Kinder, die Armut, die Arbeit. Ich suche mir immer eine Stimme aus allen heraus, die schrillste, die bis zu dieser Fensteröffnung hochklettert und sich dort hineinwagt, diejenige, die in der Lage ist, sich über den Lärm des großen Marktes zu erheben. Wenn sie zu mir kommt, nehme ich sie mir, ich poliere sie auf, so wie es die Reichen mit den Silberschätzen machen, die sie horten, und dann folge ich ihr durch das Fenster der Zelle nach Hause, zu den Dingen, die sie besitzt und von denen sie träumt. Ich begleite die Stimme den ganzen Tag, helfe ihr bei der Hausarbeit, laufe neben ihr her und kehre erst nach Sonnenuntergang zurück, wenn die Erinnerungen nicht mehr schmerzen. Wenn alle sich schlafen legen, entwaffnet und geschlagen, wie die Soldaten sämtlicher verlorenen Kriege.

Ich hefte mich an die Stimme eines Hundes, manchmal an die eines weinenden Kindes und folge ihr, bis ich außer Atem bin. Bei jedem Schritt nenne ich den Namen meines Sohnes, ich suche ihn in jedem Haus, unter mir im Schlamm und oben in der höchsten Wolke. Ich presse beide Hände an die Schläfen, damit sein Gesicht nicht heimlich entweichen kann, damit es immer ganz erhalten bleibt, samt Nase, Mund und Wärme, samt Weinen und Hunger. Wenn der Gedanke daran mich schmerzt, folge ich der Stimme eines Betrunkenen, ich betrete mit ihm eine Schenke und trinke seinen Wein, bis der Körper schwer wird und nur noch Schlaf ist. Und dann schlafe ich, geschützt vor den Träumen.

DIE ERDE

Die folgenden Tage gab ich meiner Rache Nahrung. Ich war nicht mehr angekettet, aß am Tisch von einem Teller, schlief in einem Bett, und zwischen Kehle und Magen hatte ich einen Klumpen sitzen, schwarz wie eine Spinne, die auf dem Rücken liegt und mit den Beinen zappelt.

Als ich begriffen hatte, was ich tun musste, fürchtete ich mich davor, aber das hielt mich nicht auf. Ich flocht die Idee des Todes aus Strängen zusammen, so wie man Körbe flicht, ich bog die Binsen, verknüpfte sie, schnitt ab, was zu viel war. Im Kopf fügte ich zusammen, was zu tun war, ging noch einmal die Hiebe, die Wunden, die Blicke, die Richtung durch, die das Blut nehmen würde, und auch die, die ich nehmen würde, nachdem alles getan war.

So verging die Zeit, und die Male von den Prügeln verblassten, meine Wunden schlossen sich, obwohl ich ihre Stimme noch Nacht für Nacht vernahm. Doch die Wunde, die sich am lautesten meldete, war die vom Tod meines Vaters, die einzige, die man nicht sehen konnte, die einzige, die noch weit offen klaffte. Ich verbrachte fast jede Nacht vor dem Kamin, schlief dort auf einem Strohlager, wie ein störrisches Tier, und sobald der Schlaf die Körper der Menschen in Besitz nahm, stand ich auf, um die Hippe zu schärfen. Bald würde der Tag des Blutes kommen, das Wüten der Klinge, die alles unter sich begraben würde, Stimmen, Vorwürfe, Stockschläge, Erinnerungen. Rot würde es sein, erst hell, dann stumm und getrocknet, später nur noch Staub, den der Wind davonträgt.

Hin und wieder hielt ich inne bei der Feldarbeit und beobachtete meinen Onkel, wie er die Erdschollen umgrub, schwitzte, bis zu den Knien im Schlamm versank. Dann sah ich ihn bereits vor mir liegen, die Augen weit aufgerissen und ein ganzes Alphabet von Wunden im Körper, so tief und so salzig wie das Meer, das ich niemals gesehen habe. Ich lernte, alles zu überleben, weder die Anstrengung noch den Verlust zu spüren, nichts zu hören außer der Stimme meines Vaters, der mir sagte, was richtig war.

Ich hackte den Boden auf, säte die Samen aus, ließ Raben und Wind gewähren, füllte meine Hände mit Erde und grub die Finger hinein, wo sie am kühlsten war, um zu spüren, was mein Vater dort unten spürte, wo es nichts als Stille gab. Hinter einem großen Baum verborgen legte ich mich bäuchlings auf den Boden, das Gesicht in der Erde, und grub mich mit den Zähnen hinein in das Süße und Bittere, mit der Zunge schmeckte ich kleine Wurzeln, blinde Würmer, die ich dort aufschreckte, eine verlorene Münze, den Rost der ganzen Welt.

»Ist es das, was du dort unten spürst?«, fragte ich. »Woran denkst du den ganzen Tag? Wer leistet dir Gesellschaft?«

Die Erde entsandte einen satten, schmatzenden Ton. Und an diesen Ton denke ich, wenn ich an dich denke, das ist der Klang, den das Wort »Vater« macht, wenn es im Mund umherschwirrt und dort stirbt.

Der Moment der Rache kam mit dem Vollmond, an einem Abend mit drückender Hitze und einem Himmel voller Wolken. Vom Kamin drang der schwache Schimmer eines Scheits zu mir, der nichts war im Vergleich zum hellen Schein des riesigen Mondes. Ich fand keinen Schlaf wegen all der Dinge, die ich vermisste. Dann erkaltete das Scheit, Holz wurde zu Kohle, und die Nacht füllte sich mit Zikaden. Wo vorher Stille geherrscht hatte, regten sich jetzt Flügel, um das Dunkel in viele Stücke zu zerhacken. Ich versuchte, mir die Ohren zuzuhalten, den Atem anzuhalten, aber die Flügel zerschnitten die Luft, die Nacht war nur noch zerfetzter Stoff.

»Das ist ein Zeichen«, dachte ich und umklammerte dabei die Klinge der Hippe so fest, dass ein Tropfen Blut von meinem Finger auf den Boden fiel und mir den Weg wies.

28.

Sie kommen und bringen mich ins Gericht. Überall hinten in den Zellen sind Augen, und ich betrachte sie im Vorbeigehen, ganz gleich, ob sie geschlossen oder offen sind. Münder, aufgerissen, um zu schreien und mich anzuspucken. Ich laufe vorwärts mit gesenktem Kopf, und genauso bleibe ich vor den Richtern stehen. Ich bringe den Wahnsinn mit, der aus meinen Augen quillt, den üblen Gestank des Kerkers, die Last all dessen, was ich verloren habe. Ich bringe so viel Stille mit mir, wie ich aufsammeln kann, und werfe sie euch vor die Füße.

Die Ärzte tasten mit langen, blassen Fingern meine Kehle ab, reißen mir den Mund auf, um zu begreifen, wo sich meine Stimme verbirgt. Einer von ihnen zwickt mich heimlich, während er ein kaltes Instrument auf meine Zunge presst. Er glaubt, dass die Stimme, wenn sie so überrascht wird, mir unwillkürlich entweichen muss, dass sie aus meinem Mund fliehen und die reine Wahrheit sagen wird.

Einer sagt, ich müsse stumm sein, ein anderer, dass ich das nur vorgebe, und bei dieser letzten Vermutung applaudiert das Volk, es überdeckt die Kälte der Instrumente mit einem Himmel voller Beleidigungen, der mich ganz und gar umhüllt.

»Mörderin«, »buttana«, *»Satanshure«, »Lügnerin«, »ins Loch*

mit dir, ins Loch«. Unter diesem Himmel, während die Ärzte ihre Instrumente von mir entfernen, schließe ich die Augen und träume von denen meines Sohnes.

DIE PUPPE

Das Herz war aus der Ordnung geraten, es schlug ohne einen gleichmäßigen Rhythmus wie bei schlimmsten Hustenanfällen, sodass ich mich an der Hippe festklammern musste, um nicht das Bewusstsein zu verlieren, als wäre sie ein Vater, ein Freund, der mir zu Hilfe kam.

Mit nackten Füßen betrat ich das Zimmer, in dem Gaspare schlief. Zitternd, in einer Ecke zusammengerollt wie ein vergessener Putzlappen, lag er da und schlug mit einem Bein auf den Boden, während er der Geschichte seines Traumes folgte. Dort, wo seine Finger ausliefen, ruhte eine Lumpenpuppe mit roten Knopfaugen und so verkrümmten Gliedern, als wären all ihre Knochen gebrochen. Meine Mutter hatte ihr die Augen an einem Winternachmittag vor dem Kamin angenäht. Sie hatte die Puppe um den Hals gepackt und ihr Sehen verliehen: mit Nadel, Faden, flinken Fingern, ohne zu begreifen.

Sie wusste nicht, dass sie mit ihrer Arbeit Augenlicht schuf, sie begriff nicht, dass es etwas jenseits von Topf, Nadel und Faden gibt, etwas jenseits aller Haushaltspflichten. Dinge, die da sind, selbst wenn sie sich nie zeigen, Dinge, die im verborgensten Winkel des Kopfes herumschleichen und die doch ganz allein die Welt aufrechterhalten. Sie nähte die Knöpfe an und begriff nichts, der Faden wurde abgespult, die Nadel durchdrang den Stoff, stach hinein und kam wieder ans Licht, wieder und wieder, bis der Knopf richtig fest saß; keine ihrer Gesten berührte ihr Herz, keine davon erweckte stachelige Gedanken in ihr, solche, die einem Magen und Kehle zusammenpressen. Ihre Gesten waren nichts als Gesten, und beendet waren sie zu Ende. Sie legte Nadel und Faden in den Korb, und ein jedes Ding, das sie weglegte, hörte damit auf zu existieren.

Ich beugte mich über die Puppe und riss ihr die Knöpfe aus dem Gesicht. Um zu sagen, dass ich um die Geheimnisse wusste, die sich hinter dem Annähen verbargen. Gaspare riss die Augen auf und schaute mich an. Er hatte mich erkannt, er wusste, wer ich war, er erkannte den Geruch meines Schattens, wusste, weshalb ich gekommen war. Nur ich konnte dieser Schatten sein, der ihn aus dem Schlaf riss. Ich legte einen Finger an die Lippen, um die Stille zu verstärken, die aus seinem kleinen Mund kam, dann nahm ich ihn auf die Arme und trug ihn bis ans Ende des Ganges, zum Zimmer, in dem Antonia und Teresa schliefen. Ich lief auf Zehenspitzen und versuchte, leiser zu sein als ein Geist, geräuschlos legte ich Gaspare drinnen auf dem Boden ab, dann presste ich eine Hand auf seine Brust und anschließend auf meine, um ihn um Entschuldigung zu bitten für das, das ich gleich tun würde, stieß ihn unters Bett und gab ihm zu verstehen, dass er keinesfalls dort herauskommen durfte.

Weiße Kehlen, weiße Hemden, weiß auch das Geräusch ihres Schlafes. Antonia und Teresa schliefen traumlos. Mit offenen Mündern lagen sie einander gegenüber. So verharrten wir lange, sie tief im Schlaf versunken und ich mit einem großen Herzen, das sich in der Brust zusammenkrampfte, während ich ihre Augen durch die geschlossenen Lider hindurch betrachtete. Braune, ruhige Augen, wie Haselnüsse, die man in Säcke einsammelt. Ich wollte mich nie mehr wieder fortbewegen, nur noch in diesem Raum der angenehmen Träume bleiben, wo es weder Steine noch Beschuldigungen gab, um sie anderen an den Kopf zu werfen. Antonia mit ihren süßen Bonbons, die sie lächelnd lutschte, die mit offenen Armen Geschenke empfing, Teresa mit ihren ewigen Launen, mit ewig aufgeschlagenen Knien.

Im Schlaf wurden sie wieder meine Schwestern, die beiden in ihren Nachthemden, die nach Seife dufteten. Teresa öffnete und schloss im Schlaf die Hände, als wollte sie sich von mir verabschieden. Ich streckte eine Hand nach ihren Köpfen aus, zum letzten Mal strich ich ihre Decken glatt. Ich wünschte ihnen, dass sie von unserem Vater träumten, dass sie ihn immer in ihren schlafträgen Herzen empfingen, in der Stille ihrer schlafenden Augen.

Nur mit Mühe und unter Tränen, die auf ihre Schuhe tropften, auf Gesichter, die ich niemals vergessen würde, verließ ich das Zimmer.

27.

»Ins Loch mit ihr«, sagt der Richter. Doch als jemand drohend einen Stock schwingt, entfernen ihn die Wachen. Alle kennen den Hass, stets begleitender Schatten, Samen, der jeden Tag gepflanzt, gewässert und zum Keimen gebracht wird wie eine Kornähre. Mit Liebe wissen sie hier nichts anzufangen, sie ist für sie so nützlich wie Hagel, der auf gepflügte Felder niederprasselt. Auch ich weiß nicht, was ich mit ihr an einem Ort wie diesem anfangen sollte, und selbst wenn ich es wüsste, würde mir das nichts nützen. Die Wachen stoßen mich, und ich falle hin, mit dem Gesicht auf den Boden: Ich stehe auf und gehe weiter, den erhobenen Kopf starr in die Dunkelheit gerichtet.

Wir kommen an meiner Zelle vorbei und laufen weiter, noch ein Gang, noch mehr Dunkelheit und andere Zellen. Ich verschließe die Augen vor den Händen, die sich bewegen, denn ich will nichts sehen, nichts wissen. Sie reißen meine Arme auseinander, ich spüre die Härte der Seile, die unter meinen Achseln hindurchgleiten, dann rund um den Bauch, um die Beine.

Die Wachen ziehen an einem eisernen Ring, mit dem sie einen großen Steinblock anheben, und von unten schlägt uns ein Schwall Verwesung entgegen. Mit dem Gestank dringen Klagen herauf, langsam und schwer, festgeklammert am Fels. Das Tor zur Hölle ist viereckig, sie lassen mich hinab, und ich hänge im Leeren. Über und unter mir ist schwarz, schwarz hinter den geschlossenen Lidern und schwarz vor den aufgerissenen Augen. Keine meiner Erinnerungen wird mir nach dort unten folgen, sie bleiben an dieser Luke haften, bis sie sich auflösen, weil sie vergessen wurden. Ich werde die Namen und Gesichter verlieren, das Bild vom rosig runden Bauch meines Kindes, von den knochigen, großzügigen Händen meines Vaters. Nun weine ich, und meine Tränen rollen nach unten, eilen mir voraus, sehen nach, was mich am Grunde dieses Schachts erwartet. Ich sinke und sinke, Dunkel folgt auf Dunkel. Vielleicht werde ich bis in alle Ewigkeit sinken, und meine Strafe wird sein, niemals anzukommen.

REDE MIT MIR

Im Zimmer, in dem mein Vater geschlafen hatte, neben dem Kissen, das immer noch von seinem Atem erfüllt war, schwanden mir die Kräfte, und ich musste mich an der Sitztruhe festhalten, damit ich nicht hinfiel. Mein Onkel zitterte ein wenig, als die Klinge die Haut an seinem Hals streifte, er riss die Augen auf, aber sein Mund blieb stumm. Inzwischen war auch meine Mutter wach geworden. Keiner von uns bewegte sich, wir sahen aus wie kleine gemalte Gestalten, die in einem Bild festgehalten waren, unbelebt und (noch) ungestorben. Ich hatte Worte erwartet, hatte erwartet, dass die eingeatmete Luft mit hastigen Sätzen aus ihren Kehlen strömen würde, mit Schreien, die den Himmel aufrissen, stattdessen schwieg die Luft, noch warm vom Schlaf.

Mein Onkel sah mir in die Augen, was mochte er empfinden, sicher keine Liebe? Natürlich Wut, die die Adern am Hals hervortreten lässt. Ich glaubte, er würde mir die Hippe entreißen, würde mit mir kämpfen wie streunende Hunde um ein Stück Fleisch, er würde mich anspucken und die Zähne blecken. Doch er regte sich nicht, blieb klein und zusammengekrümmt auf einer Seite liegen und zitterte.

Ich begriff, dass er nicht kämpfen würde, dass ihm weit mehr an seinem Leben lag als an meinem Tod, dass er es um

sag mir den Ort, die Stunde, den Tag und erinnere dich an die Jahreszeit. War es Sommer oder Winter, Nacht oder Tag? Nenn mir eine, wenigstens eine einzige!«

Ich fragte, weinte und drückte sie an mich, meine Hände in ihre verflochten, nahm Schweiß, abgestandene Luft, keuchenden Atem und beißenden Uringestank wahr.

»Sag mir, ob wir allein waren, ob jemand uns beobachtet hat, ob wir auf den Feldern bei der Ernte waren, es reicht mir schon, wenn du dir nur vorgestellt hast, mich zu umarmen, während du Milch warm gemacht oder Knöpfe angenäht hast. SAG ES MIR!«, schrie ich und sah ihr dabei in die Augen, während meine Hände, die nicht mehr zu mir gehörten, die sich scheinbar von meinem Willen losgelöst hatten, über Leben und Tod entschieden, einer Mutter die Lebensluft nahmen, die mir nie eine Mutter gewesen war, und ihren Körper, der hart wie Stein gewesen war, weich und sanft werden ließen; Arme, Brüste, Bauch, ja sogar die Knochen wurden so weich wie Butter in der Sonne.

Ich hielt sie weiter umklammert, täuschte mir vor, ich wäre eine geliebte Tochter, stahl mir aus ihren kraftlos gewordenen Armen ein wenig Zärtlichkeit, legte meine Wange an ihre warmen Lippen, um mir einen Kuss einzubilden. Es war einfach, geliebt zu werden, jetzt, da sie von mir gegangen war, jetzt, da ihre aufgerissenen Augen mich nicht mehr hasserfüllt ansehen konnten.

DIE LETZTEN STEINE

Bei Tagesanbruch falteten die Zikaden im Schlaf ihre Flügel zusammen, und das Ende der Nacht füllte sich mit dem wilden Gezwitscher der Vögel, die die aufgehende Sonne begrüßten.

Ich wäre gern ein letztes Mal in das Zimmer meiner Schwestern gegangen, um die Erinnerung an ihren Schlaf mitzunehmen, um mich von dem unschuldigen Schweigen Gaspares zu verabschieden, aber dafür blieb keine Zeit. Später, angesichts des vergossenen Blutes, würden die drei mich auf ewig verfluchen und sich zwingen, mich ganz aus ihrer Erinnerung zu tilgen, angefangen von meinem Namen bis hin zu meinem Gesicht.

Noch immer im Nachthemd saß ich im Flur und spürte, wie die Sonne die Mauern heraufkroch, durch die Fenster eindrang und die letzten Spuren der Nacht verscheuchte. Ich sehnte mich nach einem Zeichen meines Vaters, einem Luftzug, einem Hauch von unten aus der fetten Erde, der besagte: »Ich bin bei dir.« Es kam mir vor, als hörte ich durch die Morgendämmerung den Laut, mit dem die überreife Aprikose vom Zweig fällt, das Geräusch der Faust auf weicher Haut. In all dem wollte ich meinen Vater hören, in jedem Wort, das diese erwachende Welt von sich gab.

Später zog ich mir etwas anderes an und füllte einen Beutel mit Lebensmitteln, die ich in der Speisekammer gefunden hatte. Darauf legte ich die Bücher, die Worte, die ich von meinem Vater als Geschenk empfangen hatte, und wieder darauf seine Jacke, die durchlöcherte mit den Flicken an den Ellenbogen, die selbst in den Löchern noch von seinem Geruch durchdrungen war. Ich trat auf die Straße, um das Dorf zu verlassen, solange das Blut noch frisch war, nahm eine Biegung, dann noch eine, und das Haus, in dem ich mein ganzes bisheriges Leben verbracht hatte, wurde immer kleiner und undeutlicher, bis es nur noch eine schwache Erinnerung war.

Ein Mann, der mich vorübergehen sah, hob die Hand zum Gruß und lächelte mir zu. Ich kannte ihn, es war ein Bauer, dem seine Erinnerungen auf den Magen geschlagen waren und der nun eine volle Weinflasche mit sich trug, um sie alle wegzuwaschen, um sie in die dunkle Tiefe seines Bauches zu verjagen. Er erkannte mich nicht, lächelte nur irgendeinem Etwas zu, das sich entfernte, einem Gedanken in seinem Kopf.

Wie lange schon hatte ich kein lächelndes Gesicht mehr gesehen? Ich suchte in meinem Kopf, versuchte verzweifelt, mich daran zu erinnern, wann es zum letzten Mal geschehen war, und wurde fündig an jenem Tag, als mein Vater, kurz bevor er krank wurde, auf die Rockschöße seiner im Kreis sitzenden Töchter einen Bonbonregen niedergehen ließ.

»Es glänzt der Mond, ein Stern taucht auf, Rosina tanzt, Rosina Bambina«, sangen Antonia, Teresa und ich und klatschten einander ab, bis unsere Handflächen rot waren und glühten. Und als mein Vater die Hände in den Taschen vergrub, hörten sich die knisternden Bonbonpapiere an wie die Stimme des prasselnden Feuers, wenn das rotglühende Holz in sich zusammenfällt und ganz allmählich zu Asche wird. In Vorfreude auf die Süße im Mund, die befeuchtete Kehle, den lang anhaltenden Geschmack schlugen wir noch kräftiger die Hände gegeneinander. Wir klatschten einander ab, und die Vögel stoben mit ausgebreiteten Flügeln in kühnen Bahnen zum Himmel auf.

Wie ging das noch mal mit dem Lachen? Man zog die Mundwinkel nach oben, in den Augenwinkeln bildeten sich kleine Fältchen, man ließ die Zähne sehen, nur ein wenig, man stieß etwas Luft aus und nahm neue in sich auf. Ich versuchte es, doch die Zeit war vorüber. Mein Mund war verhärtet, verzerrt, krumm und schief wie die Mauer eines verfallenen Gehöfts.

Die roten Finger der Sonne im Nacken erreichte ich die letzten Häuser von Roccamena, ließ mit den letzten Steinen den Atem der Schlafenden zurück. Als kleines Mädchen rannte ich oft bis zu der letzten Mauer, von der der Putz abbröckelte, dorthin, wo das Dorf endete, ich streckte den Fuß aus und überquerte damit eine unsichtbare Grenze. Dann kam es mir vor, als wäre ich weit weg von meinem Zuhause, ich fühlte mich verloren und meinte, auf diesem Fuß, der noch in der Luft hing, laste ein tonnenschweres Gewicht. Dann bekam ich es mit der Angst zu tun, und ich zog den Fuß zurück, als würde vor mir eine Feuerzunge aufglühen, und ich brachte mich ganz und gar zurück nach Hause, zu meinem Vater und seinem Verständnis, das wie ein fester Schutzwall meine ganze Welt umgab. An diesem Tag nun setzte ich den Fuß über die Mauer, die das Ende der Welt markierte, die ich kannte, aber jetzt gab es keine Möglichkeit mehr, mich umzudrehen und nach Hause zu laufen. Diese Kinderzeit war mit meinem Vater gestorben, und ich hatte nichts mehr, wohin ich zurückkehren konnte.

Ich lief an den Feldern vorüber und blieb nirgendwo stehen. Hinter Roccamena lagen andere Felder, fremde Gesichter, unbekannte Mauern, die mir Angst einflößten; doch ich ging weiter, konzentrierte mich auf das, was ich unter meinen Füßen zertrat, war erfüllt von den Geräuschen, die ich aufnahm und liebkoste, damit sie bei mir blieben und sich in meine Ohren grüben, sich dort aufblasen und so weiten würden, dass dort nichts mehr herein oder hinaus konnte.

Tapfer marschierte ich vorwärts, wie ein Soldat, der in den Krieg ziehen muss und dem keine andere Wahl bleibt. Dann wandte ich mich um, ohne stehen zu bleiben, blickte zurück auf die Felder, an denen ich vorübergekommen war, und suchte nach meinem Vater, vergewisserte mich, dass er mir folgte, dass auch er einen Geisterschritt nach dem anderen machte, um meine Flucht zu beschützen. Es kam mir auch vor, als sähe ich ihn, mal hinter einem Baum verborgen, mal geduckt im Gras. Er war durchscheinend wie Glas, dann leuchtete er hell, ein Wind umgab ihn, bis schließlich nur noch der Wind da war, dann nur noch mein Vater. Alle drei Schritte drehte ich mich um, ohne ihn zu drängen, und vergewisserte mich, dass er bei mir war, dass er nicht wieder zu Staub wurde.

26.

Sie lassen mich ins Loch hinab, und ich falle so lange, dass ich zu träumen glaube. Ich schließe die Augen, und Vergangenes prasselt auf mich ein, jagt mir im Fallen hinterher. Ich breite die Arme aus und lege sie wieder eng an den Körper, ich treibe dahin, drücke mich nach unten und steige wieder empor, wie manche Vögel, die von den Aufwinden getragen werden. Die Wände des Schachtes werden Luft, dann zu Stimmen, der meines Vaters und der meiner Schwestern, schließlich verwandeln sie sich wieder zu Mauerwerk, gezeichnet vom Blut der Erinnerungen. Im Fallen höre ich Hundegebell, es jagt durch die Luft, doch erreicht es mich nicht. Ich fliege mit dem Rücken eng an der Wand, Kälte in den Knochen, und die Tränen, die zuerst nach unten tropften, steigen nun auf zum Himmel, nach oben, zu dem weit aufgerissenen Maul des Schachtes über mir. Ich falle, bis ich mit meinen bloßen Füßen die Erde berühre, und ein wenig kommt es mir vor, als sei die Erde nicht Erde, sondern Wasser, durch das ich soll auf meinem weiteren Weg nach unten, und vielleicht wird es mir nun endlich vergönnt sein, das Meer zu sehen.

DIE HÜTTE

Der Wald, den ich auf meiner Flucht durchquerte, war von einem anderen Grün, als ich es gewohnt war, kälter und schwerer und erfüllt von den Lauten Tausender Tiere. Über meinem Kopf erstreckte sich ein dichtes Blätterdach, durchbrochen nur hier und da von Sonnenstrahlen und klagenden Vogellauten.

Es musste gegen Mittag gewesen sein, als ich anhielt. Ich wusste nicht, wo ich war, noch, ob zu Hause jemand meiner Mutter die Augen geschlossen hatte. Hatte ihre Haut schon die Farbe verändert? War sie trocken und weiß geworden so wie damals die meines Vaters? Einige Stunden nach seinem Tod war der Körper meines Vaters so kalt geworden wie das Brunnenwasser im Winter, und die Haut seiner Stirn stob, wenn man sie mit den Fingern berührte, in winzigen Schuppen davon, die der Wind mit sich trug. Ich stellte mir vor, dass sein ganzer Körper so leicht werden könnte wie Staub, dass er zum Himmel aufsteigen und dann ganz ohne Hast auf die Felder, die Hausdächer und die schwarzen runden Köpfe der Raben niedersinken könnte.

Der Anblick einer Hütte löschte die Erinnerungen an die Vergangenheit aus den Augen. Sie war klein, erbaut aus morschen Balken, schneidenden Sonnenstrahlen und tiefem

Schweigen. Diese Hütte ähnelte mir, sie war mein Spiegelbild, nein, der Spiegel selbst, der meinen ganzen Weg in sich trug. In ihrem Inneren fielen die Sonnenstrahlen in trägen Wellen wie ein Wasserfall auf den Boden; sie landeten weich auf toten Federn und Exkrementen, auf einem alten Schuh, aus dem ein weißes Mäuschen huschte und ängstlich mit gen Himmel gerichtetem Schwänzchen floh. Ich wählte die linke hintere Ecke der Hütte als mein Versteck. Wenn nämlich die Tür mitten in der Nacht plötzlich aufgerissen würde, bliebe mir von dieser Position aus die Möglichkeit, mich zu verteidigen, nach links oder rechts auszuweichen oder den Kopf einzuziehen und mich zu verkriechen wie eine Schnecke in ihrem Haus. Ausgestreckt auf dem Boden lauschte ich, wie die Bäume sich in dem Moment neigten, und spürte, wie der Himmel schwer wurde und die Farbe des Schnees annahm.

In jener beängstigenden und stillen Zuflucht, in diesem stimmenlosen Winkel des Waldes, in dem ich mich versteckte, aß ich ein Stück Brot, das ich mitgebracht hatte, und spülte es mit dem Wasser aus meiner Feldflasche herunter. Würde so von nun an mein Leben sein? Karg an Nahrung und Schlaf, bis es irgendwann hinter der Tür eines Gefängnisses oder im hungrigen Maul eines Tieres endete? Einen großen Teil jenes Tages vermischte ich echte Dinge mit Träumen, hörte Geräusche, ohne sie zuordnen zu können, und stellte mir vor, der ganze Wald sei eine einzige Lüge.

Alles, was ich besaß, war die Anhäufung von Unbekanntem. Wo war ich? Wer hatte diese Hütte gebaut und dafür einen Balken auf den anderen genagelt? Was sollte ich essen, sobald das Weizenbrot und das wenige mitgeführte Essen aufgebraucht waren? Staub von den Balken in meiner Kehle, Sonnenstreifen, die den Raum wie Messer zerteilten, alles, was ich je getan hatte, in Wirklichkeit und in meinen Träumen, all diese Dinge, die unter meiner Haut steckten, krumm und schief wie Greisenmünder.

Ich öffnete den Beutel und holte eines der Bücher meines Vaters hervor, hielt es aufgeschlagen auf den Knien, damit es mich vor schlimmen Gedanken bewahrte. Der Mond ging auf, und mit ihm krochen die feuchte Kälte aus den Balken und der Staub aus dem Wald. Mir wurde klar, dass diese Nacht sich von allen anderen unterschied, da ich nun allein auf der Welt und mein Leben zum ersten Mal zur Flucht geworden war. In meiner ersten Nacht als Mörderin berührten meine Finger die Sterne und mein Rücken die Erde, und kein Schuldgefühl drückte auf die schwer gewordenen Lider.

25.

Ich halte die Augen geschlossen und erfinde mir eine Wasserwelt, um für immer darin zu leben, keine Schmerzen mehr zu spüren und keine Fragen zu hören, wo ich mit ausgebreiteten Armen dahintreiben kann. Im freien Fall das Loch hinab gibt es weder Tag noch Nacht, die Zeit hat weder Anfang noch Ende, die Hände sind leer und halten doch alles, hier gibt es keine Wünsche, keinen Platz für Erinnerungen, für all das, was fehlt. Ich bin nicht müde, ich dringe weiter vor und vergesse, woher ich komme, denn das Meer kennt keine Straßen. Mit einem Brennen, einem Aufschrei gleich, kehrt der Körper zurück, und die Nässe ist verschwunden.

Ich liege auf dem Boden, und man peitscht mich aus. Ich kann kaum etwas hören, mein Gesicht ist dem Boden zugewandt. Ich spüre das Leder und stelle mir die Hand vor, die es führt. Groß, von dicken Adern überzogen, blind, ohne jeden Gedanken. Sie packt den Griff, geht weit nach oben, holt aus und senkt sich herab, dann hebt sie sich wieder und beginnt von Neuem, ohne nach einem Grund zu fragen. Der Schmerz reißt die Haut auf zu einem sprechenden Mund. Er sagt die Worte, die mir nicht über die Zunge wollen, einige gelten der Wache mit der Peitsche, andere sind lindernder Balsam, wieder andere rufen nach jemandem, der mich jedoch nicht hören kann.

Ich balle die Fäuste, presse die Zähne fest zusammen, spanne den Rücken und die Zehen an. Die Hand geht nach oben, holt aus, stürzt herab wie die Raben aufs Feld. Senkt sich nach unten auf meinen Rücken, der dem Leder der Peitsche ausgeliefert ist, auf meinen Rücken, der nun so weit offen klafft, dass da kein Mund mehr ist, sondern ein Abgrund, in den man fallen kann, so aufgeplatzt, dass er seine Stimme verloren hat. Ich bin stumm, nur noch Fleisch, zum Schneiden bestimmt, erdrückt von der Dunkelheit, die sich von oben und von unten auf mich herabsenkt, entzweigerissen von dieser Hand, die ich mir nur vorstelle, die zuschlägt, ohne zu denken.

Um mich zu wehren, lasse ich alles los, was an mir hart ist, Zähne, Rücken, Fäuste, Füße, und werde zu Wasser, das man nicht festhalten kann. Seit wann holt diese Hand aus und schlägt zu? Eine Stunde, zwei, drei, vier? Hier unten sind auch der Zeit die Füße gefesselt. Sie will voran und stolpert, fällt hin, manchmal erhebt sie sich wieder, manchmal nicht. Sie taumelt wie betrunken, die Beine wie eingerostet, sie beugt sich nach vorn, mit Ketten an den unsichtbaren Knöcheln. Die Zeit ergibt sich, sie vergeht nicht, sondern fällt, und wenn das Leder auf die Haut niedersaust, scheint es von einem ganz hohen Berg herabzukommen, und alles dauert ewig, wird endlich langsamer, hält an; auf den Wunden bildet sich harter brauner Schorf.

ICH BEFRAGE DIE KNOCHEN

Dann wurde es Morgen, unter wirren Fieberfantasien, Furcht, Schmerzen und der Hoffnung, alles sei nur ein böser Traum gewesen, mein Vater würde noch leben und mich erwartete in der Küche das fröhlich knisternde Herdfeuer. Doch als ich die Augen aufschlug, war alles still um mich, keine hellen Stimmen von Antonia und Teresa, keine heiße Milch in den Tassen, nur eine Hütte aus morschen Balken, die unter jedem Windstoß ächzten.

Kaum versuchte ich aufzustehen, da mahnte mein Magen mich, dass ich schon zu lange nichts gegessen hatte, und es kam mir vor, als würde diese meine Zuflucht im Wald sich in die Luft erheben und anfangen, sich zu drehen. Ich fühlte mich, als besäße ich weder Knochen noch Fleisch mehr, wäre nur noch ein Geist, schwerelos, und trotzdem empfand ich noch Schmerz und Hunger. Ich holte aus dem Beutel das trocken gewordene Brot, das ich mitgebracht hatte, und streute mit der Krume einen Weg aus Bröseln, der vom Wald bis an mein Lager aus Lumpen führte.

Ich wartete und wartete, bis schließlich ein Rotkehlchen zur Hütte kam, um das Brot aufzupicken. Draußen, wo ich sie nicht sehen konnte, sangen andere Vögel in ihren Verstecken, um es aufzuscheuchen und vor dem Ort zu bewahren, den es ansteuerte. Wenig später kamen zwei weitere Vögel in den Raum, sie bedrängten einander, hackten sich ins Gefieder und wirbelten Staubwölkchen auf, als sie sich auf den Balken niederließen.

Keiner von ihnen beachtete mich, die ich mich wie ein großer Rabe lauernd duckte, schwarz meine Gedanken, meine Augen, mein Herz, die schlammverkrusteten Füße; keiner von ihnen beachtete diesen Raben, man hörte nur Schnäbel picken, die das Brot zerkleinerten, und das scharrende Geräusch von Vogelkrallen auf dem morschen Holz des Bodens.

Ich betrachtete sie wie verzaubert, genau wie ich als kleines Mädchen stundenlang die Vögel auf den Zweigen beobachtet hatte und nicht glauben wollte, dass aus so winzigen Schnäbeln eine derart kräftige Stimme hervorkommen könnte, und der Gedanke, sie zu töten, um mich von ihnen zu nähren, machte sich davon wie Wasser, das man mit den Fingern aufhalten will. Das Rotkehlchen hüpfte aufgeregt in der Hütte hin und her, freudetrunken über die unerwartete Nahrung, und als ich einen Finger vorstreckte, um es zu berühren, schien es zunächst zutraulich zu sein, doch dann ergriff es die Flucht und ließ mich mit meinem Hunger allein. Kurz darauf flogen auch die anderen beiden Vögel auf, wobei sie sich zeternd um das letzte Stückchen Brot stritten.

Einsam und verlassen in dieser Hütte, wie ein altes, unnützes Ding, das alle vergessen hatten, schlief ich ein und wachte auf, unfähig, das Wahre vom Albtraum zu unterscheiden, die Wirklichkeit vor meinen Augen von der, die in meinem Kopf war, und ich fand Trost in diesem Verlorensein, ohne mehr zu zählen, wie die Tage vergingen. Auf dem Boden hatte ich

Knochen ausgelegt, die ich draußen gefunden hatte, vielleicht die eines streunenden Hundes: Klein waren sie, schimmerten weißlich, und an manchen Stellen sah man die Bissspuren von wilden Tieren; mir war, als könnte ich das Mahlen ihrer Kiefer noch hören in den langen Stunden, in denen ich wach lag und den Geräuschen der Nacht lauschte. Ich hoffte, dass diese Knochen irgendeine Jagdbeute anlocken würden, irgendein Tier, mit dem ich meinen Hunger stillen konnte, und schließlich trabte eines Morgens ein fettes verwildertes Schwein durch die offene Tür herein, schnaubend, mit tief gesenkter Schnauze, der Rücken schwarz-weiß gefleckt, und seine glänzenden Augen musterten mich, als sei ich ein Teil dieser Hütte, wie das Dach oder etwas Staub, der sich zwischen den Balken festgesetzt hatte, oder ein Lumpen.

Ich wusste genau, dass ich dieses Tier nicht entkommen lassen durfte, wie ich es mit den Vögeln getan hatte, dass ich es mit der Hippe erwischen musste, bevor es mich angriff oder floh, dass ich essen musste, um am Leben zu bleiben, aber mir versagten die Kräfte, ich schaffte es nicht einmal aufzustehen, geschweige denn, den Griff meiner Hippe zu fassen. Da kam mir eine Geschichte in den Sinn, die mein Vater mir einmal erzählt hatte (von ihm, von ihm allein hatte ich alles empfangen, was ich besaß, all das Wissen, das mich am Leben erhielt): Darin ging es um ein fernes Dorf, jenseits der namenlosen Meere und der Berge, die bis an den Himmel reichten, wo Menschen mit einem Tierknochen in einem Sack auf die Jagd gingen, damit ihre Beute im Angesicht des Todes selbst starb. Und so blieb ich in diesem Winkel der Hütte sitzen, in der Hoffnung, das Schwein würde beim Anblick der auf dem

Boden verteilten Knochen von selbst zusammenbrechen, aber es schnaubte nur auf und sah mich aus seinen gelben Augen an, die trübe waren wie kleine erloschene Sonnen.

Ohne es anzusehen und im Kopf nur noch einen einzigen Gedanken, meinen Hunger, sprang ich auf und schlug mit der Hippe blindlings zu, dass sie nach unten sauste und die Luft zerschnitt. Es war wie ein Tanz, was das Tier und ich da vollführten, während wir ganze Wolken an Staub vom Boden aufwirbelten. Nach wenigen Sekunden, die sich wie Stunden hinzogen, sah ich, dass das Schwein fiel und dabei die Pfoten noch bewegte, als träumte es davon zu entkommen, als würde es seinem freien Leben in den Wäldern nachtrauern. Am liebsten hätte ich die Hippe weggeworfen und mir die Ohren zugehalten, seine Klagelaute aus meinem Kopf gelöscht und die zappelnden Beine, die im Himmel nach dem Boden suchten, auf dem sie fliehen könnten. Ich beweinte das Tier und bat es um Verzeihung, wie ein kleines Kind, das etwas Unüberlegtes getan hatte, aber zu groß war mein Hunger, diese Leere, die in meinem Bauch nagte.

Mit jedem weiteren Atemzug verlor das Tier seinen Körper und das Bewusstsein, es verdrehte die Augen nach hinten wie der alte, vom Teufel besessene Mann, den jeder in Roccamena kannte.

Ich erinnere mich genau, damals war ich fünf Jahre alt. Im Haus des alten Mannes, wo sich das ganze Dorf versammelt hatte, erschien eine Frau, die den Teufel austreiben konnte, und als sie über die Schwelle trat, wichen die Leute beiseite, um ihr den Weg frei zu machen, wie einer Königin im Märchen.

Diese in Lumpen gekleidete Frau mit langen weißen Haaren und Augen wie glühenden Kohlen näherte sich dem Bett des Alten, holte aus ihrem schäbigen Beutel ein Fläschchen und spritzte dem Mann die Flüssigkeit daraus auf die Stirn. Aus seinem Mund kamen unbekannte, mit weißem Schaum vermischte Worte; feuchte Worte, feuchter Schaum. Die Frau des alten Mannes näherte sich dem Bett, um ihn festzuhalten, doch die andere hielt sie auf, indem sie nur ihre Hand hob. Sie goss die übrige Flüssigkeit in die Haare des Mannes, und von seinem Kopf stieg ein schwach leuchtender gelber Dampf auf. Alle folgten diesem Dampf mit den Augen, und als wir wieder hinunter auf den Mann sahen, hatte die Frau ihm einen Stock auf die Brust gelegt, in dem sie den Teufel fangen wollte.

»Jetzt ist Satan hier drinnen«, verkündete sie und umklammerte den Stock. »Verbrennt ihn und werft die Asche dieses Stocks in den Fluss.«

Als das Schwein sich nicht mehr bewegte, zerrte ich seinen toten Körper in eine Ecke der Hütte. Der Geruch nach Wild kletterte die Balken hoch wie eine Spinne, er drang in meine Nase und machte, dass sich alles um mich drehte. Mit klopfendem Herzen saß ich auf dem Boden, brach das Tier am Bauch auf und versenkte die Hände darin. Noch einmal weinte ich über meine schlimme Tat. Ich weinte, weinte, bis der Körper des Schweins erst lauwarm und dann kalt geworden war, bis der Hunger sein Recht einforderte und mich daran erinnerte, wo ich war und was es jetzt zu tun galt.

Die ganze Nacht hindurch schnitt ich das Fleisch und grub dann ein Loch in den Boden, um es darin zu trocknen, und da ich aus Angst, jemand könnte mich bemerken, kein Feuer anzünden konnte, schlang ich einige Fleischbissen roh hinunter, die für mich so köstlich und süß schmeckten wie die Mandeltörtchen, die mein Vater manchmal mitgebracht hatte. Ich spürte nichts anderes, als dass meine Zähne das Fleisch zermahlten, das wunderbare Gefühl in meinem Magen, der sich füllte, die wiederkehrenden Kräfte.

Blutbefleckt und zitternd vor Kälte dachte ich an meinen Vater, wie sehr er sich wegen dieses hastig verschlungenen Fleisches geschämt hätte, meinetwegen geschämt hätte, denn ich war ein lebendiges Tier vor seiner toten Jagdbeute.

Ich musste an meine Schwestern denken, die nun Waisen waren, an ihren Hass gegen mich, der sie jetzt und für immer am Leben erhalten würde. Im Angesicht der Leiche meiner Mutter würden sie unsere Kinderspiele vergessen, die Nachmittage, an denen wir Nester auf den Bäumen gesucht und mit offenen Mündern die hungrig aufgesperrten Schnäbel der Vogeljungen beobachtet hatten. Sie würden meine Hände aus ihrem Gedächtnis streichen, die sie hinauf zu den obersten Zweigen gehievt hatten, damit sie in die Ferne sehen konnten, wo die Welt zu enden schien. Meine vorgestreckten Hände, um sie wieder in Empfang zu nehmen, um sie aufzufangen und über ihr Wohlergehen zu wachen.

Ich dachte an sie, während ich das Gerippe des Schweins weiß wusch, das restliche Fleisch ablöste, sämtliche rötlichen Schatten, ich polierte die Oberflächen, bis die Knochen so hell glänzten, dass sie das Licht des Mondes zurückwarfen. Ich reihte die gesäuberten Knochen auf, wie es mich mein Vater gelehrt hatte, und bereitete mich darauf vor, sie zu befragen, wenn die Sonne aufgehen würde. Für das, was ich tun musste, benötigte ich einen Ring, also riss ich einen Streifen Stoff von meinem Rocksaum ab und formte aus ihm einen Kreis. Um ihn zu beschweren, tränkte ich ihn im Blut, arbeitete Erde hinein und gab ihm Form und Namen eines Ringes.

Ich wartete ab, bis die ersten Sonnenstrahlen zwischen den Balken hereinfielen, dann riss ich mir ein Haar aus und hängte den Ring daran auf, sodass er pendeln konnte. Jeden einzelnen Knochen fragte ich etwas über meine Vergangenheit und meine Zukunft, und je nachdem, wie der Ring sich drehte, wie stark er in der Stille der Hütte ausschwang, deutete ich, was er mir sagen wollte. Ich fragte nach meinem Vater, fragte, ob ich ihn je wiedersehen würde, fragte nach meinen Schwestern und Gaspare und wie lang wohl meine Flucht andauern würde.

Auf der Oberfläche des größten Knochens erschien vom Hinstarren eine große Wasserfläche, das musste das Meer sein, so wie mein Vater mir davon erzählt hatte, dann eine kranke Frau, weinende Menschen, der weiße Kragen eines Pfarrers. Ich wusste nicht, wer diese Leute waren, vielleicht waren es Bilder aus der Zukunft, vielleicht auch nur Tagträume, Halluzinationen, Dämpfe, die die Luft erfüllten.

Ich suchte weiter, da ich meinen Vater in diesem Knochengewirr zu finden hoffte, mehr noch als die Zukunft und die Vergangenheit, ich wollte seine Stimme, seine Hände, aber er war nirgendwo, weder auf der Erde noch in den Knochen, im Staub der Hütte oder dem hellen Morgenhimmel.

Da musste ich an ein schweres Buch denken, das er stets in einer Truhe auf dem Dachboden verschlossen hielt, zusammen mit anderen Büchern, die Nonna Agata ihm hinterlassen hatte, und das ich niemals anfassen durfte, weil es »nichts für kleine

Kinder« war. Dieses Buch hatte es mir mehr als alle anderen angetan, und es raubte mir jedes Mal den Atem, wenn ich mich auf den Dachboden stahl und heimlich darin blätterte: Der Lederumschlag war grüner als jedes frische Blatt, die kleinen Metallverzierungen vom Zahn der Zeit geschwärzt, und zudem nahm ich den Geruch all der Augen wahr, die darin gelesen hatten, den der Hände von Nonna Agata, die in meiner Vorstellung nach feuchtem Holz und Gras rochen.

Und im Innern des Buches, Seiten über Seiten, unglaubliche weiße Knochengerüste auf vergilbtem Papier; manche hielten ihr Arbeitsgerät in der Hand, schwangen eine Hacke oder holten Brot aus dem Ofen, andere wirkten ernst und in sich gekehrt, saßen da und sannen über ihre Gebeine nach oder lagen verkrümmt auf einem weißen Grabstein.

Da gab es Menschen mit der Baumkrankheit, solche, die nur aus Muskeln bestanden, aus nichts als roten Strängen, die sich hinauf zu den grinsenden Schädeln schlängelten, sich in den Himmel verzweigten wie das Astwerk einer Ulme. Da waren auch Kinder zu sehen, in Laken gewickelt, mit weit aufgerissenen Augen und Mondgesichtern. Für jede Krankheit des Körpers gab es ein Instrument, welches einem das Leben zurückgeben konnte: Myrtenblattsonden, Stilette, Hohlsonden, Flügelsonden, Ätzmittelträger, Zangen, Harnröhrendilatoren, Metallspritzen zur Entwässerung des Brustfells, Fistelmesser, Trokare, Kompressen, Storchschnabelzangen, Exzisionsinstrumente für Projektile, Pessare, Uterussonden, kurbelbetriebene Knochensägen, Handbohrer, Rachenspreizer, Schröpfgläser, Wannen für Augenbäder, Spatel, Kopfhalter, Küretten, Kanülen, Steinschneider.

Ich sah noch einmal auf die Knochen, bat sie, mir das Gesicht meiner Großmutter Agata zu zeigen, die ich nie kennengelernt hatte, und dann ließ ich den Ring hundert Mal schwingen, um zu erfahren, ob meine Mutter mich jemals geliebt hatte, aber es geschah nichts. Schließlich stand ich auf, erschöpft und verwirrt, mit eingeschlafenen Gliedern und einem Klumpen in der Kehle, der sich nicht auflösen wollte.

24.

Unten im Loch vergehen Minuten und Stunden. Die Hand hebt sich, holt aus, saust herab und schlägt zu. Die Hand denkt nicht und sieht nicht, sie reißt meinen Rücken auf, der bereits voller klaffender Münder ist, und mein Kopf redet einfach weiter, denn Schweigen bedeutet in diesem Loch zu sterben.

»Ceres, Kassiopeia, Fuhrmann, Drache, Schwan, Pegasus.« Ich erhob mich zu den Sternen, und die Sterne strömten aus meinem Mund, sie erfüllten das Loch, die Wände, die Decke dort hoch oben, das Fleisch, das Leder und die Hand, die nicht denkt. Zehn Sterne lernte ich am Tag auswendig, als mein Vater noch lebte, und ich wiederholte sie auf den Feldern, entließ sie zwischen den Schnäbeln der Raben ins Freie.

»Cetus, Eridanus, Orionis, Lepus, Monoceros, Canis Major, Hydra, Sextans, Crater, Corvus.« Die Hand hebt sich, holt aus, saust herab und schlägt zu. Ich schicke die Sterne in einem Kreis in den Schacht, damit sie mir leuchten. Ich sehe andere Augen in den Winkeln der Zelle, Augen, die beobachten, und andere, die nicht sehen wollen.

Da gibt es Münder, die so weit geöffnet sind wie dieser Schacht, andere *sind so fest geschlossen wie der Grabdeckel auf diesem Schacht.*

»Musca, Chamäleon, Phaeton, Lineola, Vespa, Urna, Schild-

kröte, Lacerta, Scutum.« Mein Mund ist voller Sterne, und nichts anderes zählt, bis es so viele sind, dass sie den gesamten Schacht füllen.

Als mein Vater mir den Sternenatlas schenkte, der Nonna Agata gehört hatte, konnte ich noch kaum lesen, daher fuhr ich mit dem Finger die Seiten entlang, setzte ihn vorsichtig unter den Buchstaben an, damit sie nicht aus dem Buch purzelten. Ich sprach den Buchstaben laut aus, dann das ganze Wort, und so verging die Nacht, während ich vor dem erloschenen Kamin den Schlaf vertrieb. Ich wiederholte die Worte, solange die Dunkelheit andauerte, und am Morgen, wenn die Sonne aufging, hatte ich einen Stern erschaffen. Leuchtend, glänzend, wie eine Messerklinge, wenn der Messerschärfer sie streichelt: zuerst der Wassereimer, aus dem die Tropfen fallen, jeder einzelne ein Spiegel, der die Sonne einfängt, dann die Klinge auf dem Schleifstein, das Rad, das sich dreht, das Wasser, das sie befeuchtet, und am Ende, erst ganz am Ende das vollendete Messer, glänzend und scharf. So war mein Stern am Morgen und all die anderen, die noch dazukommen sollten.

VIPER

Die Tage in der Hütte gingen dahin, während ich auf die Geräusche des Waldes lauschte. Wenn ich wach war, dachte ich an meinen Vater, und im Schlaf träumte ich, ein Wolf würde seine Zähne in die Haut meiner Arme schlagen, bis mein Vater ihn in die Flucht trieb. Um zu überleben, aß ich das getrocknete Fleisch des Schweins, Brombeeren und Wildäpfel, stillte meinen Durst mit Wasser aus dem Bach und meine körperlichen Schmerzen mit Wurzeln, die ich aus dem Erdreich riss, zerstampfte und zu Tropfen destillierte, so vollkommen wie ganze Welten. Ich erholte mich immer besser von dem Tod, der weiter an meiner Seite schlief. Manchmal schlug ich plötzlich die Augen auf und erinnerte mich an nichts, manchmal jedoch erinnerte ich mich an jede Einzelheit: an den Geruch der schlafenden Münder von Antonia und Teresa, an das Blut derjenigen, die gestorben waren; an den verästelten Fleck auf dem Kissen meines Onkels, der aussah wie die Äderung eines Blattes, an die weit aufgerissenen Augen meiner Mutter, die an die Decke starrten.

Eines Tages kroch eine Viper in die Hütte und versenkte ihre Zähne in meine Wade. Meine Zähne fingen an zu klappern, ich zitterte am ganzen Leib, verging vor Sorge und mangelndem Schlaf. Ich wusste nicht, was ich tun sollte, wusste nicht einmal, wie viel Zeit mir noch bleiben würde, als ich mich dunkel an etwas erinnerte: mein Vater, Antonia und ich irgendwo in der sonnenverbrannten Landschaft, meine Schwester, die die Hand ausstreckt, um Brombeeren zu pflücken, und eine Biene, die sie vor Schmerzen aufschreien lässt.

»Gift müsst ihr mit Gift behandeln«, hatte an jenem Tag mein Vater gesagt, um dann Bienen zu fangen und ihnen die Stacheln auszureißen.

»Nonna Agata hat mich das gelehrt«, erklärte er, »es wirkt immer.« Ich erinnerte mich, dass er die Stacheln auf Antonias heiße, gerötete Haut auflegte, bis der Schmerz verschwand und auch ihre Tränen getrocknet waren.

»Gift müsst ihr mit Gift behandeln.«

Aus Stoff riss ich Streifen, mit denen ich mir eng das Bein abband, um den Weg des Giftes zum Herzen aufzuhalten, dann lief ich in den Wald und suchte jeden Baumstumpf, jeden Busch, jeden Grashalm ab, bis ich im Schatten eines Steines eine kleine Viper liegen sah. Ich ließ sie zu Ende fressen, wie ich es in einem der Bücher meines Vaters gelesen hatte, ihr Mahl aus Eidechsen und Feldmäusen beenden, dann fing ich sie, schnitt Kopf und Schwanz ab, zog die Haut ab und legte sie in die Sonne. Neben dem morschen Baumstumpf einer Kastanie fand ich einen Busch mit wildem Dill, ich pflückte die kleinen gelben Blüten ab, zerstampfte sie mit dem Fleisch der Viper und schlang alles hinunter, ohne irgendetwas zu schmecken. Nach einigen Stunden war das Fieber fort. Meine Mutter sagte, ich sei wie Unkraut, das selbst unter Beleidigungen und Anspucken gedeiht, das sich an den trockenen Verputz klammert und niemals vergeht; je mehr man es ausreißt, desto stärker wächst es nach.

23.

Das Leder der Peitsche ist dreimal im selben Winkel auf die Haut niedergesaust, ein weiterer kleiner Mund hat sich in meinem Fleisch aufgetan, es brennt und blutet, aber das macht nichts. Die Sternbilder fügen sich zu einer Zeichnung: Ein Wesen, Mensch und Pferd zugleich, ersteht in der Mitte des Schachtes und verströmt ein flackerndes Licht, das über dem Schimmel und den in die Wand eingelassenen Ketten schwebt. Jetzt allerdings verschwimmt alles um mich, all die kleinen Münder auf meinem Rücken haben sich vereint und schreien so laut, dass mir das Trommelfell platzt, und ich höre schlecht, spüre nur den Schmerz der Dinge und des harten Leders.

Ich sehe jetzt nicht mehr mit den Augen, die sich vom Anblick des Leids erschöpft haben, ich sehe mit den blutigen Mündern des Rückens, ich sehe mit den Augen des Leders, mit dem kohlrabenschwarzen Blick der Hand, die die Peitsche schwingt. Ich spüre meine Beine nicht mehr, dafür mein Herz umso mehr, verzweifelt flattert es wie die kleinen Vögel in ihren engen Käfigen. Ich spüre auch, dass ich weine, heiße, salzige Tränen, dass die Augen sich auf den Boden kauern und dort zwei runde Pfützen bilden. Ich zähle die Sterne, bis ich den Überblick verliere.

DIE ALTE

Zwei oder drei Kilometer von der Hütte entfernt gab es ein Feld aus Erde und Gras, von einem Ring aus Baumstämmen eingeschlossen, die stolz und wachsam wie Soldaten aufragten. Dorthin ging ich, wenn der Horizont die Sonne in der Mitte durchteilte und ihr Anblick nicht mehr in den Augen schmerzte. Mit dem Rücken auf dem Boden lauschte ich dem Gesang des Waldes, wie die Stimmen der Bäume sich vermischten und dann verloren, wie sie sich in den Himmel aufschwangen und schließlich schwanden. Jedes Blatt hatte etwas zu sagen, hatte eine Stimme, wurde zu Wind, der sich in meine Kleider drängte, der wie ein Ring meinen Hals umfloss, der mich an meinen Körper erinnerte, wenn ich vergaß, dass ich einen besaß.

Hier war ich kein Unkraut mehr, ich war fünfzehn Jahre alt, bestand nur noch aus Hunger und Knochen und konnte mich an meine Vergangenheit erinnern, die mir wie ein verschluckter Aprikosenkern quer in der Kehle steckte. Hier konnte mich alles und jedes töten, denn auf dieser offenen Lichtung war alles an mir lebendig. Jeden Abend schloss ich angesichts des feuerroten Sonnenballs die Augen und wartete auf die Bisse der Vipern, Fieberanfälle, die Zähne eines Wolfs, den Griff eines Mannes um meine Kehle. Ich erwartete den Tod durch ein Gewehr, eine Schlinge, Donner, Blitz, Feuer, eine kräftige Hand oder giftige Pflanzen. Ich erwartete ein barmherziges Ende, das der Wind mir bescherte, aber stattdessen empfing ich Leben und wieder Leben, manchmal von der Wärme des Grases, manchmal vom Himmel in Form von Regen.

Eines Tages hörte ich auf dieser Lichtung sich nähernde Schritte. Lautlos suchte ich Zuflucht hinter einem Baum, beruhigte meinen Atem und sah eine in einen Mantel gehüllte Gestalt langsam auf den Bach zulaufen. Bei genauerem Hinsehen erkannte ich, dass es sich um eine alte Frau handelte, sie ging tief gebückt und trug eine Hacke in der Hand. Die Alte wirkte wie ein Stein, ein Felsblock, wie etwas, das für immer aus der Erinnerung geschwunden war. Sie wurde noch langsamer, bückte sich noch tiefer, das Gesicht im Stoff verborgen, und dann begann sie zu graben. Aus den Falten ihres Rockes holte sie nach langem Suchen eine durch und durch gelbe Hühnerkralle hervor.

Die Alte legte ihren Umhang ab, dann die Wolljacke, die sie darunter trug, und löste schließlich Band für Band den Kittel aus grobem Leinenstoff, der ihren ganzen Leib verhüllte. Nackt legte sie sich in die Abendsonne und presste die offenen Handflächen auf den Boden.

Ich hatte noch nie den Körper einer alten Frau gesehen. Ich kannte meinen eigenen, die meiner Schwestern, den meiner Mutter und den von Gaspare, wenn man ihn unter Schlägen zwang, sich zu waschen.

Die Haut der Alten unterschied sich von der der Männer, sie war wie ausgetrocknete Erde, die niemand wässerte und die durch die Sonne aufbricht. Sie hatte Wunden, in die nun die Sonnenstrahlen eindrangen, Wunden wie Fallen, um eine Beute anzulocken. Ihre Haare hielten Insekten gefangen, waren ein Spinnennetz auf dem Boden, wie die Hand eines Riesen, die alles zerquetschte. Ihre Brüste waren wie die Zungen von großen Tieren, die nach langem Lauf hechelten. Ihre Hände, diese verkrümmten Hände waren tote, vertrocknete Zweige mit spitzen Enden, frei von Blättern oder Früchten. Ihr Gesicht kam einem Erdbeben gleich, das Häuser zerstört, der zahnlose Mund ein leerer Brunnen ohne Grund, in dem die Stimme sich verliert, der von der Hölle erzählt.

Die Haare flossen bis zu den Füßen hinab, sie wanden sich, Schlange und Nest zugleich. Ihre Augen konnte ich nicht erkennen, aber sie waren tintenschwarz, gen Himmel gerichtet, mit dem Ziel, ihn aufzubrechen wie den Bauch eines Schweins.

Ich sah, wie sie den Hühnerfuß hoch zu den Wolken schwang, sah, wie sie mit dem Arm große Kreise zog, wie jemand, der die Leute zur Ernte herbeiruft. Sie bat um etwas, das man ihr genommen hatte, so schien es mir jedenfalls, etwas, das man ihr erst versprochen und dann weggenommen hatte. Sie führte sich den Hühnerfuß an die Augen, zum Mund, zum Herzen.

»Komm«, sagte sie, mehr konnte ich nicht verstehen. »Überwinde die Berge und komm.«

Auch sie wartete auf jemanden, der nicht kam, man hatte ihr etwas versprochen und es nicht gehalten. Sie schrie ihre Beschwörungen laut in den Himmel, grub ein Loch und legte die Hühnerkralle hinein, bedeckte sie mit Erde und gab Steine und trockene Zweige darauf.

Ohne hinzusehen, die Augen zum sich verdunkelnden Himmel gerichtet, schnitt sich die Alte mit einem Stein die Haut am Arm auf. Sie ließ ein wenig von ihrem Blut auf die vertrockneten Zweige fließen, und als sie wieder aufstand, schien sie selbst ein großes Stück dieser Erde zu sein, das jemand mit roher Gewalt herausgerissen hatte. Schließlich ging sie, mit ihrem Kleiderhaufen im Arm lief sie den Weg zurück, den sie gekommen war, mal langsam, mal schneller ausschreitend.

Ich wartete eine Stunde und eine weitere, dann näherte ich mich der Stelle, an der sie das Loch gegraben hatte, schob die Erde beiseite und nahm die Hühnerkralle an mich. Sie war noch recht frisch, es hing noch etwas eingetrocknetes Blut an der Stelle, an der man sie abgetrennt hatte, noch ein wenig Schmerz an der gelblichen Lederhaut.

Konnte dieses abgehackte Stück Schmerz die Toten beschwören? War es ein Zauberstab, der Schlüssel zum Himmel? Das wusste ich nicht, aber dennoch kniete ich mich hin, wie die Alte es getan hatte, und rief nach meinem Vater. Ich stellte mir vor, dass er sich hinter den Wolken versteckte, hinter jedem einzelnen Baumstamm und mich traurig ansah, und es wäre schön gewesen, wenn er jetzt aus der Dunkelheit erschienen wäre, als wäre diese Sache mit dem Sterben nur ein Spiel.

Ich öffnete den Mund, damit der Wind in meinen Bauch eindringen konnte, öffnete Augen und Ohren weit, breitete die Haare aus und drückte die Beine auseinander, bis sie eine Schere bildeten. Mit offenem Mund lauschte ich dem Rauschen der Blätter, dem Ruf des Käuzchens und allen Geräuschen im nächtlichen Dunkel.

»Los, komm aus der Wolke hervor und rede mit mir«: Ich weiß nicht, wie oft ich das sagte, während ich die Hühnerkralle dem Mond entgegenreckte und mir die Kälte in die Knochen kroch.

»Komm«, sagte ich, bis ich nur noch ins Leere atmete, bis meine Kehle anfing zu brennen. Nichts würde mich aufhalten, nicht einmal ein Wolf, käme denn einer, um mich zu zerfleischen, meinen Körper in Stücke zu reißen, denn ohne meinen Vater war mein Leben nur ein Passieren eines Lufthauchs, verschwendeter Atem.

Während ich ihn so rief, schlief ich ein, und mein Vater erschien mir im Traum. Er trug den Anzug, in dem man ihn begraben hatte, und sah sehr ordentlich aus, seine Haut verströmte einen Hauch von Duftwasser.

Meine Mutter hatte nicht gewollt, dass man diesen Anzug mit zu Grabe trug, sie meinte, es wäre Verschwendung. »Den fressen bloß die Würmer, und Stoff ist teuer«, sagte sie. An diesem Tag schlug sie mich, aber ich nahm den Anzug trotzdem und bedeckte damit den kalten Körper meines Vaters.

Ich erinnerte mich an alles von ihm, an das mit Falten übersäte Gesicht, so wie die Erde in trockenen Sommern von Furchen durchzogen ist, an seine Größe, die blassen, schlanken Hände. Nur seine Stimme klang anders, als ich sie im Gedächtnis hatte, sie war ein zarter Atem, der aus seinem geschlossenen Mund lief und in meinen floss, wie ein Sirup, wie ein wärmender Wein. Er verweilte lange bei mir unter den bleichen Strahlen des Mondes und dem sanften Windhauch, dann sagte er, ich solle die Augen schließen, und als ich sie wieder öffnete, saß die alte Frau neben mir; statt Haaren wanden sich schwarze Schlangen auf ihrem Kopf, und statt Fingern hatte sie Feuerzungen. Sie war zornig, dass ich ihr den Hühnerfuß gestohlen hatte, und dafür bestrafte sie mich. In dem riesengroßen geschwärzten Topf aus meinem Traum waren alle Tiere aus dem Wald, all ihre Köpfe und Schwänze. Sie sagte, sie würde auch mich hineinwerfen und dann würde ich mich darin auflösen und zu Nichts vergehen.

»Wo ist die Hühnerkralle?«, fragte sie mich. »Wo hast du sie hingetan?« Und der Hühnerfuß, als wäre er lebendig, kam unter den Decken hervor, wo ich ihn versteckt hatte, und ich wollte schon weglaufen, aber ich konnte mich nicht bewegen. Ich träumte, ich würde in den Riesentopf fallen, träumte, dass sich meine Haare an einem langen Schöpflöffel verfingen, träumte von einer Nacht, auf die nie ein Morgen folgen würde.

22.

Sie ziehen mich aus dem Loch, aber ich spüre nichts, weil ich vor Schmerzen weggedämmert bin. Ich erinnere mich an einen Traum, in dem es aufwärtsging, dazu Seile und Worte in Dialekt. Die Wachen kümmern sich um mich, bringen meine verstummten Münder zurück in die Zelle. Eine Hand hält mir den Kopf, so kommt es mir jedenfalls vor. Und wenn es dieselbe Hand wäre, die die Peitsche geschwungen hat? Die das Leder auf meine preisgegebene Haut gelenkt hat? Ich weiß es nicht, hier sind die Hände alle gleich, sie bringen Peitschen, Dunkelheit und Schmerzen.

An den Armen schleifen sie mich fort, denn meine Beine versagen ihren Dienst, und wenn es hier einen Himmel zum Anschauen gäbe, würde ich schon die Augen öffnen, Schmerzen hin oder her. Könnte mein Rücken reden, fände er ein Wort für jeden Zentimeter Leder, der ihn durchpflügt hat, würde er so laut schreien, dass Stein davon brechen würde. Wir kommen durch lange Gänge, Biegungen, spitze Winkel, vorbei an verschlossenen, von Fäusten eingedrückten Türen, zerkratzt von mächtigen Stimmen, die dennoch das Eisen nicht entzweibrechen können. Ein Schlüssel, der sich im Schloss dreht, sagt mir, dass wir angelangt sind, nochmals dreht sich der Schlüssel, und dies ist das Ende der Reise.

Ich verharre dort, wo die Wachen mich ablegen, und spüre Augen auf mir, die mich anstarren, Nasen, die sich witternd recken, wie von hungrigen Tieren auf der Jagd. Ich rieche nach Blut und zähem Schmutz, auf und unter der Haut. So langsam wie möglich krieche ich auf dem Bauch, blindlings kauere ich mich in mein Eck, mit geschlossenen Augen krame ich in meinen Erinnerungen auf der Suche nach ein wenig Frieden.

»Erinnerst du dich daran, wie ich dich auf der Lichtung gesucht habe, Vater?«, frage ich in die Dunkelheit der Zelle hinein.

Schweigend gehe ich alle Wege ab, die ich seit dem Tag, an dem ich mein Heim verlassen habe, beschritten habe, um zu leben wie ein verwundetes Tier, allein mit meiner mehrfachen Schuld. Ich sehe alles, trotz der Dunkelheit, die die Schultern niederdrückt wie ein Felsdach, das sich auf unsere Köpfe herabsenkt und auf das schmutzige Palermo, auf Hunde und hervorstehende Knochen, faulendes Gemüse, das nur noch zum Zertreten taugt.

Auch die Stadt sehe ich, als hätte sie jemand in ein Heft skizziert und ich könnte, wenn ich die Seiten berühre, spüren, wie die Dinge sich bewegen, die Stimmen verfolgen, die Schlägereien, die Betrunkenen, die Tränen, das Meer: sogar das, still ruhend im Hafen. Wozu brauche ich Augen, was soll ich mit dem armseligen Sonnenalmosen, das durch die Fensterluke da oben dringt? Die anderen Gefangenen brauchen dergleichen, aber ich will nichts davon, ich habe nur einen Wunsch, der sich nicht durch Augen vermittelt.

AUS DEM BAUCH

In der Hütte sorgte ich für mich, so gut es ging, aß, was mir unterkam, ein Kaninchen, Wurzeln, kleine Falläpfel, ich zählte die Wunden unter meinen Füßen, die entzündeten Blasen, die Narben. Fünf Tage im Monat fing ich mein Blut mit Stoffstreifen auf, die ich aus einem alten Sack geschnitten, gewaschen und in der Sonne getrocknet hatte. Gegen die Bauchkrämpfe sammelte ich Wermutblätter, die ich zur Linderung zerkaute.

Jeden Morgen nach dem Aufwachen rechnete ich nach, wie viele Tage vergangen waren. Mit der Spitze eines alten Nagels ritzte ich in das Holz, aus dem die Hütte gemacht war, Tag, Monat und Jahr. Das tat ich, um mich nicht zu verlieren, um mit den Dingen der Welt verbunden zu bleiben. So kam der 20. Dezember 1897 heran, vier Monate waren seit der Bluttat vergangen, der hastigen Flucht, die Tage bestanden seitdem aus getrunkenem Wasser und zerkauter Nahrung, aus Leben, das sich bis zum Abend müde dahinschleppte, in der Erinnerung an die Lebenden und die Toten. Meine Zeit als Mörderin eingeschlossen in einem kurzen Atemzug.

An jenem Morgen fühlte ich mich schwach, mein Magen war in Aufruhr, und in meinem Kopf herrschte Finsternis wie am Gewitterhimmel. Ich schlief, aber ich träumte nicht, und plötzlich war da dieses Gefühl, bohrende Augen sähen durch die Ritzen zwischen den Balken hinein, um dann wieder zu verschwinden. Ich dachte, es sei Einbildung, ein Trugbild aus nagendem Hunger, es seien meine Schwestern, die über die Felder gelaufen wären und mich durch irgendeinen Zufall gefunden hätten.

Am gleichen Tag ging ich zum Bach, um meine Feldflasche zu füllen. Während ich mich über das Wasser beugte und mir die Haare wusch, hörte ich Schritte, erst leise aus der Ferne und dann kräftiger. Ich hatte gelernt, auf die Stimmen zu lauschen, zu unterscheiden zwischen den Lauten der Bäume, des Windes, der sich duckenden harmlosen Tiere und jener der wilden Raubtiere kurz vor dem Angriff, den Geräuschen des Hirsches und des Wildschweins, dem des dunklen Herzens und des Atems des Waldes. Aber dieses hier waren die Schritte eines Menschen, gehetzt und voller Angst.

Ich dachte zunächst schon, die alte Frau wäre zurückgekommen, um hinter jedem Baum ihr verschwundenes Amulett zu suchen, um die Waldgeister oder vielleicht auch die Menschenhände zu verfluchen, die es ausgegraben und fortgenommen hatten. Stattdessen erschien etwas mit weiblichen Umrissen, eine jüngere Frau in einem Umhang aus grober Wolle, sie ging gebeugt, die Haare fielen ihr bis auf den Rücken, die Füße waren nackt und schmutzig. Hinter einem umgefallenen Baumstumpf verborgen hielt ich den Atem an und erhaschte jede Einzelheit von ihr, die dünnen Arme, den wollenen Rock und ihre weit aufgerissenen düsteren Augen, Wahrsagerinnenaugen, die sich in den Wald bohrten. Sie sah sich um, vergewisserte sich, dass niemand sie beobachtete, öffnete dann ihren weiten Umhang und legte sich auf den Boden.

Aus ihrem Mund kamen Laute, kurze Klagerufe wie die eines verletzten Tieres, während sie den Kopf anhob und sich vorbeugte, die weißen Zähne fest zusammenpresste und die Luft durch sie ausstieß, als wäre jeder Atemhauch zu schwer, als dass er durch die Lücken zwischen ihnen hindurchpasste, zu zäh, um hindurchzudringen.

Die Frau spreizte die steifen, müden Beine, und dazwischen kam unter Blut und Klagen erst ein Kopf, dann ein ganzer Körper hervor, ein Mund, aufgerissen zum Schrei. Die Frau holte ein Messer hervor und schnitt die lange Schnur aus Fleisch durch, die sie noch mit diesem zitternden Wesen verband. Es war nichts zu hören außer dem Weinen des Kindes, denn der gesamte Wald schwieg, es schwiegen die Vögel und sogar das Wasser der Flüsse.

Irgendwo in der Ferne erhellte ein Blitz den Himmel, gefolgt vom dumpfen Grollen des Donners. Die Frau legte das Kind auf dem nackten Boden ab, dann sprang sie auf, als hätte sie etwas gestochen; mit ihren beiden Händen grub sie ein Loch, legte das Kind hinein und bedeckte es wieder mit Erde.

Die Sonne ging schon unter, als sie im Dickicht des Waldes verschwand, schnell sprang ich aus meinem Versteck und lief auf das zugeschüttete Loch zu. Es hatte angefangen zu regnen, schwere Tropfen, die den Geruch nach nasser Erde zum Himmel aufsteigen ließen. Ich dachte an das Kind, das dort unten eingesperrt war, und grub mit aller Kraft.

Ich entfernte Blätter und Zweige, aber als ich den kleinen Körper aus dem Loch holte, war da nur Stille und Kälte, dunkler Staub auf seinen Augen und zwischen seinen Fingern. Ich legte das Kind auf dem Boden ab und erzählte ihm ein Märchen, massierte seine Füße und Hände, gestand ihm, was ich getan hatte, blies ihm meinen warmen Atem in die Kehle. Doch nichts davon half, es aufzuwecken, also nahm ich es hoch auf meine Arme und lief zur Lichtung hin. Dort in der immerwährenden Stille unter dem grau gesprenkelten Mond und dem Regen, der in dichten Fäden fiel, legte ich den mit Erde verschmutzten Körper ab und holte die Hühnerkralle hervor.

»Weck es auf«, sagte ich zu niemandem und zu allem, was mich umgab. »Weck es auf!« »Weck es auf!« »Weck es auf!« »Weck es auf!« »Weck es auf!« Ich berührte seine Brust, die Hände, die Arme, den Mund, der aussah wie ein roter Fleck auf einem weißen Blatt Papier, aber nichts bewegte sich. Ich wickelte das Kind in meinen Rock, um es vor dem Regen zu schützen, und machte mich auf den Weg zur Hütte. Während ich lief, drehte ich mich ständig um, denn ich war überzeugt, dass mir jemand folgte und zwischen den Bäumen verborgene Augen mich heimlich beobachteten, dass eine Hand mich gleich an den Haaren packen würde. Ich glaubte, Gaspare auf einem Zweig sitzen zu sehen, wie ein großer Vogel, reglos, mit weit aufgerissenem Mund und dunklen Krallen. Er schwang sich in die Lüfte, und seine pechschwarzen Flügel verdeckten die Sonne und ihren Schein.

Als ich die Hütte erreicht hatte, massierte ich noch einmal die Haut des Neugeborenen mit meinen Handflächen, bis ich meine Arme nicht mehr spürte, einschlief und von einem glücklichen Ende träumte. Am nächsten Morgen war die Haut des Kindes so kalt wie Eis, die Händchen zu Fäusten geballt. Mir fiel eine kleine Ader an seiner Stirn auf, die sich hinunter bis zur Augenbraue zog. Sanft legte ich einen Finger darauf, aber das Blut war gestockt und stand kraftlos still.

Ich wusste, was zu tun war, aber ich wollte das nicht tun, deshalb wiegte ich das Kind in meinen Armen, bis es heller Tag war und weiter bis zum Sonnenuntergang, bis es Abend wurde. Im Schein einer schmalen Mondsichel grub ich schließlich hinter der Hütte ein Loch, legte den Körper hinein, ganz sacht, damit ich ihm nicht wehtat, und ließ die hervorgeholte Erde wie einen Regen auf seine Beine und seine Augen fallen, bis die Dunkelheit das Kind ganz und gar zu sich holte.

»Beschütze du es«, sagte ich zu meinem Vater, der in dieser Erde lebte, »halte es bei der Hand.«

Als ich die Hütte wieder betrat, war es bereits Nacht, und ich rollte mich in einer Ecke zusammen. Unter mir spürte ich hart die Bücher, den Trost ihrer Worte, und gewiegt von meinen Dingen und Erinnerungen hörte ich auf zu zittern und schlief ein. Ich träumte, dass das Kind wieder zum Leben erwachte und mit seinen kalten Füßchen in der Luft strampelte, dann von meinem Vater natürlich, der Geschichten erzählte. Im Traum wollte ich alles hören, um in mir eingebrannt das Zeichen seiner Stimme zu bewahren. Bisweilen stieg mir der Geruch von Blut und von Wald in die Nase, dann öffnete ich die Augen, ohne zu wissen, wo ich mich nun befand, suchte nach dem Bett meiner Schwestern, meinem Heim, dem Nachthemd aus grobem Stoff. Es gab Momente, da hatte ich keine Vergangenheit und war gerade erst auf die Welt gekommen, hier zwischen den Lumpen und dem Echo der Berge. Manchmal konnte ich mich auch kaum an etwas erinnern, aber ich wusste, dass etwas geschehen war, an einem Ort, irgendwann weit zurück in der Zeit.

Manchmal sah ich die Leichen meiner Mutter und meines Onkels in ihren Betten liegen, hörte das Blut auf die Kissen tropfen. Ich schloss die Augen, und wenn ich sie wieder öffnete, war alles verschwunden bis auf den Gesang der Zikaden. Dann träumte ich noch, wie mir jemand, vielleicht meine Mutter, über den Kopf streichelte, und da waren weder Ketten noch Stöcke.

Allmählich machte mir die Kälte zu schaffen, und so träumte ich, ich würde in der Hütte ein Feuer anzünden. Ich streckte die eiskalten Füße in seine Richtung aus, verschlang die Wärme, und mit einem Schlag waren all meine Verletzungen geheilt. Mein erschöpftes Herz gewann wieder die Kontrolle über sich, und mein Leben oder nur seine äußere Hülle wurde wieder lebendig. Das Feuer brannte kräftig, und jetzt war es nicht mehr nur ein Traum, es schien überall zu sein, in der Hütte, in meinen durchnässten Kleidern, auf dem Gesicht, dem Hals, in den Haaren. Vielleicht kam ja mein Vater zu mir, als meine Augen sich schlossen, um mir alles zu geben, an dem es mir mangelte: Wärme und Schorf auf die offenen Wunden.

»Vater, du bist zurück«, sagte ich und reckte mich der Flamme entgegen, ich schenkte ihr mein ganzes Selbst, bis die Hitze so übermächtig wurde, dass ich davon erwachte. Und da sah ich ihn: Still wie die Vogelscheuchen auf den Maisfeldern stand da ein Mann in Uniform vor mir, hager und ernst, der mich von oben herab ansah, in der Hand eine Fackel.

21.

Das Drängendste ist jetzt, die Wunden von den Peitschenhieben zu versorgen, den Schmerz zum Schweigen zu bringen, der sich wie eine alles verdunkelnde Wolke ausbreitet. Es gibt zwei Arten von Schmerz, die in dieser Dunkelheit zu mir sprechen, die nicht die Dunkelheit des Kerkers ist, sondern diejenige, die allein in mir wohnt. Der alte Schmerz, der sich nicht lindern lässt, der schon vor dem Auspeitschen in mir lebte und unverändert geblieben ist. Der alte Schmerz, tiefsitzend wie eine Baumwurzel, der keiner Vernunft zugänglich ist, ein verflochtener, verworrener, vergifteter Schleier aus Dreck. Der alte Schmerz, dem der letzte Atemzug meines Vaters anhaftet und der sanfte Hauch meines Sohnes, den man aus meinen Armen gerissen hat. Diesen Schmerz werde ich nicht lindern, denn er muss bei mir bleiben, weil ich die Erinnerung daran nicht verlieren darf, es ist die Lücke, die sich niemals schließt, nicht einmal mit allen Worten dieser Welt.

Dann ist da dieser neue Schmerz, der an der Oberfläche bleibt, der sich mit der Haut befasst und der ihr Schreie entlockt. Er klingt greller, er kreischt und kratzt, aber er ist schwächer als der andere, mehr ein sich krümmendes Stechen, er hat nicht die Kraft, sich irgendwo einzunisten, einen Ort zu finden, der nur ihm allein gehört. Er ist nur auf der Durchreise, kommt mit dem harten Leder, öffnet breite Münder auf meinem Rücken, versieht aufmerksam seine Pflicht und ist auch bereit, wieder zu verschwinden. Er hängt nicht an mir wie der alte Schmerz, er ist kein Teil von mir und kann sich nicht halten, mit einem Fuß ist er schon wieder draußen aus meinem Körper. Diese zwei Arten Schmerz trennt eine unsichtbare Mauer, sie sprechen weder miteinander, noch wollen sie einander zuhören. Diesen neuen Schmerz, den von den Peitschenhieben, werde ich auf die gleiche Art heilen wie einst die Cholera der Kranken im Dorf: mit den Dingen aus der Erde, mit zerstampften und ausgekochten Pflanzen, die man in einer Ampulle zur Ruhe legt.

DER CARABINIERE

Ich floh in die äußerste Ecke der Hütte, während mein Herz noch heftiger ging als mein Atem. Als meine Augen noch geschlossen gewesen waren, konnte ich glauben, alles sei nur ein Traum, mir einbilden, mein eigener Kopf wäre es, der die Hütte mit Dingen und Stimmen füllte. Doch jetzt, da die Augen weit offen waren, glaubte ich nur das, was ich sah. Wirklichkeit und Traum haben verschiedene Gesichter, doch die gleichen spitzen Zähne, die sie einem ins Fleisch bohren.

Der Mann, der die Uniform eines Carabiniere trug, war groß, er hatte rote Haare, Lippen so dünn wie ein Zwirnsfaden, kleine Augen, die schnell hin- und hergingen, und seine ausladenden Füße nahmen die gesamte Mitte des Raumes ein.

»Ich weiß, wer du bist«, sagte er und nannte meinen Taufnamen, dann den Familiennamen meines Vaters. Ich war verloren. Er schwenkte die Fackel in meine Richtung, und ich sah den Karabiner über seiner Schulter.

»Ich weiß, wer du bist«, wiederholte er, »auf dich ist ein Kopfpreis ausgesetzt, alle suchen nach dir, aber nur ich habe dich gefunden.« Er zählte die Namen auf, die schwer wie ein Stein auf meinem Herzen lasteten, sagte, er sei in meinem Elternhaus gewesen, habe das Blut gerochen. Ich tat nicht mehr als zu atmen, die Angst lastete auf mir wie ein Stein und drückte mich nieder, mein Atem war dornenreich.

Der Mann streckte seine Hand nach meinem Gesicht aus, und ich biss hinein, versenkte all meine Zähne in dem wulstigen Fleisch. Er biss nun ebenfalls die Zähne zusammen, aber vor Schmerz, und gleich darauf packte er mich an den Haaren, um mich zu meinem Lager zu schleppen. Wie sah noch mal sein Gesicht aus? Ich erinnere mich an die einzelnen Teile, die Lippen, die roten Haare, kraus und wirr wie verfilzte Wolle, die bleichen Finger. Ich suchte nach meinem Vater, was blieb mir auch sonst? Ich versuchte, unter die Erde oder in den Himmel zu fliehen, für mich war das eins.

»So lange suche ich schon nach dir. Ich habe dich im Wald gesehen, da hast du Äpfel aufgesammelt.«

Ich schloss die Augen und lauschte, wie der Carabiniere meine Verbrechen aufzählte. Es kam mir vor, als würde er vom Leben eines anderen Menschen sprechen, ich empfand weder Mitleid noch Reue, einfach nichts. Ich hörte, was mein Arm damals getan hatte, wie die Hippe sich gehoben hatte und niedergesaust war, die Worte meiner Mutter: »Du hast deinen Onkel verführt, es ist deine eigene Schuld.« Man kann nicht alles aus dem Kopf löschen, was man getan hat, das haftet einem an wie Körperausdünstungen, Schweiß nach einem langen Lauf.

»Los, mach die Augen auf, Mörderin.« Die heiße Flamme der Fackel war jetzt so nahe gekommen, dass ich mir auf die Zunge beißen musste, um nicht zu schreien, aber ich blieb stumm und schluckte Blut hinunter. Ich kniff die Augen zusammen, so fest, wie man einen Schwamm zusammendrückt, sah flirrende gelbe Lichter und eine winzige Flamme inmitten all der Dunkelheit. Ich spürte den gepressten Atem in meiner Kehle, kalten Schweiß auf der Wirbelsäule und das Klappern meiner Zähne im Kieferrund. Durch die halb geschlossenen Lider betrachtete ich diesen Mann, und vor mir erschien das Bild von der Tür, ich stellte mir vor, in der Morgendämmerung hinaus in den Wald zu fliehen. In der Hütte und auch draußen war es so still, dass man hören konnte, wie die Insekten im Holz nagten. Nachts, wenn der Schlaf sich mir entzog, legte ich das Ohr an die Balken und lauschte dem Werk der Holzwürmer, sah zu, wie der Staub aus dem Holz rieselte und fein in der Luft schwebte.

Wärst du nicht gekommen, hätte ich mein ganzes Leben so weitergemacht, dachte ich, *ich hätte getrocknetes Fleisch gegessen und bis zur Erschöpfung Löcher gegraben, bis ich vergessen hätte, wie ich heiße und wer ich bin.*

Der Carabiniere beugte sich über mich, und ich schloss die Tore zu meinen Augen noch fester, machte mich so klein wie möglich und stellte mir vor, ich sei nichts als Rauch, den das Feuer zum Dach hinauspressen würde. Ich umfasste meine Knie, drückte die Augen darauf, drückte sie so fest gegen meine Beine, bis in ihnen hundert, nein tausend Funken aufblitzten, so viele, dass ich sie nicht zählen konnte.

Ohne ein weiteres Wort packte der Carabiniere meine Knie, drückte sie auseinander, begrub sie unter seinen Beinen, überließ mir sein Gewicht und seine ganze Wut. Was er tat und was er sagte, zerstörte diese Hütte, ließ das Holz faulen, schnitt mein Fleisch entzwei, teilte es in Scheiben und Happen, und während ich unter ihm lag, stellte ich mir vor, wie seine Frau wohl aussah, falls er denn eine hatte, die Gesichter seiner Kinder, die Spielzeuge, die dort vor dem Kaminfeuer lagen, und wie elend ihre Tage verstrichen. Ich malte mir aus, wie sein Haus aussah, stellte mir vor, was in ihren Kochtöpfen war, die Kratzer auf dem Tisch, an dem sie jeden Tag aßen. Ich warf mich diesem Gedanken in die Arme und bat ihn: *Beschütze mich, halt mich fest, nimm seinen Atem, seine Hände von mir weg, press meine Beine zusammen, schneid ihm die Zunge ab und reiß ihn fort von meinem Mund.* Mund, Zunge, Schamhaare, ein nackter Körper, Schweiß, der Dunggeruch seiner Achseln, die ganze Last seiner Bosheit riss meine Zuflucht, das Netz aus Gedanken, in dem ich mich verfangen hatte, in tausend Stücke. Als ich begriff, dass nichts diesen Schmerz wegpusten konnte, hörte ich auf, mich gegen den Körper des Mannes zu wehren, ich breitete ergeben die Arme aus, meine Knochen wurden zu Wasser, meine Schenkel abgestorbene Grashalme.

Der Carabiniere stierte vor sich hin, während er zustieß, seine stechenden, stahlharten Augen übernahmen für uns beide das Sehen. Sein Mund stand weit offen, da war die Zunge, der dunkle Schlund der Kehle, die ruckhafte Bewegung der Zähne, jedes Mal, wenn seine Hüften zustießen, und ich zählte die Sekunden, zählte die Staubkörner, starrte in die Flamme der Fackel und beobachtete die schlimme Tat, die mein Körper in sich aufnahm. Dann hörte er so plötzlich auf, wie er begonnen hatte. Ich musste an meinen Onkel denken, den Mann, der mir das als Erster angetan hatte, wie seine Hosen an den Beinen hinaufgezogen wurden, wie die Schritte sich entfernten.

Als der Mann fertig war, stand ich auf und rannte aus der

Hütte, jeder Schritt ein Schmerz, eine Wunde, die nie heilen würde. Doch wohin sollte ich fliehen? Nur hinaus, nicht um wegzurennen, sondern um die frische Luft in mich einzusaugen. Der Carabiniere drehte nicht einmal den Kopf, er wusste, dass ich nicht weit gehen würde, da mein ganzes Sein ein Gefängnis war. Schnee hatte sich über alles gelegt, bedeckte die Blumen, den Saum meines Rockes, die Schmerzen, die sich wie Zähne in mich bohrten. Der Himmel hatte die Farbe von Milch angenommen, er roch sogar danach, das war wirklich so, ich erfinde nichts.

Es kam mir nicht einmal in den Sinn, jetzt zu weinen, denn meine Tränen gehörten niemandem außer meinem Vater und meinen Schwestern. Nicht einmal zu schreien, nichts kam mir in den Sinn, gar nichts außer der Hippe, die ich in ein Stück Stoff gewickelt gut unter den Lumpen verborgen hatte, wo er sie nicht finden würde. Ich zupfte ein kleines Stück Schorf von meiner Wange ab und begrub es unter dem frisch gefallenen Schnee; vor mir lag diese endlos weite Fläche, und doch war da kein Ort, an den ich gehen konnte. Mein Leben war längst nur noch eine einzige endlose Nacht der Angst, was machte es da schon aus, wenn eine weitere Schippe Dunkelheit dazukam? Ich aß allen Schnee auf, der in meiner Faust zurückgeblieben war, und ging zurück in die Hütte.

»Alle suchen nach dir«, wiederholte der Mann, als ich eintrat, aber ich erwiderte nichts. Nicht ein Laut kam über meine Lippen, nicht einmal ein Jaulen wie von einem getretenen Hund. Ich schwor mir, dass er für alles bezahlen würde, ich musste nur abwarten, die Geduld Faden für Faden zusammennähen und zu einem dichten Gewebe verbinden. Er versprach mir die Hölle und eine ganze Prozession von Schmerzen, die mir bereits alle vertraut waren, besser, als ich mir selbst es war. Aber Angst hatte ich nicht, denn die war an der Leiche meines Vaters zurückgeblieben, als sie ihn begraben hatten.

Nachdem der Mann es leid geworden war, mir zu drohen, packte er mich an den Haaren, und dann spürte ich, wie meine Knochen gegen das Holz der Hütte schlugen. Der Schmerz traf erst die Schulter, er breitete sich aus, wurde dunkle, dumpfe Qual.

Näh die Geduld Faden für Faden zusammen, verbinde sie und warte ab.

Er legte meine Füße in eiserne Fesseln, spuckte auf die Haut meines Gesichts. Doch vor allem, was aus seinem Mund kam, verschloss ich die Augen, und als ich sie wieder öffnete, war der Carabiniere verschwunden.

20.

Im Bauch dieses Kerkers hilft die kühlende Frische der Erde nicht, auch mein Wille allein reicht nicht aus, um nichts zu spüren. Ich bräuchte Pflanzen, taufeuchte Stängel, um die Flammen auf meinem Rücken zu löschen, diese Münder, durch die etwas in mich eindringen kann, Erinnerungen und Zugluft, doch Eisengitter liegen zwischen mir und den Feldern, dicke Mauern, aus denen der Moder quillt. Allerdings kenne ich einen Weg, um diese Pflanzen zu finden und aufzulegen, um fern von hier wachsende Kräuter und Blüten zu sammeln, um den äußeren Schmerz zu lindern: Die Erinnerung an die Bücher ist mein Heilmittel, die Worte, die mir haften geblieben sind, die Worte in meinem Kopf, die jeden Riss zu flicken vermögen. Ich muss sie mir nur laut vorsagen, und schon tröpfeln die Pflanzen heraus wie Salben, vom Kopf zur Kehle, von der Kehle zum Mund und von dort hin zu meinem aufgeplatzten Rücken.

In den Klöstern pflanzten die Mönche Kräuter in den Klausurgärten an. »Klausur«, das ist ein schönes Wort, ich weiß, wie es klingt, habe aber nie erfahren, was es bedeutet. Ich habe meinen Vater danach gefragt, als er noch lebte, aber selbst er kannte die Antwort nicht. Er sagte, wenn wir an ein Wort geraten, das uns Rätsel aufgibt, können wir bloß die Augen schließen und uns dazu seinen Geruch vorstellen.

Also schließe ich jetzt die Augen und stelle mir vor, all die Pflanzen zu sammeln, die ich brauche. Atriplex polysperma, Antirrhinum cymbalaria, Althaea officinalis, Borago officinalis, Portulaca oleracea, Ricinus communis, Reseda odorata, Spinacia oleracea, Viola canina, Viola palustris, Verbascum thapsus. Ich bewahre die Blätter, die oberen Blüten auf, trenne die Teile ab, die ich benötige, klopfe die Erde ab, stelle die Blüten zusammen, zähle die Blätter ab, nehme ihre Düfte wahr, streiche über Raues und Glattes, befreie die Schmetterlinge, die sich aus Versehen in den Erinnerungen verfangen haben, und schicke sie zurück, wohin auch immer sie ziehen wollen.

Sind einmal die verschiedenen Bestandteile aufgeteilt und die einzelnen Mischungen zusammengestellt, beginne ich mit dem Zerstampfen und bereite alles für die Umschläge vor, entzünde ein Feuer, fülle den Sud in Glasgefäße, die ich an einem dunklen Ort ruhen lasse, und schließlich genese ich. Ich bereite eine Salbe zu, denke mir einen Namen für sie aus und lege diesen Namen auf die Wunden, ich verteile das Wort auf der angeschwollenen Haut, überzeuge mich, dass es sie vollkommen bedeckt, dass es seinen Balsam auch abgibt, mit dem es angereichert ist, dass es die Entzündung heilt und sich Schorf bildet.

Morphinacetat und gelöstes Bleiacetat benötige ich zum Stillen des Blutes, zwischen sechs Gran und einem Skrupel. Vom Codein brauche ich ein Viertel bis zu einem halben Gran, damit das Herz sich beruhigt, damit es langsamer schlägt, um es darüber zu besänftigen, was in all dieser Dunkelheit noch lauert. Ich kann jedes Heilmittel erhalten, das ich brauche, ich muss nur die Namen nennen und die Blätter abwiegen, muss nur die Augen schließen, und schon kann ich zugeben, wegnehmen, ausgleichen, stampfen, die Fasern aufbrechen, Säfte sammeln, etwas auf das Gewebe auflegen und darauf pusten, Worte sagen und abwarten, bis die Wunden nicht mehr schreien.

STERNE

Wieder allein in der Hütte überlegte ich, was ich nun tun sollte. Dieser Mann würde wiederkommen, zweifellos, bis er, dieses Spiels müde, mich ins Gefängnis bringen würde. Hundert Mal dachte ich daran wegzulaufen, und hundert Mal blieb ich liegen, regloser als ein Toter, das Herz betäubt und so still, wie wenn Schnee auf eine dichte Schneedecke fällt.

Es verging eine Stunde, zwei, vielleicht auch mehr; schließlich schleppte ich mich auf Knien und unter Zuhilfenahme der Arme aus der Hütte und wusste noch nicht einmal, weshalb. Die Kälte draußen spürte ich nicht, nicht einmal meine zerschlagenen Knochen oder die Wunden auf meiner Haut. Still blieb ich sitzen, bis der Schnee unter meinem Rock schmolz und ihn völlig durchnässte.

Beim ersten Sonnenstrahl, der auf das Weiß fiel, nahm ich einen großen Stein in die Hände, dann schlug ich und schlug auf das Eisen der Fessel ein, die meine Beine umschloss, jeder Schlag war ein Fluch gegen diesen Mann, der aus dem Wald gekommen war, eine Wunde zur Bestrafung seines Fleisches. Wenn der Stein auf das Eisen traf, sprühten Funken, und jeder Funken war eine Todesbotschaft für ihn, eine Hoffnung, die ihm ein nahes Ende wünschte.

Doch die Fesseln brachen nicht entzwei, nur meine Knöchel

schwollen an vor angesammeltem Blut, und ich begriff, dass mir die Flucht nie gelingen würde.

Vor mir lag der Wald, kein Schutz und ein schräg dahinpeitschender Wind wie der Atem von Hexen. Hinter mir war die Hütte, das schützende Dach, das Feuer und die Wolldecke. Dort war jetzt auch ein Mann, einer wie all die anderen, ohne Mitleid und Zärtlichkeit. Eines stand fest: Er brauchte mich, würde sich um mich kümmern, dafür sorgen, dass ich zu essen und es warm hatte, würde meine Wunden versorgen. Sollte er sich doch die Bürde meines Lebens auf den Rücken laden, wenn ihm wirklich daran lag. Ich umklammerte die Fessel und gab mich der Freiheit hin, die diese Überlegungen mir gewährten. Ich war soeben auf diese Welt gekommen, so neugeboren wie manche Vögel, die nur aus zarter Haut bestehen: Ich musste nur meinen aufgesperrten Mund dem Himmel entgegenstrecken und warten, auf Nahrung, Stockschläge und Feuer und alles, was sonst noch kommen würde.

Ich schleppte mich zur Hütte zurück, suchte unter meinen Lumpen und fand dort den Sternenatlas, das liebste meiner Bücher. Was konnte mir an einem Tag der Tränen eher das Leben retten als ein Stern?

Meine immer noch schmerzenden Hände blätterten in den Seiten, und ich kehrte in Gedanken nach Hause, zu meinem sterbenden Vater zurück.

»Lies mir die Sterne vor«, sagte er zu mir, seine Stimme kam unter den mit Fieber durchtränkten Decken hervor, jenem Fieber, das seine Knochen zum Zittern brachte und das Gewebe seiner schon geplagten Haut zerbiss und zerkratzte. Ich saß auf einem Stuhl, las ihm die Sphären, die Himmel vor, die sie umgaben, die fernen Galaxien. Meine Schwestern kauerten sich auf dem Boden zusammen und weinten leise vor sich hin.

»Seid still«, flüsterte ich, »nehmt seine Hand und lauscht dem Himmel.« Nachdem ich zehn leuchtende Sterne laut aufgezählt hatte, glätteten sich die Falten am Hals meines Vaters, und sein Keuchen beruhigte sich. So las ich ganze Nächte hindurch, verbrauchte Kerzen und meine Stimme. Die schenkte ich ihm, sie gehörte ihm, mir bedeutete sie nichts. Die Kerze wurde angezündet und erlosch, und erst wenn es dunkel im Zimmer wurde, riss mein Vater ängstlich die Augen auf und flehte um mehr Licht, um mehr Worte.

»Schon geschehen«, sagte ich zu ihm und entzündete weitere Kerzen, auf dem Nachttisch, auf dem Stuhl, rund um sein Bett. Ich blätterte die Sterne durch, endete und begann von Neuem, und immer kam es mir vor, als öffnete ich das Buch zum ersten Mal, als wüsste ich nichts über die runden, bauchigen Sterne, hätte keine Ahnung von den Stieren und Delfinen, die durch den Himmelsraum schwebten.

»Ich bin glücklich, meine Augen und die Worte für dich aufzubrauchen«, sagte ich zwischen einer Seite und der nächsten, zwischen einem hinabrinnenden Wachstropfen und einem krächzenden Atemzug. Ich hielt nur inne, um sein Gesicht zu betrachten, diese Haut, die zu dünn war, um die dunklen Schatten der Knochen abzudecken. Meinem Vater brach kalter Schweiß aus, er zitterte vor Fieber. Ich breitete noch mehr Decken auf das Bett und las weiter.

»Nehmen wir einmal an, ihr wolltet am ersten August um zwei Uhr nachts das Sternbild Skorpion ausmachen …« Ich beugte mich mit der ganzen Wange über seinen Mund, als wollte ich einen Kuss von ihm erhaschen, aber das war nicht der Grund. Ich wartete nur darauf, dass mich ein warmer Atemhauch streifte, der Beweis, dass er noch nicht gegangen war, dass die feuchte Erde tief unten noch warten musste. Jeder Atemzug, den er einsog und ausspuckte, war ein enormer Brocken vergehender Jahre. Seine, meine, die unseres ganzen Hauses.

Meine Mutter kam nie, um ihren Mann zu besuchen, um nachzusehen, ob sein Atem noch diesen Raum erfüllte. Niemand außer meinen Schwestern und mir kümmerte sich um ihn, um seine Stirn, sein Fieber, den hauchdünnen Atemfaden, der ihn noch hier hielt, unter den Lebenden. Hin und wieder hob er mühsam eine Hand, jeder Finger ein Stück Blei, dann ließ er sie fallen, so wie Vögel leblos vom Himmel fallen.

Vorsichtig sammelte ich sie auf, legte sie auf meine Wange und holte mir selbst die Zärtlichkeit, die Berührung, den Abdruck der Finger auf meiner Haut. Jede meiner Gesten war von Worten begleitet, Worten wie Kettenringe aus Eisen, die seinen Körper halten, ihn ans Bett fesseln sollten. Wenn ich einmal nicht die Sterne vorlas, redete ich über alltägliche Dinge. Ich erzählte ihm von den Aprikosen, die reif an den Zweigen hingen, vom sättigenden Blutpudding, von den Schaustellern, die mit ihren klapprigen Karren ins Dorf gekommen waren.

Ich konnte den Tod riechen, jenseits des geschlossenen Fensters, draußen in der frischen Luft über den Feldern. Und wenn ich genau hinsah, konnte ich ihn auch erkennen, ganz verkrümmt, in seinem Umhang aus Knochen.

Der Tod nährt sich vom Schweigen der Sterbenden, deshalb

redete ich, um ihn fernzuhalten, baute eine schützende Mauer aus Worten um den langsam gehenden Atem. Wenn es wirklich genutzt hätte, hätte ich geredet, bis mir die Kehle vollkommen ausgedörrt wäre bis auf den letzten Vokal, der in meinem Bauch eingeschlossen war. Hin und wieder scharrte der Tod an der Fensterscheibe, als wollte er damit sagen: »Die Zeit ist abgelaufen, du musst ihn gehen lassen«, und ich hielt mir die Ohren zu und las, bis das Geräusch verstummte.

So machten wir weiter, mein Vater erkämpfte sich jeden Atemzug, und ich beschützte ihn mit den Büchern; die Augen brannten mir, und meine Hände zitterten. Eines Abends, mitten im Sternbild Orion, schlief ich ein, mein Kopf sank fest auf die Seiten, und ich träumte, ich würde für immer lesen. Auch träumte mir, ich hörte die Stimme meines Vaters, er würde mir vorlesen aus einem Buch, das oben an der Decke festgemacht war. Als ich die Augen wieder öffnete, war es Morgen, und mein Vater war von mir gegangen.

An jenem Tag habe ich all meine Tränen verbraucht, und jetzt sind mir fast keine mehr geblieben. Wäre ich nicht eingeschlafen, hätte ich meine Stimme wirklich eingesetzt, bis sie erlosch, wie ein Baumstumpf, der langsam verbrennt, wäre der Tod des Wartens überdrüssig geworden und dahin zurückgekehrt, woher er gekommen war. Doch vielleicht bin ich dazu geboren, Lebensfäden zu kappen, nicht, sie zu bewahren. Als ich mich überzeugt hatte, dass mein Vater von mir gegangen war, kämmte ich ihn, faltete seine Hände und blieb bei ihm, bis alles an ihm kälter als der Winter war. Schließlich band ich seinen Kiefer mit einem Taschentuch fest, das ich sorgfältig über den Haaren verknotete. Ich tat es, weil der Mund, obwohl er keine Worte mehr hatte, sich weiter störrisch öffnen wollte. Ich tat es aus Liebe, damit die Leute, die ihm ihren Besuch abstatten würden, nicht den Kopf abwenden mussten, weil sie ihn für einen Mann hielten, vor dem man besser davonlaufen sollte. Ich tat es, damit in ihren Augen die Erinnerung an einen ruhigen Schlaf zurückbliebe, an eine heiter angetretene Reise hinab in die dunkle Erde.

19.

Auf Knien oder im Stehen vergehen unter Schmerzen die Tage, ich habe nur die Namen der Pflanzen, um mir damit die Haut zu bedecken, und die Erinnerung an meinen Sohn in den Augen. Einen Monat und zehn Tage haben wir gemeinsam verbracht, ehe man mich verhaftet hat, ich habe ihm Milch und einen Namen gegeben, habe ihn fest an mich gedrückt, wenn der Wind durch die Balken strich, und in der Nacht habe ich Geister und wilde Tiere von ihm ferngehalten.

Als er auf die Welt kam, hasste ich ihn mit all meiner Kraft, ganz so wie seinen Vater. Er hatte die gleichen roten Haare wie er, die gleichen schmalen Lippen, und sobald er erwachsen wäre, würde er genauso werden wie er, er würde jemanden mit seinem Gewicht niederdrücken und würde sich alles nehmen, einfach so, ohne zu fragen.

Wer weiß, wer sich jetzt um dich kümmert, ob dir wohl jemand leise ins Ohr singt oder eine Geschichte erzählt, ob eine Hand dafür sorgt, dass du Nahrung und Schlaf bekommst? Vielleicht bist du auch tot, weil man dir tagelang nichts zu essen gegeben hat, ohne sich um dein Weinen zu kümmern, und du Hungers gestorben bist, aber warum erscheinst du mir dann nicht in meinen Träumen, warum sehe ich dich nicht im Reich der Toten lachen und weinen? Sorgt vielleicht jetzt mein

Vater für dich, wiegt er dich in den Schlaf, wenn dir kalt ist oder du Angst hast?

Ich denke ständig an meinen Vater und an meinen Sohn, während ich mich auf das Essen stürze, das die Wachen durch die Gitter werfen, als wären wir hungrige Hündinnen, während man mich in Ketten durch die dunklen Gänge schleift, um mir immer dieselben Fragen zu stellen, deren Antwort formen- und farbenleeres Schweigen ist. Sie sagen, dass ich bestimmt verurteilt werde, dass alle Beweise gegen mich sprächen, ein weinseliger Bauer habe die blutige Hippe gesehen, er habe meine zerschnittenen Hände bemerkt, gesehen, wie ich eilig davonlief. Die ganze Welt ist zusammengelaufen, um Zeugnis abzulegen, um meinen Tod zu verlangen, Gerechtigkeit einzufordern.

Ein Priester ist gestern, oder war es vorgestern, in die Zelle gekommen. Er hat sich einen Stuhl bringen lassen, dessen Knarren ich in der Dunkelheit gehört habe ebenso wie den langen erschöpften Seufzer, mit dem sein alter Körper sich auf dem Holz niederließ. Aus seinem Mund kam eine Reihe Worte, erst scheu und trocken, dann immer feuchter, und diese Worte haben das Paradies errichtet, in dem ich leben könnte, wenn ich nur mein Verbrechen gestehen würde. Wenn ich die Wahrheit sagte, würde ich in den Himmel auffahren. Anstatt dem Leder der Peitsche ausgeliefert zu sein, würde ich frohlockende Gesänge hören und niemals mehr Einsamkeit erfahren.

Ich habe dieses Paradies betrachtet, habe dort in den sanften Lüften nach den Gesichtern meiner Lieben gesucht, aber ich habe nichts gesehen. Als er genug von meinem Schweigen hatte, ist der Priester aufgestanden und hat mir gesagt, ich solle nun die Messe besuchen. Seine Worte klangen jetzt nicht mehr scheu und trocken. Er hat seine Finger in meine Haut gebohrt, sie gepackt und verdreht.

»Komm schon«, hat er gesagt und seine große Hand flach auf meinen Rücken gelegt, seinem Mund merkte man seine Eile an.

Als es Abend geworden war, kehrte der Carabiniere zurück, wie der Schatten, wenn man ein Licht anzündet. Er kam herein, nahm mir die Fessel von den Füßen ab, worauf von den Beinen ein wohltuender Schmerz aufstieg, der alle Erinnerungen auslöschte und den Gedanken an meinen Vater von mir nahm, den Schmerz über seinen Verlust.

»Was hast du den ganzen Tag gemacht?«, fragte er mich. Unter mir spürte ich den Sternenatlas, die harten Rücken der Bücher. Ich erwiderte nichts, sagte kein einziges Wort. Seine Uniform war sauber, gewaschen und gebügelt. Eine Frau musste das Plätteisen mit heißer Kohle gefüllt, die Falten und Gerüche weggebügelt haben. Er sagte wieder, dass man nach mir suchte, dass die Zeitungen über mich berichteten, dann zeigte er mir ein Stück Papier: Der Ausschnitt trug das Datum vom 7. August 1897, das war zwei Tage nach meiner Flucht gewesen.

Ich las das Wort MÖRDERIN in fetten Lettern auf dem vergilbenden Papier, dann den geliebten Namen meines Vaters, den meiner Mutter, den meines Onkels. Mir kam es vor, als würde ich eine Geschichte lesen, die nichts mit mir zu tun hatte, von jemand anderem erlebt an einem Ort, an dem ich noch nie gewesen war. Ich schleuderte den Zeitungsausschnitt weit fort von mir, ich wollte ihn nicht sehen, mich nicht an den Pfad aus Blut erinnern müssen. Der Mann glaubte daraufhin, ich könne nicht lesen.

»Es macht nichts, wenn du das nicht verstehst. Du wirst aufgehängt, und ich bekomme das Kopfgeld. Mehr musst du nicht wissen.« Er hasste mich, hasste den Schorf auf meiner Haut, das getrocknete Blut, die Wunden und meine Vergangenheit, und dennoch war ich ein kostbares Gut für ihn, ich war das Erbe aus Gold, das man, eingewickelt in das einzige saubere Taschentuch im Haus, von einem zum anderen weitergibt. Bevor ich zur Mörderin wurde, war ich wertlos, doch der Tod, den ich gebracht hatte, hatte mir einen Wert verliehen, und nun funkelte ich wie ein Juwel in einem Schmuckkästchen.

Wie würde es am Tag meiner Verhaftung sein? Würden wir zusammen zur Kaserne laufen, er mit stolz erhobenem Kopf und dem geladenen Karabiner über der Schulter, die Hände schon zu einer Schale geformt in Erwartung der Münzen? Würde er kommen, um mich sterben zu sehen, würde er hören, wie mein Hals mit einem Knacken brach, das Zischen des Seils, die Freudenschreie über die Mörderin, die ihre Strafe bekommen hatte?

»Man wird dich hängen«, wiederholte er, »weil du es verdient hast.«

Rede nur weiter, dachte ich, *beschäftige meinen Kopf, mach mich vergessen. Rede, bis dieses Zimmer auseinanderbricht, weil es die versprochenen Gefängnisse, Henkersschlingen, Zellen, Frauenschreie und das Ächzen von verrostetem Eisen nicht mehr halten kann.*

Unter Drohungen und Schlucken von saurem Wein, unter

Schlägen und Stößen warf er mich zu Boden. Die Finger hielten meine Haare fest gepackt, zogen den Kopf nach hinten, Beine spreizten Beine, er füllte mich aus, und ich wurde leer. Solange der Schmerz anhielt, lauschte ich den Geräuschen im Wald, schwere und leichte Füße auf dem Boden, stolze Flüge hoch oben und auch die erschöpften, lockenden Rufe und Laute des Abschieds.

»Bist du hungrig?«, fragte er mich dann, und ohne eine Antwort abzuwarten, reichte er mir Brot und eine Feldflasche mit Wasser. Die Kruste war knusprig und knackte wie Leder, das Wasser war frisch und kühl, und in all diesen Dingen war Leben. Weder schön noch hässlich, ganz einfach zweckmäßig.

Der Mann machte Feuer, und ich biss in das Weizenbrot. Mich überkam Rührung, während ich kaute, so gut war das Brot und frisch, es schmeckte nach Holz und Rauch.

Wie viel Zeit, wie viel Schmerz mochte es her sein, seit ich ein so gutes Brot gekostet hatte? Wenn ich recht artig wäre, bekäme ich vielleicht auch ein Stück Pökelfleisch. Etwas anderes gab es nicht, auf mehr konnte ich nicht hoffen. Mit dem Geschmack des Brotes im Mund und erschöpftem Magen schlief ich ein, zugedeckt von Hass, erfüllt von Seufzern und wärmender Luft. Als ich aufwachte, brannte in der Mitte des Raumes ein Feuer, umgeben von einem Steinkreis, und neben dem Feuer saß der Carabiniere mit der Weinflasche in der Hand. Brot, ein wärmendes Feuer und dieser armselige Haufen aufgeschichtetes Holz wurden zu einem Heim, in dem man es sich gemütlich machen, die Zukunft vor der Tür lassen konnte, in dem es nach Karamellbonbons duftete, wo die Vergangenheit wie die Gegenwart in den gut gefüllten Schüsseln steckte, in dem Gemüse aus einer reichen Ernte. Aber dies waren nur Fantastereien, kindliche Träume. Er war der Mann, der einem die Beine spreizte, der gewaltsam eindrang und sich alles nahm. Der Mann mit dem Karabiner und den bösen Worten. *Es ist besser so*, dachte ich, weil nichts bleibt und nichts bleiben würde. Mein Körper durfte sich nicht an ein solches Leben gewöhnen, er durfte die Nahrung nicht empfangen, sondern musste sie sich selbst suchen, roh verzehren, sie den spitzen Zähnen eines Wolfsmauls entreißen. Er musste sie roh oder gegart dem Himmel und der Erde stehlen.

Der Carabiniere schlug die Beine übereinander, er trank und warf neues Holz ins Feuer, sodass es aufloderte. Und wenn nun die Flamme rauchend die Balken erreichte, fragte ich mich, würde er dann einfach die Flucht ergreifen? Woran war ihm wohl mehr gelegen, an seinem Leben oder an dem Geld, das ich für ihn wert war? Ich wäre gern einen Tod im Warmen gestorben, nie mehr hungern oder frieren, nur ein Feuer, das einen hinwegdämmern ließ. Ich wollte mich gerade an einem Traum festklammern, als der Carabiniere den Mund auftat. Wein floss in die Kehle, wurde zu einem Wort, und das Wort wurde zu einem Stein. Er sagte »Hure«, doch dann hatte er mich gleich wieder vergessen. Er sprach zu der Nachtluft, zu den ersten Regentropfen, die draußen fielen; eigentlich sprach er zu niemandem, nicht einmal zu sich selbst. Er sagte, dass er schon seit Jahren darauf wartete, in die Vicaria nach Palermo versetzt zu werden, dass dies so vielen Carabinieri gelungen war, er dagegen hier festhing wie ein Ziegelstein in einer Mauer.

Er erzählte mit Worten und mit Pausen, fasste sich an die

Nasenspitze, wedelte mit der Hand schnell vor dem Gesicht hin und her, als verscheuchte er ein Insekt. In der zugigen Hütte war das Leben für ihn wie für mich ein Feld ohne Früchte. Der Mann warf weiteres Holz ins Feuer, dann hielt er mir die Flasche hin, und als ich sie nicht nahm, ließ er einen Schwall Worte auf mich los, jedes so spitz und groß wie die Flammen. Er sagte, ich würde für all meine Fehler büßen, doch was war neu daran? Ich musste lachen, weil er einen Weg suchte, mich zu verletzen, und ihn nicht fand; er wendete Gewalt an mit Händen und mit Worten, aber nichts konnte mir etwas anhaben.

Tief in der Nacht erzählte er von seinem Vater. Nach monatelangem Schweigen empfing dieses Zimmer Worte, empfing auch ich Worte wie schäbige Geschenke, eingewickelt in hässliches Papier. Wenn sein Vater ihn nicht prügelte, nahm er ihn mit aufs Feld, er musste Aprikosen und Tomaten pflücken. Eines Tages, da war er schon Carabiniere, stahl sein Vater einem Bauern eine Kuh; dieser erfuhr davon und ließ ihn verhaften. Drei Monate nach der Verhaftung starb sein Vater im Gefängnis an gebrochenem Herzen, die Kuh wurde geschlachtet, verzehrt und verdaut.

Dann erzählte er noch, wie er einmal in ein Haus gegangen war, in dem sich ein Mörder versteckte. Es gab einen Kampf, und er hatte den anderen mit einem Stockschlag auf den Kopf getötet, weil der sich einfach nicht verhaften lassen wollte. Er hatte gesagt, dass er ihn getötet hätte, um sich zu verteidigen, aber das war eine Lüge gewesen. Den toten Körper auf dem Rücken, schwer an Jahren und all den Verbrechen, nichts weiter als ein totes Stück Fleisch, ein Rinderviertel, bestehend aus Muskeln und Fett, quer über die Schultern gelegt, war der Carabiniere die ganze Nacht hindurch gelaufen, bis er schließlich in Palermo angekommen war, um die Leiche dort zu übergeben. Dafür hatte er Geld und eine funkelnde Medaille erhalten.

Zwischen seinen Geschichten wandte er sich immer wieder zu mir um und sah mich an, um zu erkunden, ob meine Augen offen waren, ob ich ihm zuhörte. Ich lag ausgestreckt auf einer Seite, unter mir die spitzen Kanten der Bücher.

Bevor ihm vom Wein die Augen zufielen, nannte er noch die Namen seiner Kinder, aber die habe ich vergessen. Der Junge sollte Carabiniere werden, das Mädchen hingegen würde den Sohn eines reichen Mannes heiraten, der etliches Land besaß. Land, auf dem kräftige, reichlich Früchte tragende Bäume wachsen würden. Darauf schlief er ein.

Ich hatte den Eindruck, dass er mich niemals verraten würde, weil ich ein offenes Ohr für seine Geschichten hatte. Konnte er sich etwa mit dem Kopfgeld die Aufmerksamkeit von irgendjemandem erkaufen? Dann dachte auch ich nichts mehr, weil der Schlaf mich forttrug, und im Raum schwebten die Gesichter zweier Väter, seines und meines, einer wohlvertraut und unvergessen, der andere erdacht von einer müden Fantasie, die mir die Augen zufallen ließ.

Einen Monat lang kam der Mann jede Nacht in die Hütte, aber nie, um mich ins Gefängnis zu bringen. Er sagte immer, er würde es tun, aber es geschah nie. Er trat ein, nahm sich und brachte etwas mit, lud Geschichten ab. Ich fürchtete mich nicht mehr vor ihm, hörte zu und dachte nicht an das, was danach kommen mochte, an jenes Leben und den Tod.

18.

Das Ende der Kette hinter mir herziehend erreiche ich den Hof, wo der Priester mich hingeschickt hat, ich stelle mich in die Reihe, spüre die Wärme der Körper, spüre, wie Gestank und Hass sich verfestigen. Wir gehen alle gebeugt, Knochengerippe in Lumpen, sind hier zusammengekommen, um zwischen unseren Zähnen den Leib Christi zu empfangen. Ich bleibe immer genau dort stehen, wo man mich hinstellt, ich tue nicht einen Schritt außer der Reihe, wehre mich nicht, ziehe keine Blicke auf mich. Wenn sich die Reihe nach vorne bewegt, trete auch ich vor, wenn sie stehen bleibt, bohre ich die Füße in den Boden und lasse meine Augen dort auf der Erde ruhen.

Eine packt mich von hinten an den Haaren, zerrt daran, stößt mich vorwärts. Ich bleibe aufrecht stehen, falle nicht, drehe mich nicht um, sperre die Wut in den Schrank meiner Kehle ein. Und bewahre sie dort gut auf. Am Ende der Reihe steht unter dieser blendenden Sonne, die uns überrascht, erschreckt und sich wie Messer in unsere Augen bohrt, ein Priester, vielleicht derselbe, der in meine Zelle gekommen ist, vielleicht auch ein anderer: Meine Augen bringen die Gesichter durcheinander, sie können die Erinnerungen nicht mehr in sich behalten, als wären sie Gefäße mit einem Sprung darin. Der Mann hält eine Schale mit Hostien in der Hand, alle gleich, alle weiß, steckt eine davon in jeden Mund, sagt, was sie bedeutet, zieht rasch die Finger zurück, ehe sie mit Speichel in Berührung kommen könnten.

Alle öffnen gehorsam den Mund, wenn die Hand das Zeichen gibt, gieren folgsam wie Hunde im Angesicht eines Knochens vor dem Fleischer. Sie öffnen die Lippen, empfangen in der dunklen Höhle des Mundes etwas, das wertvoller ist als Gold: eine weiße Scheibe, die so betrachtet der Leib Christi ist. Ohne Hände, ohne Gesicht und ohne von Nägeln durchbohrt zu sein, nur sein ganzer Leib, der immer noch am Kreuz hängt. Christus krümmt sich und macht sich klein, er schiebt sich in die Münder der Unbekannten. Ich frage mich, warum er das tut, frage mich, wie.

Ich strecke den Kopf aus der Reihe hervor und starre auf diese Scheibe, ich versuche, auf ihrer Oberfläche das Gesicht Jesu auszumachen, die Dornen auf der Stirn, aber da ist nichts zu sehen.

»Nicht kauen«, sagt der Priester. Er sagt es jedes Mal, wenn er die Hand ausstreckt und sofort hastig zurückzieht. Denn er ist nicht Christus, ihm graut vor unseren ausgezehrten Körpern von Diebinnen und Mörderinnen. Ich komme näher, mein Magen ist leer, der Hunger nagend. Ich komme näher, über den stinkenden Hof, unter der Sonne, die heftig auf den Kopf herunterbrennt und mir wie ein Nagel vorkommt, der sich langsam, aber sicher seinen Weg bahnt.

Ich meine, unter dem Schweiß und Urin den reinen Geruch Christi wahrzunehmen, der die Arme ausbreitet und sich ergibt. Ich sehe seinen Arm vor mir, mager zwar, aber dennoch aus Fleisch und Blut, und nun zählt nur noch eins, mehr als alles andere: mein Hunger. Ich bleibe vor dem Priester stehen, schaue ihm ins Gesicht, betrachte alles, was darin liegt, über und unter den Augen. In diesem bodenlosen Abgrund seiner Augen erkenne ich nicht das geringste Verständnis, er streckt die Hand nach meinem Mund aus, der nichts anderes ist als ein langer, gerader Riss, und dieser Riss tut sich gehorsam auf und empfängt, was ihm versprochen wurde.

»Nicht kauen«, befiehlt der Mund des Priesters, und ich, die mich vor allem Hunger leitet, kaue den Leib Christi, verdaue das Fleisch, trinke sein Blut, verschmähe auch Haare und Fingernägel nicht. Wären da noch die Nägel vom Kreuz gewesen, auch die hätte ich gegessen, mitsamt dem Rost und der Hand, die sie eingeschlagen hat.

»Mehr«, flehe ich die leere Hand an, die in der Luft schwebt wie ein zum Trocknen aufgehängtes Kleidungsstück. Mein Hunger ist noch größer als zuvor, Haut und Knochen haben mich nicht gesättigt, und vielleicht würde es mir besser gehen, wenn ich noch mehr davon essen könnte. Der Priester zieht hastig die Hand zurück, und sein Mund verzerrt sich. Ich bitte um mehr, darum, dass die Hand noch einmal in die Schale taucht und zu meinem Mund zurückkehrt, aber der Priester hat sie beiseitegestellt und betet nun, da ich eine verfluchte Seele sein könnte, weil ich den Leib Christi zum Bluten gebracht habe, weil ich den, der für mich am Kreuz gestorben ist, doch zerkaut und damit beleidigt habe.

Jemand packt mich im Nacken und zerrt mich fort. Ich falle zu Boden, spüre, wie mir der Staub unter die Kleider kriecht, spüre den Fuß, der in meinen Leib tritt, dort, wo er weich ist zwischen Magen und Rippen. Der Schmerz lässt mich den Hunger vergessen.

ICH BIN VON DEINEM BLUT

Die Zeit verging, der März kam heran mit der Schneeschmelze und aufbrechenden Blüten, dem Warten auf den Carabiniere, der keine Jahreszeiten kannte. Eines Nachts nahm ich noch einmal einen großen Stein und schlug auf die eiserne Fessel ein, die meine Beine festhielt. Ich wollte mich selbst bestrafen, sein Essen, das sture Überleben, all das, was sich immer gleich hinzog. Mich trieb kein Hass an, ich schlug nicht zu, um der Fessel zu entkommen, ich schlug, weil ich nicht mehr stillhalten konnte, weil es nötig war, weil ich etwas in mir hatte, das aufplatzen musste, in Blut und Flucht ausbrechen.

Schließlich brach die Fessel doch entzwei, und als ich mich erhob, tanzte alles um mich im Kreis, die Decke, die Bäume, die Wände, die kalte Asche, die Welt stand Kopf. Ich war so leicht, und dennoch konnten meine Knie dieses Gewicht nicht tragen. Als ich endlich aufrecht stand, lief ich zur Lichtung, meine Füße spürte ich nicht, die Hühnerkralle hielt ich fest in meiner Hand. Die Sonne zeigte sich noch nicht, und dort, inmitten der Dunkelheit und der gelben Blumen, zog ich die Hippe hervor und schnitt mir an einem Handgelenk die Haut auf.

»Ich bin von deinem Blut«, sagte ich zu der Luft, die mich beobachtete, »komm und sprich mit mir.«

Ich wusste, dass mein Vater irgendwo dort draußen sein musste, aber warum kam er dann nicht zu mir? Vielleicht konnte er es nicht, oder er wollte es nicht, vielleicht war er über etwas erzürnt, das ich getan hatte, über mein Verbrechen oder weil ich das Leben einer Landstreicherin führte, weil seine Bücher vom Regen ruiniert worden waren, weil ich mich ernährte wie ein wildes Tier. Als kleines Mädchen hatte ich mich einmal hinter dem Baumstumpf einer Kastanie versteckt, um ihm einen Streich zu spielen. Ich erinnere mich, dass er daraufhin ganz Roccamena nach mir absuchte, und als ich bei Sonnenuntergang nach Hause zurückkehrte, hat er tagelang nicht mit mir gesprochen. Er schlug mich nicht, er machte gar nichts, er hörte bloß auf, mit mir zu reden.

Also Schweigen um mich, damals und heute. Ich rief ihn bei seinen beiden Namen, »Vater« und dann bei seinem Taufnamen, ich fragte, was ihm lieber wäre, flehte, dass ich alles tun würde, nur um seine Stimme zu hören. Ich begann zu weinen, wie verwöhnte Kinder es machen, grub mir die Nägel ins Fleisch, bereute meine Sünden und leckte mir das Blut von den Wunden. Was wollte ich denn schon erreichen mit meiner dummen Hühnerkralle, die mehr zum Scharren diente als zum Fliegen, die eher Staub vom Boden aufwirbeln konnte als die Tür zum Reich der Toten öffnen?

Ich weiß nicht, ob ich einschlief, ob ich wach war, vielleicht bewusstlos oder mit offenen Augen träumte, ich weiß nur, dass ich weiter nach meinem Vater rief, inmitten des Blätternetzes, das der Wind zwischen den Zweigen spannte. Schließlich kam er, so schön und durchscheinend, dass ich ihn bloß mit offenem Mund anstarren konnte.

»Ich habe dir so viel zu sagen, dass mir die Worte nicht in den Mund kommen wollen«, erklärte ich ihm nach einer Weile. Die Arme, meine Arme schienen schwer und starr wie Eisen zu sein, sie wollten nichts davon wissen, sich ihm entgegenzustrecken.

Ich sah ihn weiter an, weil ich keinen Fehler machen wollte; er stand weit entfernt von mir, lehnte an einer Eiche mit seinen mageren Armen und den zu weiten Hosen. Die Erde hatte seine Kleidung nicht beschmutzt, die Würmer hatten ihn nicht aufgefressen. »Wenigstens darf ich dich anschauen, Vater, ich nähre meine Augen mit dem, was ich sehe, ich bewahre dich.«

Er machte zwei Schritte auf mich zu, dann drehte er sich um und stützte sich auf einen Baumstumpf. Wie weit ich lief, weiß ich nicht, aber als ich den Baum erreichte, wartete dort nur noch Luft auf mich. Luft war um mich herum, Luft, die ihn umarmt, die seine Kleider gestreichelt hatte. Ich strich über den Baum, hieb mit den Fäusten auf ihn ein, denn auf die Luft kann man nicht einschlagen. Ich weinte so viele Tränen, dass ich versiegte wie einer der Bäche im August, austrocknete wie die Steine, die dann am Grund des Flusses liegen bleiben. Ich wurde zu etwas, das noch weniger als die Luft selbst war.

Mitten in meiner Verwirrung spürte ich, wie mich eine Hand am Handgelenk packte, Druck auf meinem Kopf, spürte, wie der harte Boden mir den Rücken zerschmetterte, die Haut aufschürfte. Ich riss die Augen auf und sah die Uniform des Carabiniere vor mir, die Mündung des Karabiners, seine großen Hände, die sich durch die Luft nach mir ausstreckten, und meine, die nach der im Rock versteckten Hippe griffen.

Ich spürte die Ohrfeige, die Hitze auf meiner Haut, dann

den Baumnadelteppich unter mir und Schmerzen auf der Wange, spürte, wie die Hippe auf die Erde fiel und wie ich gepackt wurde. Vor meinen Augen Funken, ich hörte Geräusche in meinem Kopf, Geräusche im Gras, Geräusche im Himmel; mein ganzer Körper tat mir weh, und ich wusste nicht, ob es nur ein schmerzhafter Traum war oder die Wirklichkeit, die mir die Knochen zerschmetterte. Meine Füße strampelten in der Luft, durchteilten sie, dann ließ ich mich nur noch fortziehen.

Schließlich erreichten wir den Fluss. Meine Beine waren voller Kratzer, meine Kleidung zerrissen. Diesmal gab es keine Geschichten zu erzählen und auch keinen Wein oder trauliches Sitzen um das Feuer. Der Carabiniere befahl mir, ich solle mich ausziehen und mich im Fluss waschen, und ich versuchte, ihm die Hippe aus den Händen zu reißen. Die Knochen im Hals knirschten, als er zupackte, und mein Atem fand keinen Weg mehr nach draußen. »Ich bring dich um, wenn du das noch einmal versuchst«, sagte er.

Selbst meine Hühnerkralle hatte er sich genommen, er hatte sie verschwinden lassen, hatte sie fortgeworfen. Wie sollte ich nun meinen Vater rufen? Ich hoffte, dass er mir den Hals brechen würde, sodass ich nur noch Schwärze sehen würde, jetzt und für immer. Ich ging ins Wasser, das sich schlammig und rot verfärbte. Es war mein Blut, was dort forttrieb, und wie gerne wäre ich ihm gefolgt.

Der Carabiniere saß auf dem Boden und drehte sich eine Zigarette, und meine Haut war bloß ein Schatten, der das Wasser verdunkelte. Ich wusch den Schlamm von allen Gliedern, Ellenbogen, Knien, Schultern, dann nahm ich meine Kleider wieder auf und lief zur Hütte. Er folgte mir, schweigend gingen wir vorwärts, und alles um uns herum war laut. Die Vögel hoch in den Bäumen flehten den Himmel an, der Hunger brüllte, die Blätter rauschten. Er hatte mir vertraut, und ich war davongelaufen. Und nun? Würde er mich mit der Hippe töten, so wie ich es mit dem verwilderten Schwein getan hatte? Würde er dem Lockruf des Geldes folgen und mich an den Haaren bis zum Gefängnis zerren? Würde ich Palermo sehen, das Meer und die Leute dort in den Straßen?

»Dein Blut ist auf die Pflanzen getropft, und ich bin ihm gefolgt, um dich zu finden. Nicht einmal zum Davonlaufen taugst du.«

Er war davon überzeugt, dass ich am Leben hing, dass ich es behalten wollte. Er wollte das denken, denn was hätte er mir sonst fortnehmen können, wie sollte er mir noch wehtun? Wohinein hätte er das Messer bohren können, wenn alles an mir bereits tot war? Er schleuderte mich zu Boden und sorgte dafür, dass ich es nicht vergessen würde, dass sich die Erinnerung an diese Flucht tief in meine Haut einbrannte. Ich unternahm nichts, um mich vor dem Wirbelsturm seiner Hände zu wehren, schützte nicht einmal mein Gesicht vor ihm, blieb reglos wie alles Tote, wieder einmal weit, weit von allem entfernt. Die Antwort auf alle Dinge kam, wie immer, von seiner Weinflasche, von der warmen Flüssigkeit, die daraus strömt und alle Geräusche zum Schweigen bringt.

17.

Sie sagen, dass es dort draußen Juni geworden ist; wenn ich hoch zur Decke sehe, kann ich die Sonne auf mir spüren, ich kann den Mund öffnen und sie essen. Von der Piazza dringen Schreie zu uns herein, erst leise, dann immer wütender, man hört, wie Stöcke auf Körper einprügeln, hört, wie Äste und Holzbündel herbeigeschafft werden. Füße jagen Füßen hinterher, es riecht nach verbranntem Fleisch, Marktstände werden umgestoßen, abgenagte Apfelgehäuse landen in stinkenden Pfützen. Heute ist Markttag, aber irgendetwas geht vor sich, von dem ich nichts weiß.

»'U quarere, *die Cholera, das ist der Gifthauch, du Närrin«, sagt eine der Gefangenen zu mir. In Palermo ist die Cholera ausgebrochen, die Schiffe haben sie mitgebracht, die Cholera hat sich in die Kehlen der Menschen gestohlen und lässt nun deren Eingeweide verrotten. Mit Herzen, die so rasen, dass sie ins Stolpern geraten, betrachten wir das, was das Gitter uns erlaubt. Nicht die Gesichter, die in meiner Vorstellung rötlich verschwitzt sind, mit schlechten Zähnen im Mund und Angst in den Augen. Nicht die Gesichter sehe ich, sondern die Füße, kaputte Schuhe, nackte Zehen, zerrissene Hosen, alles in Bewegung.*

Bis gestern war alles ruhig, heute ist alles in Aufruhr. Wir legen die Ohren an die Tür, um die Wachen zu belauschen. Die einen sagen, die Seuche geht um, andere reden von Revolution, dass auf der Erde die Hölle losgebrochen sei, und manch einer flieht still und heimlich.

Es heißt, lange, dürre Männer stünden oben auf dem Monte Pellegrino und bliesen den Gifthauch über die Stadt. Männer, die Teufel sind, die auf dem Hügel kauern und die Cholera aus ihren Lungen strömen lassen. Sie sind wie die toten Bäume, sagen die Wachen, wie Verderbnis, die von der Erde ausgespuckt wird.

Ich, die ich nie hier sein wollte, schließe die Augen und steige in Gedanken auf den Berg, einen Ort, an dem ich noch nie gewesen bin, um diesen Cholerateufeln ins Gesicht zu sehen. Als ich zunächst nach ihnen suche, ist da nichts, außer Wind und Ginster. Doch dann sehe ich sie, sie lauern hinter einem Baumstamm. Es sind Schatten, dünn wie Zwirnsfäden, nur ihre Münder sind riesig, wie Erdhöhlen, in denen die Füchse schlafen. Gemeinsam beugen sie sich nach vorn, und aus ihren Mündern strömt der Schwefelsturm, der über die Stadt fegt.

Was können wir schon gegen sie unternehmen? Sie haben weder Organe noch Haut, um diese zu bedecken. Man kann sie weder töten noch vertreiben, kann die Quelle des Giftes nicht zum Versiegen bringen. Jemand hat auf der Piazza ein Feuer entzündet, Rauch und Wahnsinn dringen in die Zelle. Was ist los, was passiert dort, wer verbrennt, was verbrennt? Vier Füße, die von der Meute herangezerrt werden, Mistgabelzinken, wütende Hunde, blinder Zorn und fauliges Obst.

»Sie haben die Seuche angeschleppt, zwei Dreckskerle mit Gift in der Tasche, die müssen jetzt im Feuer verrecken.« Ein

Messer ist rasch gezückt, und Blut spritzt gegen die Gitter. Jetzt sind da nicht mehr bloß Wehklagen, Geschrei und laute Worte, sondern ein Höllenlärm aus allem zusammen, dass einem der Kopf platzt. Kleiner als jetzt können wir uns nicht machen, wir pressen uns gegen die Wand, die Hände, die Arme, die Füße, selbst die Ohren, damit wir nur nichts mehr hören müssen. Sie fesseln die Seuchenbringer an einen Pfahl, wir sehen nackte Füße mit Dreck zwischen den Zehen, Seile um die Knöchel. Als die Flammen auflodern, spüren wir jede Art von Schmerz, unseren und den der Männer, die verbrennen, das blindwütige Feuer, das die Kleider erfasst, die Haare einhüllt und dann den ganzen Körper.

Ich schlief in der Ecke ein, wo er mich geprügelt hatte, und als ich wieder erwachte, wühlte der Carabiniere unter dem Lumpenhaufen, der mein Lager war. Ich sah seinen Rücken, dann hörte ich Papier, das Geräusch von Seiten, die umgedreht werden, und zwar nicht, um darin zu lesen, sondern um sie zu zerreißen. Ich ging auf ihn los wie ein wildes Tier, ich trat und schlug blindlings auf ihn ein, ohne Rücksicht darauf, wohin ich traf. Aber er drehte sich nicht einmal um, als hätte ich ihn gar nicht berührt. Er betrachtete die Planeten auf dem Papier, die fernen Sterne, fuhr mit den Fingern darüber, beinahe ehrfürchtig, als wäre es ein großes Rätsel. Daraufhin ließ ich von ihm ab und versuchte es mit Worten: »Rühr sie nicht an, die gehören mir.« Erst da wandte er sich zu mir um, meine Schläge waren ihm gleich, nicht aber dass Worte aus meinem Mund kamen.

Er musste lachen. »Hast du also doch eine Zunge! Was willst du mit diesen Büchern? Wo hast du sie gestohlen?«

»Rühr sie nicht an«, sagte ich wieder, »sie gehören mir.« Ich würde ihm nichts von meinem Vater erzählen, denn keiner durfte an ihn denken, das war niemandem erlaubt. Nur mir, seine Erinnerung gehörte mir allein.

»Die gehören mir, rühr sie nicht an.«

Er begriff sofort, wo er mich treffen konnte. Er begriff, dass er eine helle, ungeschützte Stelle in meinem Fleisch entdeckt hatte, einen schwachen Punkt, der beim ersten Lufthauch anfing zu zittern. Er brauchte gar keine Ohrfeigen, Tritte oder Fausthiebe, es genügte, mir das Einzige zu nehmen, an dem mir etwas lag. Er konnte mir also doch wehtun, und zum ersten Mal seit Monaten wirkte sein Gesicht glücklich.

Mach das nicht, mach das nicht, mach das nicht! Ich hoffte, dass dieser Gedanke in seine Augen eindringen und seinen Zorn erst zerfließen lassen würde wie Wasser und schließlich austrocknen wie brachliegender Boden. Ich blieb neben ihm stehen, atmete möglichst lautlos und hoffte, er würde mich vergessen, mich und meine Bücher und diesen Ort im Schatten des Waldes.

Schließ die Augen, wenn du sie wieder öffnest, ist er verschwunden, hinausgeflogen durch die Balken des Daches.

»Mach das nicht!«, und die Worte flogen von mir zu ihm, schnell wie geschleuderte Steine. Diese Blätter aus Papier waren meine offene Wunde, der einzige Punkt meines Körpers aus Fleisch und Blut, dem seine Messerklinge etwas anhaben konnte. Der Carabiniere drehte sich mit dem Sternenatlas in der Hand zu mir um, Galaxien und Kometen, die ich niemals sehen würde, die so unwichtig waren und doch alles für mich bedeuteten. Er kam mit seinem Gesicht ganz nah an meines heran, damit mir nichts von dem Hass darin entging.

Er riss eine Seite aus, Papierstaub, der sich Saturn nannte, und vielleicht starb der Planet ja wirklich, auf dem Papier und auch am Himmel. Ich trat, schlug, spuckte nach ihm, meine schmerzenden Hände trafen die harten Knochen seines Brustkorbs. Ich schlug auf ihn ein, bis meine Augen sich mit Tränen füllten und ich alles doppelt sah. Er schlug nicht zurück, und doch tat mir alles weh, die Beine, der Rücken, die vernichtete, gestorbene Buchseite. Der Carabiniere riss die Blätter nun bündelweise aus, als wären sie wild wucherndes Unkraut, das die Ernte verdarb. Mit der geballten Faust ausgerissen und weggeworfen, auf dass es nie wieder wachse. Fortgeworfen auch ich in einen schmutzigen Graben, tief unter die Erde, wo die Sonne niemals scheint, fortgeworfen, ein Stück von meinem Körper nach dem anderen mit jeder ausgerissenen Seite. Erst die Finger, dann beide Hände, die Beine und schließlich der Kopf, der sich heftig nach beiden Seiten dreht und niemals zur Ruhe kommt. Der Carabiniere riss Planeten aus, als wären sie nichts als Papier, er umklammerte sie mit der Faust, hielt sie mir vor die Augen.

Er sagte, so würde ich schon lernen, nicht fortzulaufen, und ich hätte es mir selbst zuzuschreiben. Ich stürzte mich wieder auf sein Gesicht, die Arme um seine Schultern gelegt in einer Art Umarmung, doch darin war keine Liebe. Einen Moment lang glaubte er wohl, ich wollte ihn küssen, und auch ich dachte es, während ich mir zusah, wie meine Hände durch die Luft glitten, doch stattdessen näherte ich mich seinem Ohr und biss so viel heraus, wie ich konnte.

Ich sah ihn an, er sah auf meinen blutigen Mund, noch mit dem Stück seines Fleisches zwischen den Zähnen. Nun lächelte er nicht mehr, aber er wirkte auch nicht traurig. Er war nur überrascht, genau wie ich, seine Hände erstarrten über einer halb zerrissenen Seite. Es war der zerfetzte Andromedanebel, und ich fragte mich, ob er Schmerz spürte. Ich spuckte dem

Carabiniere das Stück seines Ohres ins Gesicht und sah, wie es ihn an der Wange traf, dann zu der Verheerung der gestorbenen Seiten nach unten glitt. Als seine Rache kam, hob er die Arme hoch zur Decke und ließ sie dann herabsausen, im Sturzflug wie hungrige Raubvögel, und alle Lichter des Waldes erstarben auf einmal.

MEER

Der Himmel war dunkel, beschmutzt von der vergehenden Nacht. Der Carabiniere war nach dem Erdbeben der Papierseiten eingeschlafen, die Weinflasche war umgefallen. Der Wein, den er nicht mehr hatte austrinken können, floss hin zur Tür, ein rotes, erschöpftes Rinnsal, zu schwer, um Ritzen zu überqueren. Glatte Seiten, zerrissene Einbände auf dem Boden, vom Wind aufgewirbelt, vom Staub bedeckt, unter Asche begraben und all dem, was der Wald mit sich brachte. Ich stand auf, mein Körper ein einziger gebrochener Knochen, der den Schmerz nach rechts, oben, unten, überall dorthin hinausschrie, wo Raum war, um sich zu verbreiten.

Zusammengekauert versuchte ich im ersten Sonnenstrahl des Tages, meinen Mund zu öffnen und zu schließen. Er schmeckte nach rostigen Nägeln, und in der weißen Mauer meiner Zähne entdeckte ich eine Lücke, die vorher nicht da gewesen war. Daraufhin suchte ich den Boden ab, genau dort, wo ich das Bewusstsein verloren hatte, bis ich sie fand: zwei Zähne, staubbedeckt, die nicht weit entfernt voneinander zu Boden gefallen waren. Unschlüssig drehte ich sie in meinen Händen, drückte die Lippen darauf, umklammerte sie mit der Faust. Erst wollte ich sie verstecken, aber er hätte sie doch gefunden. Daher schluckte ich sie herunter, denn sie gehörten mir. Zähne und Blut schluckte ich, etwas von meinem Körper, nun nicht mehr an seinem Platz, aber spielte das denn eine Rolle? Alles in mir war zerbrochen, mein Körper glich keinem anderen, jeder Knochen durchtrennt, verschoben, mehr recht als schlecht neu zusammengefügt. Ich war eine Hütte aus morschem Holz, die der Sturm umgerissen hatte.

Ein Auge war von einer Wand aus Blut verschlossen, aber mit dem anderen betrachtete ich eine Seite, die ich vom Boden aufgeklaubt hatte, sie war der Wut des Carabiniere entgangen. Darauf war eine Abbildung des Meeres und großer, dunkler Vögel, die vor der Sonne vorbeiflogen. Alles, was ich über das Meer wusste, hatte mir mein Vater erzählt (»eine ruhig daliegende Wassermasse«, hatte er gesagt, »so tief, dass man den Grund nicht sehen kann«). Meine Schwestern und ich saßen unter einem großen Baum und lauschten der Geschichte von einem großen Schiff, ganz Eisen und Farbe, von Leuten, die aufbrachen und dazu Hüte und weiße Taschentücher schwenkten, von Tränen, die dabei vergossen wurden und salziger schmeckten als das Meer selbst. Ich fragte meinen Vater, ob man vom Kai im Hafen aus die Tränen derer sehen könnte, die wegfuhren, doch er sagte, sie seien zu weit entfernt, aber natürlich gebe es sie. Ich fragte, ob auch alte Leute darunter wären, und er sagte, ganz bestimmt seien sie das, zusammen mit den Frauen und Kindern. Sie würden alle zum Arbeiten nach Amerika fahren, erklärte mein Vater, an einen Ort am anderen Ende des Meeres. Ich ließ meine Gedanken schnell wie Hunde laufen, sah zu, wie sie in verschiedene Richtungen davonjagten, hoch in den Himmel stiegen und sich in dieses Meer stürzten, das vielleicht wegen all der Tränen so salzig war.

Ich legte mich auf die Schulter, worauf mir der Schmerz spitz wie Nadeln den Arm hinaufkroch. Dann schob ich das Bild vom Meer unter die verwundete Haut, damit das Salzwasser die Schmerzen lindern sollte: Die Fische kitzelten an der kribbelnden Oberfläche, und der Schmerz verging schnell, wurde zu Wasser, Salzkörnchen, er versank fern von mir in der Tiefe. Als ich versuchte, das Auge hinter der Wand aus Blut zu öffnen, zuckten tausend schreckliche Blitze auf und Farben, wie ich sie noch nie gesehen hatte. Nur gut, dass es hier keine Spiegel gab, dass ich mich nicht selbst betrachten konnte, dass mir das, wenigstens das erspart blieb.

In Wald und Hütte herrschte tiefes Schweigen, überall, nur mein Körper war ein einziger Aufschrei. Selbst die Gerüche schrien, der Geruch nach Schweiß und der nach Blut, das durch meinen Mund spülte, der Geruch der beiden Zähne, die ich verschluckt hatte und die jetzt tief in meinem Bauch miteinander sprachen. Es sprachen auch meine Wunden, meine schmutzigen Kleider, das Meer aus Papier, die Fische mit ihren offenen Mäulern, doch mehr als alles andere sprach mein Kopf zu mir.

Auf Zehenspitzen schlich ich mich zu dem schlafenden Carabiniere.

»Reich«, murmelte er im Schlaf, und andere Worte kamen aus seinem Mund, die ich nicht verstand, vermischt mit dem weinsauren Atem, der alles zukleisterte, als wäre es Kalk. Von mir kam kein Laut, ich war wie stehende Luft in einem geschlossenen Zimmer. Schwerelos wie ein Geist beugte ich mich über ihn, streckte zwei Finger zum Gürtel seiner Hose aus, und mit einem schnellen Handgriff gehörte die Hippe wieder mir. Ich wusste, dass er nicht aufwachen würde, ich hatte keine Angst, mein Atem ging ruhig, das Herz kontrolliert, und ich hatte nichts zu verlieren.

Ich legte die Hippe an die Haut seiner Kehle, verharrte still dort und sog seine Weinausdünstungen ein. So wie er da lag und schlief, mit leichtem Atem, wirkte er wie ein guter Mensch, ein Mann mit sanften Händen. Im Schlaf oder im Tod wirken alle so, wie sie nicht sind.

Ich setzte mich wieder, verbarg die Hippe unter dem Rock und berührte mein Auge. Es war immer noch geschlossen, zugeschwollen und voller Schmerz. Doch es war nicht der Schmerz in den verletzten Knochen, am Kopf, an den Zähnen, dem unter dem Schlag aufgeplatzten Auge, der mir wehtat. Mich schmerzten die verlorenen Bücher, die von den Flammen verzehrten, zerrissenen, zu Asche gewordenen Bücher.

Als der Carabiniere erwachte, setzte er sich auf und starrte reglos ins Feuer, seine Gedanken sammelten sich in seinem schmutzigen Nacken, ineinander verknäult wie Regenwürmer. Seine Gedanken hatten blinde Augen, verknoteten sich, machten sich auf Wege, von denen es keine Rückkehr gab.

Er verharrte eine Weile halb noch im Schlaf, gefangen vom Wein und dem Nichts, halb noch im Schlaf hob er einen Finger, der kurz in der Luft verharrte, dann fiel der ganze Körper schwer und irgendwie lächerlich auf die Seite.

Vater, steh mir jetzt bei, sagte ich in die Leere des Raumes hinein, zu dem Feuer, das erlosch, zu dem Mut, der mir fehlte, zu dem Mut, den ich immer noch aufbrachte. Ich stellte mich weiter schlafend, als der Carabiniere mich ansprach, ohne sich umzuwenden: »Steh auf«, sagte er, »ich bringe dich ins Gefängnis.«

Er hätte mich gleich anzeigen und sich ein neues Reich finden sollen, in dem er Herr und Meister sein konnte, König der gezielten, gespuckten Demütigungen, er hätte mich mit solcher Kraft zum Strang zerren sollen, dass mir ganze Haarbüschel ausgerissen worden wären, hätte sich lieber an den Beutel voll Gold, Piaster und Tari halten sollen, die er für meinen gebrochenen Hals erhalten hätte. Stattdessen hatte er alles haben wollen, mein zerbrochenes Leben, die Wärme zwischen meinen Beinen, meine Ohren zum Zuhören und die Haut zum Zerkratzen, und für alles würde er nun bezahlen.

Hätte der Wein ihn nicht taub gemacht, hätte er den Wutschrei meiner Gedanken aus dem dunklen Rumoren seiner Träume herausgehört, hätte die Augen aufgerissen und alles begriffen. Stattdessen folgte er weiter dem Weg, den ihm der saure Wein wies, wiegte den Kopf im Takt der verlöschenden Glut und bemerkte nichts. Ich stand da, lauernd, aber er drehte sich nicht einmal zu mir um. Wäre er nicht betrunken gewesen, hätte er gehört, wie die Klinge durch die Luft schnitt, meine schnellen Schritte hinter ihm, und hätte sich umgewandt, zuerst ohne zu begreifen, doch dann mit der Gewissheit, alles verstanden zu haben.

16.

»Richtig so, Tod den Seuchenbringern, Tod den Seuchenbringern, Tod den Seuchenbringern«, der Aufschrei gellt draußen vor dem Kerker und auch hier drinnen, der Aufschrei ist überall, im Mund der Wachen, im Knurren der Hunde, im Jammern der Kinder. Nach allem, nach dem Rauch, nach dem Tod, der durch den Mund kommt, immer und immer wieder, weht nun der Gestank des verbrannten Fleisches zu uns, es ist der gleiche wie der von Mücken, die auf den glühenden Holzscheiten im Kamin verbrennen. Oder von Fliegen und Heuschrecken und allen anderen Insekten, großen und kleinen, die im Nu zu Asche zerfallen. Dieser Gestank, der zusammen mit der Sonne durch die verrosteten Gitter tröpfelt, ist der von einem ganzen Berg verbrannter toter Insekten, und er schnürt einem die Luft ab. Alle Gefangenen haben sich die Kleider vom Leib gerissen, ich nicht, ich ziehe mich nicht vor anderen aus, ich halte den Schweiß zurück und lehne mich an die Zellenwand, um nicht hinzufallen. Die Füße der Seuchenbringer verbrennen zuerst, sie werden schwarz, sodass sie in der Nacht nicht gesehen werden.

Die Leute sagen: »Sie haben Pillen in der Tasche, Giftpillen, sie wollten uns alle umbringen.«

Der Rauch ist so schlimm, dass wir die Augen schließen müssen und schlafen am Boden ein, erschöpft wie wir sind.

Ich umklammerte den Griff der Hippe, die einen Schatten auf die gebeugten Schultern des Carabiniere warf, streckte den Arm aus, um seine Kehle zu erreichen, und dann, als nur noch ein Schritt mich von dem Kampf trennte, hielt ich inne. Ich stellte mir vor, was nun folgen würde, unseren Tanz, in dem ich voranging und er sich dann an der Schwelle des Todes wehrte, und mir fehlte der Mut. Ich wollte diese verhassten Bewegungen nicht wiederholen, wollte nicht sehen, wie das Leben mit rotem Schwall verströmte, nicht sein Blut knistern hören, wenn es ins Feuer tropfte, und nicht laufen wie ein Hund, dessen Ketten gebrochen waren.

Ich warf die Hippe auf den Boden, mit Glockenklang federte sie von den Dielen hoch, und während der Carabiniere den Kopf drehte und ihr nachsah, riss ich ihm den Karabiner von der Schulter und schoss blindlings, ohne zu wissen, wie, ohne zu sehen, wohin. Es gab einen lauten Knall, der mir die Ohren zerriss und allen Vögeln des Waldes die Flügel spannte, sodass diese wie ein einziger aufflatterten. Dann herrschte eine schreckliche Stille wie nach einem Erdbeben.

Ich warf den Karabiner auf die Erde und rannte aus der Hütte, ohne zu begreifen oder nachzusehen, ob der Carabiniere tot war. Ich lief so weit, wie meine Beine mich trugen, dann lehnte ich mich erschöpft gegen einen Baum und sog die Luft der Morgendämmerung ein. Die Vögel hatten sich wieder auf den Zweigen niedergelassen, ich spürte ihre Augen auf mir, während ich die Füße auf das trockene Laub setzte, immer einen Schritt nach dem anderen und dann noch einen, denn ein Ziel hatte ich nicht.

Nun sangen die Vögel, ihre Kehlen waren verklebt von Klängen, die meinem in getrocknetes Blut und Lumpen gehüllten Körper galten: Ich deutete diesen Gesang als Zeichen, als den Beweis, dass alles so richtig wäre. Denn anderenfalls hätte der Himmel sich mit Blitzen gefüllt, vom schwarzen Gesang der Krähen umsäumt. Doch um mich herum herrschte Stille, nichts als friedliche Natur.

Der sanfte Fluss, an dem ich schließlich rauskam, nahm mich in sich auf, wusch meine Schuld ab, streichelte mir sanft über Haare und Wangen. Seit meiner Flucht hatte ich viel Gewicht verloren, konnte die Knochen einzeln zählen, und in meinem Gesicht, das sich im Wasser spiegelte, sah man durch die Wangen den Schatten der Zähne, auch derer, die ich verloren hatte. Ich wusch mich gründlich zwischen den Beinen, am Rücken, unter den Armen und am Hals. Ich wusch mir die Haare, die gewachsen waren und mir nun wirr und zerzaust bis auf die Schultern fielen. Ich wusch meine Kleider und wartete mit klappernden Zähnen, bis sie getrocknet waren.

»Ist es gut so, Vater?«, fragte ich den Himmel. »Ich habe nichts von dem vergessen, was du mir beigebracht hast.«

Spät am Abend, nach Stunden voller Kälte und Angst, fing ich zehn Zikaden und warf sie ins Feuer, das ich mir gemacht hatte. Aus ihrer Asche, die ich mit Schlamm aus dem Fluss vermengte, rührte ich eine Salbe an und strich sie mir auf das unter dem Faustschlag aufgeplatzte Auge. Dort am Fluss schlief ich dann, einen traumlosen schwarzen Schlaf, und im Morgengrauen kehrte ich mit steifen Gliedern zur Hütte zurück.

Der Carabiniere lag neben der erkalteten Asche, der Karabiner in der entgegengesetzten Ecke des Raumes, wo ich ihn hingeworfen hatte, ehe ich die Flucht ergriff. Auf Zehenspitzen näherte ich mich seinem Körper, mein Herz klopfte wild und bang, ich war darauf gefasst, wieder fortzulaufen, doch nichts geschah. Ein Loch, so groß wie die Faust eines Kindes, befand sich dort zwischen Arm und Brust des Mannes, der Stoff seiner Uniform war an dieser Stelle zerrissen, die Ränder geschwärzt vom Rauch und vom Blut. Mit der Fußspitze stieß ich den Carabiniere an und wich schnell zehn Schritte zurück, aus Angst, er könnte aufspringen und mir die Hände um den Hals legen. Ich wartete, eine Stunde, zwei, aber der Carabiniere bewegte sich nicht, er hob weder den Kopf, noch versuchte er, mich zu töten.

Als ich sicher war, dass er mir nichts mehr antun konnte, kam ich näher und betrachtete sein Gesicht, die aufgerissenen Augen und die bleichen Hände, die neben den Resten des Feuers ruhten. Ich wühlte in seinen Taschen, ohne zu wissen, wonach ich suchte, und holte einen Zeitungsausschnitt hervor. Die Feuchtigkeit hatte das Papier angegriffen und die Schrift an verschiedenen Stellen verblassen lassen, aber die Überschrift war gut zu erkennen: DIE MÖRDERIN LÄUFT NOCH FREI HERUM. Die Mörderin, das war ich, für alle und für immer. Meine Hände waren so schwach, dass sie fast das Papier nicht halten konnten, als ich noch einmal die Geschichte meiner Schuld las, an den Stellen stockte, wo die Druckerschwärze in langen, zittrigen Linien verlaufen war, gleich denen, die salzig und warm aus meinen müden Augen rannen.

Tief in der anderen Tasche verborgen fand ich zwei Münzen, ein Feuerzeug und ein Tier aus Holz, ein Spielzeug, eine kleine Biene, die die Flügel ausbreiten konnte, als wollte sie fortfliegen, wenn man an der kleinen Schnur an ihrem Bauch zog.

Ich legte alles, was ich gefunden hatte, auf den Boden, schloss die Augen des Carabiniere, denn ich wollte nicht, dass er mich ansah, und zog ihn aus. Seine Haut war weiß und durchscheinend, wie die eines neu geschlüpften Wurms, die Adern schimmerten bläulich, das Blut stand still. An der Stelle, an der ich ihn getroffen hatte, klaffte ein schmaler Abgrund aus Fleisch tief in die Dunkelheit seines Körpers, bis zum Herzen, das nicht mehr schlug.

Mit der Uniform in der Hand, der vom Schuss zerfetzten Jacke und den von Schlamm und Wein beschmutzten Hosen ging ich in den Wald und hängte alles an den Ast eines großen Olivenbaums, dort, wo der Tramontanawind wehte. »Die Erinnerung an dich soll hierbleiben«, sagte ich zu dem flatternden Stoff, »und die Geschichte meiner Wunden erzählen.«

15.

Am Tag danach wird nicht mehr geschrien, die Füße laufen nicht mehr, man hört abgehackte Worte, wie Fladenbrote, die angebissen liegen gelassen wurden, Sätze, die mit leiser Stimme aus mit Atem geflickten Fäden den Mündern entströmen, die auf das dreckige Straßenpflaster geworfen, ausgesprochen und dann weit fortgespuckt werden, damit keiner mehr wissen soll, welcher Mund sie zuerst in die Welt gesetzt hat.

Diese Satzfetzen, schlecht vernäht, überall voller Löcher und Risse, erzählen von Aufständen im Hügelland um die Stadt, nennen die Namen von erhängten Seuchenbringern, künden von Plünderungen und Menschen, die man in Stücke gerissen hat in den Dörfern Villabate, Ficarazzi, Aliminusa, Casteldaccia, Prizzi, Corleone, Roccamena. Beim letzten Namen stockt mir das Herz, und alles an mir, was zu zittern vermag, zittert jetzt. Mein Zuhause, das Haus meines Vaters, vielleicht niedergebrannt, Flammenzungen, die an den Wänden lecken, raue, boshafte Feuer. Gaspare, meine Schwestern, wo mögen sie jetzt sein? Haben sie die Leiche meiner Mutter begraben, diese Knochen ohne Erinnerung und Frieden? Haben sie sie neben meinen Vater gelegt, in dieselbe Erde? Haben sie begriffen, dass es verschiedene Tode gibt? Dass die Schuld nicht endet, wenn das Leben erlischt?

DER GROSSE BAUM

Von den Sachen des Carabiniere behielt ich nur das Feuerzeug und die kleine hölzerne Biene. Ich sah sie mir gern an und ließ sie die schweren Flügel ausbreiten, stellte mir dabei vor, wie sie auffliegen und in den Himmel verschwinden würde, ihre kleine Kordel im Schlepptau. Das war ein angenehmer Gedanke, als würde man sich vorstellen, man wäre wieder ein Kind. Den Karabiner legte ich neben den leblosen Körper des Mannes, sollte er ihm ruhig ins Grab folgen, dann sammelte ich vom Boden die Seiten aus meinen Büchern auf, die seiner zerstörerischen Wut entgangen waren, faltete sie sorgfältig zusammen und legte sie in meinen Beutel. In diesen Seiten klang, wenn man sie fest in der Hand hielt, die Stimme meines Vaters nach, darin lag das Leben, das er mir geschenkt hatte. Ich nahm auch den Zeitungsausschnitt an mich, die Druckerschwärze gewordene Erinnerung an meine Schuld, schwarz und weiß auf ein Blatt Papier gedruckt, auf dass sie immer wahrhaftig blieb.

Mit dem Feuerzeug zündete ich einen Haufen Reisig an, das ich draußen vor der Hütte zusammengeklaubt hatte, dann übergab ich die sterblichen Überreste des Carabiniere den hoch lodernden Flammen, dem nach Holz und Fleisch gierenden Feuer, das alles verschlang, sich die Hütte einverleibte, das mir zubrüllte, ich solle fortlaufen, fliehen, während ich noch meine Sachen zusammensuchte, eine Decke, um mich zu wärmen, die Hippe, ein wenig getrocknetes Fleisch. Ich rannte nach draußen, ehe alle Balken einstürzten, und auf der Erde zusammengekauert sah ich zu, wie der Rauch in den Himmel aufstieg, zur Wolke wurde und schließlich verschwand. Bei Sonnenuntergang verbrannte ich eine Pflanze Herrgottsblut und verstreute die Asche in einem Kreis um mich, damit der Geist des Carabiniere mich nicht verfolgte, dann machte ich mich auf den Weg. Einen Schritt nach dem anderen, schnell und stumm eilte ich fort, damit die Gedanken sich verirrten und ebenso die Erinnerungen. Denn das Gesicht meines Vaters, wäre es mir gefolgt und hätte es mich an der Schulter gestreift, hätte meine Beine bleischwer gemacht, mich gezwungen, mich auf die Erde zu legen, als wäre ich etwas, das aus ihr wächst. Dann wären mir Wurzeln im Bauch gesprossen, Blätter in den Ohren, ein Stamm in der Kehle, und ich wäre für immer gestorben.

Je mehr ich meinen Vater von mir fortstieß, desto mehr blies mir sein Atem wärmend auf den Rücken. Er kam wie der Wind, immer wieder als sanfter Hauch, ich spürte seine Hand auf der Wange, sah ein Lächeln der freudigen Heimkehr auf seinen Lippen, Ähren streiften unsere Beine, es roch nach den Hunden, die uns immer folgten. Er schob sich in meinen Kopf wie Wellen unter ein Schiff, diese Wellen, die in meinem Beutel eingefangen waren, vermischt mit der wenigen Asche meiner gestorbenen Bücher.

Ich lief den ganzen Tag und die ganze Nacht, hielt mich dabei fern von den Häusern und den Menschen, die darin lebten. Ohne Ziel, ohne Fragen lief ich vorwärts, stolperte über Wurzeln und stand jedes Mal wieder auf, bis ich in einem grünen, stillen Wald einen Baum fand, der so dick war, dass hundert Arme nicht genügt hätten, um ihn zu umspannen. Im unteren Teil war der Stamm hohl, als ich hineinging, musste ich mich nicht einmal bücken, unzählige Insekten flogen auf, wirbelten Staub und Gerüche auf. Die Geräusche des Waldes drangen nicht herein: weder der Wind noch der Gesang der Vögel; nur das Klopfen der Herzen, nur der Lebensatem, meiner und der des Baumes, bewegten die Luft.

Im verborgensten Winkel des Stammes legte ich die wenigen Dinge ab, die mir geblieben waren, einschließlich der Erinnerungen. Von dem Haus, in dem ich früher gewohnt hatte, verblieb mir nur die Erinnerung an Gerüche: von eben zusammengelegter frisch gewaschener Wäsche, dem dichten Rauch aus dem Kamin, der salzigen Haut von uns Schwestern, nachdem wir lange gerannt waren, der Hände meines Vaters, so süß wie Bonbons.

Ich überlegte, dort zu bleiben, in diesem Baum, der mir ein Haus war, für den Rest meiner Tage, bis irgendwann ein wildes Tier kommen würde, ein Mann mit einer Waffe oder vielleicht ein Blitz, der die friedliche Stille des Stammes mit seinem Feuer erleuchten würde. Selbst wenn ich noch Jahre immer weitergelaufen wäre, wohin hätte ich gehen können? Wer hätte mich jemals aufgenommen? Für mich gab es keine Hoffnung auf Vergebung. Ganz gleich, welche Straße ich gewählt hätte, von mir wäre sie ausgegangen, und zu mir wäre sie zurückgekehrt, zu meiner schweren Schuld, zu dem Blut, das ich in jener Nacht vergossen habe.

Ich versteckte meine Lumpen, damit niemand sie sehen konnte, dann ritzte ich mit einem Nagel, den ich mitgenommen hatte, den ersten Tag meines neuen Lebens ins Holz: 2. April 1898.

Den ganzen restlichen Tag, der heiß war und still, erkundete ich den Wald um mich herum, suchte nach Nahrung und Wasser. Ich fand einen Kanal, in dem ich meine Feldflasche füllen konnte, aber nichts zu essen. Ich lief weiter, doch nur so weit, dass ich den Baum noch sah, und nach hundert Schritten stand ich dann vor einem alten Haus, das aus Holz und Stroh gebaut war. Eine Krähe flog genau über meinen Kopf, und ich sah auf, um ihre Bahn zu verfolgen. Als ich wieder nach unten schaute, die Augen noch von der Sonne geblendet, kam ein Junge auf mich zu, in der Hand eine kleine Schleuder.

14.

Tag für Tag hat die Cholera mir ihren Atem in die Kehle geblasen, aber ihr kalter Hauch hat mich nicht mitgenommen, hat mich nicht verschlungen, weder mein Herz noch mich im Ganzen. Wie das möglich ist, kann ich nicht sagen, ich weiß nicht, warum das Fieber mich nicht angewidert zittern und mich schwindeln ließ, warum es mir keine Übelkeit und dann ein Ende geschenkt hat. Hexe hat man mich genannt, hier in der Zelle und auch draußen, sie haben mir ins Gesicht gespuckt wegen meines zähen, bösartigen Körpers, der einfach nicht sterben will, der weiteratmet, einen Zug nach dem anderen, taub und unempfindlich gegenüber dem sich ausbreitenden Gift.

Die Wachen sprechen von einem Pakt mit dem Teufel, dass er mich im dichten Unterholz genommen und mir dafür ewiges Leben geschenkt habe. Die Frauen haben mich »Teufelshure« genannt, die Richter schreien, dass in meinen Schritten die Hölle liege, ich äußere mich nicht dazu, denn mein sturer, hartnäckiger Atem spricht an meiner statt.

»Tod der Hexe«, rufen sie, und als es dunkel ist drinnen und draußen, packen mich die Wachen und schleppen mich in eine neue Finsternis, wo ich kalte Ketten an den Händen und Füßen spüre, ohne etwas zu sehen, ohne meinem Herzen zu erlauben,

lauter zu schlagen. Ich mache mich ganz weich, biete meinen Körper der Hexenprobe dar, schenke ihn den in die Mauern eingelassenen Eisenringen; sollen sie mich doch halten, ich bin zu müde. In der Dunkelheit mache ich die Stimme einer Frau aus, die die Befehle gibt, die weiß, was zu tun ist.

»Wasser«, höre ich sie sagen, »wir brauchen Wasser, um es sicher zu wissen.«

Mit geschlossenen Augen und weit geöffnetem Mund koste ich von der Dunkelheit, vom Eisen der Kettenringe, von den hastigen Worten und dann von dem Wasser. Liter um Liter schlechtes Wasser, das nach Dreck und Moder stinkt.

»Wenn sie nicht daran stirbt, heißt das, sie ist eine mavara, *eine Hexe«, sagt die Frau. Sie muss alt sein, denke ich, klein und bucklig, der Rücken gebeugt vom Verkünden des Todes, silberweiß das Haar. Ich stelle mir ihre schwarzen Fingernägel vor, die Kinder, die sie geboren und in der Welt ausgesetzt hat. Ich spüre, wie meine Kehle wund wird, wie der Bauch anschwillt, wie die Übelkeit mir zu Kopf steigt.*

»Neun Liter, neun Liter, nicht einen weniger.« Ihre Stimme wird weich, grün wie der Moder in dem Wasser, das ich trinke. Mein Bauch platzt, schreit, gibt alles von sich, was durch den Mund hereinkam. Ich falle in Ohnmacht, dämmere weg und wache wieder auf, das Wasser kommt und geht, genau wie die Stimmen, die sich überschlagen, wie der heiße Atem der Gefängniswärter.

»Muriu, muriu, muriu – *stirbt sie, stirbt sie, stirbt sie?«, will die Frau wissen, die Wachen zerren meinen Kopf hoch, sagen, dass es nicht klar ist, es sähe so aus und doch wieder nicht. »Die Hure atmet noch.« Die Frau kommt mit schleppenden Schrit-*

ten zu mir, bläst mir etwas Gelbes, Beißendes ins Gesicht, sagt, dass es um mich herum nach Schwefel röche, dass Satan mich am Leben erhalte, das sei der Beweis, aber das genüge nicht. Ich spüre das Silberweiß ihrer Haare dicht über meinem Gesicht, die Nase, die Luft einsaugt und ausstößt, ihr Herz, das schlägt und sich beklagt. Wieder Wasser, Wasser und Wasser, es dringt durch den Mund ein und strömt wieder heraus, es wäscht mich und trocknet mich aus, und ich sterbe nicht, obwohl ich das müsste. Warum sterbe ich nicht? Das frage ich meinen Kopf, der mit modrigem Wasser gefüllt ist, ich frage es die Eisenringe, die mich aufrecht halten, frage das Wasser, das warm aus dem Loch zwischen meinen Beinen strömt.

Das Wasser kommt in einem Strahl aus meinem Mund, wie eine eiserne Klage, lang und straff wie die Ketten von Hunden.

»'U suli sta acchianannu, mittitila a catina, spugghiatila, attuppatici 'a vucca. – *Die Sonne geht gleich auf, legt sie in Ketten, zieht sie aus und verstopft ihr den Mund.« Die Alte spricht schnell, und aus ihrem Mund strömt ein Lufthauch, der Kälte in die Zelle bringt. Die Wachen reißen mir die Kleider vom Leib, stopfen einen Lumpen in meinen Mund voller Wasser.*

»Sie ist eine Hexe, eine Hexe«, sagt der kalte Windhauch der Alten. »Sie stirbt nicht, Satan will sie nicht.« Alle Münder flüstern leise Worte, Worte von Grauen und Flucht. Sie lassen mich allein, wieder bin ich allein, allein gelassen mit dem Wasser, das mich beutelt, und mit dem Leben, das an eisernen Ringen hängt.

DIE NACHT

Beim Anblick dieses fremden Jungen rannte ich davon, mir stockte der Atem in der Kehle, ich lief mit fast geschlossenen Augen, so schnell, wie ich konnte. Verfluchte mich tausend Mal, dass ich nicht aufgepasst hatte, und als ich in den hohlen Baum gekrochen war, hielt ich den Atem an, damit man mich auch ja nicht hörte. Ich lauschte, das Ohr den Geräuschen des Waldes zugewandt; manchmal war mir so, als hörte ich Schritte, doch dann verschwand das Geräusch wieder, mischte sich mit dem Flattern der Vögel, dem Brechen der Zweige, die donnernd zu Boden fielen.

Wenn der Junge mich jetzt fand, was sollte ich tun? Ihn bedrohen, ihn anflehen, er solle einfach nach Hause laufen? Mein schreiendes Herz sandte den einzigen Ton aus, der im Wald und außerhalb des Waldes zu hören war, immer lauter und schneller wurde es, polterte gewalttätig wie ein Mann. Meine Hand umklammerte die Hippe, während ich abwartete, im Kopf wiederholte ich unentwegt den Namen meines Vaters und die meiner Schwestern, um daraus eine Kette zu bilden, die sich um den Baum legte und diesen dann zum Himmel emporschleuderte, wo ich für immer in Sicherheit sein würde.

Am folgenden Tag ließ ich erschöpft den Rücken am Baumstamm entlang nach unten gleiten und rollte mich auf dem

Boden zusammen. Ich leerte die Feldflasche bis auf den letzten Tropfen, schluckte das letzte Stück getrocknetes Fleisch hinunter, mit Zähnen, die wie Dornen stachen, die sich mir in den Mund gebohrt hatten, und fragte mich, wie lange ich noch ausharren konnte ohne Wasser oder Nahrung, wie lange mein Atem mir noch gehorchen würde. Am dritten Tag hörte ich eine Stimme, aber es hätte ebenso gut ein Windhauch sein können, der sich in den Zweigen verfing.

»Ich bin es«, flüsterte der Wind, »der Junge aus dem Haus.«

Mein Herz schlug zwei Mal, dann setzte es aus, fing schließlich wieder an zu rennen wie ein Hund, der vor Fußtritten flieht. Er hatte mich aufgestöbert, wusste, wo ich war, vielleicht sogar, wer ich war. Die Mörderin, die keine Reue zeigt, die einem den Rücken zuwendet und knurrend wegläuft wie ein Tier auf der Flucht.

Die Wut richtete meine Knie auf, ich nahm die Hippe fest in die Hand und trat aus dem Stamm heraus. Ich muss ihm vorgekommen sein wie ein Gespenst, wie ein böser Geist, dem Herzen des Waldes entsprungen, denn der Junge ließ etwas fallen, was er in der Hand gehalten hatte, und wich zurück. Ich ließ ebenfalls fallen, was ich in der Hand hielt, geblendet von Blitzen, die meine Augen zerrissen und mir den Boden unter den Füßen wegzogen. Meine Knie verweigerten mir den Dienst, sie wollten mein Gewicht nicht mehr tragen, und ich fand mich auf einmal mit dem Gesicht im Gras wieder, während der Wald um mich herum sich drehte. Ein Reigen von Bäumen, Tieren und Blättern, heftige Übelkeit, die nur von der Stimme des Jungen durchbrochen wurde, der sagte: »Steh auf, ich hab was zu essen.«

Mit derselben Hand, die die Hippe umklammert hatte, nahm ich das Brot, das er mir hinhielt, setzte mich auf und verzehrte es schweigend dort im Gras. Der Junge blieb stehen und beobachtete mich, doch dann ging auch er in die Knie und setzte sich auf den Boden, lehnte seine kleinen Schultern gegen meine. Unsere Schatten wurden länger und schmaler wie Zwirnsfäden, dem Lauf der Sonne entgegengesetzt, die langsam erstarb, und es fühlte sich schön an, seinen Atem zu spüren, während ich das Brot kaute, zu spüren, wie sein magerer Rücken sich gegen meine paar Knochen presste, den rauen Stoff seines Hemds auf meiner müden Haut.

Die Sonne ging weiter unter, folgte langsam ihrer Bahn, bis die Dunkelheit den Wald verschlang, Baum für Baum, ganze Stücke von den Feldern, Erdschollen, alles, was ihr in den Weg kam. Sie verschluckte auch unsere Beine, schlang den Rest Brot hinunter, den ich noch in der Hand hielt.

»Ich habe keine Angst vor dir«, sagte der Junge. Das hatte ich schon gewusst, bevor er es sagte. Genau wie ich war er Haut, die Schlägen preisgegeben war: Ich hatte die Male auf seinen Armen und seinem Gesicht gesehen, als er vor zwei Tagen mit seiner Schleuder auf mich zugelaufen kam. Die Nacht senkte sich herab und legte sich wie ein Schleier über uns, um uns zu beschützen, um uns unsichtbar zu machen und uns vor den üblen Schlägen des Stockes, den scharfen Worten und den kräftigen Fußtritten zu verbergen. Wir waren Kohle, pechschwarz, Nacht in der Nacht, Dunkelheit in der Dunkelheit, Luft, die man nicht schlagen kann. Bei jedem Geräusch, das aus dem Wald kam, hielten wir Herz und Atem an, aber es war nie ein wütender Mensch, immer nur ein Vogel, der vorbeiflog, ein Hase, der sich in seinen Bau verkroch. Der Wald selbst wiegte uns sanft und machte sich für den eigenen Schlaf bereit.

»Ich sag niemandem, dass du in dem Baum wohnst.« Im Morgengrauen saßen der Junge und ich immer noch dort, wo die Dunkelheit uns überrascht hatte. Rücken an Rücken, zu einem einzigen Schatten verschmolzen.

»Ich bin eine Mörderin«, sagte ich hastig, »die Wachen suchen nach mir.« Ich gab mein Leben in seine Hände, weil ich es nicht mehr mit mir schleppen wollte. Nun konnte er damit tun, was ihm gefiel. Aufstehen und weglaufen, zu einem Geräusch dieses Waldes werden, wie ein Hase oder eine Grille. Oder mich verraten, mich beschimpfen, um Hilfe rufen.

Ein Fuchs lief nur zwei Schritte entfernt an uns vorbei, sein Fell hatte die Farbe von Kupfer so wie der Mond, wenn er Unheil ankündigt. Vögel flatterten auf, Pfoten huschten über den Boden, die Beutetiere schrien, wurden zerkaut und verschlungen. Das war das Leben, das weiterging, und der Tod war ein Teil davon. Der Junge erzählte mir, seine Eltern seien vergangenes Jahr gestorben und man habe ihn der Obhut von Onkel und Tante anvertraut. Seine Schwester, damals gerade geboren, schwächlich und krank, hatte man weggebracht, und er wusste nicht, wohin. Er sagte, Onkel und Tante schickten ihn Tag für Tag zur Arbeit aufs Feld und er müsse sich für jeden Teller Suppe, das harte Lager und abgelegte Schuhe dankbar zeigen.

Der Mond, dessen Farbe langsam verblasste, goss eimerweise Licht über unsere Gesichter aus und über den großen Baum, über alle Tiere im Wald, ganz gleich, ob sie wach waren oder schliefen. Ich musste an den Schmerz denken, der in den Häusern eingeschlossen war, an all seine Formen und Wege. An die Abende mit zerschlagenen Knochen und einem so erschöpften Schlaf, dass man nicht einmal mehr die Träume sah.

13.

Stunden sind vergangen, belastet von Schlaf und Unruhe, und ich erwache wieder in der Zelle, ohne zu wissen, wer mich zurückgebracht hat, mein Bauch ein einziger Schmerz, er schreit laut wegen des Wassers, das man ihm eingefüllt hat. Noch mehr Zeit vergeht, leer und dunkel, und auf das dumpfe Grollen des Wassers folgt der schrille Protestschrei des Hungers. Niemand kommt, niemand bringt unsere Schüsseln, die schmalen Brotkanten.

»Die Wachen sind weggelaufen«, flüstert eine Frau aus einem Winkel der Zelle. Anscheinend haben alle ihre Siebensachen gepackt, die Peitschen, die Angst, den bitteren Hass, und sind vor der Cholera geflüchtet, mit ihren Frauen, Kindern, Kleiderbündeln und dem in schwere Stoffe eingenähten Geld. Haben sich eingeschifft, zu Fuß aufgemacht, eine Kutsche genommen: egal wohin, Hauptsache, fort von den schwarzen Geistern, die sich auf dem Monte Pellegrino verbergen.

Zwei Tage ohne Wasser und Nahrung, dann kommt jemand, wirft uns Brot hin, gibt uns zu trinken, und wir Gefangene schnappen nach allem, was kommt, wir zerkratzen uns gegenseitig, beißen in Arme und Hände, zerren an Haaren, ziehen uns ins feuchte Dunkel zurück, um die Kanten zu verschlingen. Auch ich habe mir mein Brot geholt, habe geschrien, den Arm einer Frau verdreht, bis ich den Knochen ächzen hörte, habe mir einen weiteren Lebenstag gesichert.

Wir essen, wir trinken, wir schlafen und sonst nichts, Tage um Tage, ich zähle sie nicht mehr. Wir denken an nichts, wir stellen uns nichts vor, wir warten, nichts weiter. Draußen hört man das Feuer, die Stimmen, die Stöcke: Sie verbrennen die Toten und die Lebenden, die man beschuldigt, den Tod zu bringen. Eines Morgens sehe ich vom Fenster der Zelle einen Karren mit gestapelten Kadavern darauf: Hunde, Alte, Frauen, bedeckt von einem Mantel aus Fliegen.

Der Karren hält an, weitere Leichen kommen hinzu, ein Berg von Mündern, Füßen, Nägeln, Wunden und Lumpen, dann fährt er weiter. Er ist so schwer beladen, dass er fast auf die Seite kippt, so schwer beladen, dass er einsinken, sich einen Weg mitten hinein in die Erde bahnen könnte: Pferd, Kutscher, Leichen und schwärende Wunden, alles würde gemeinsam in einem Spalt in der Welt verschwinden.

DIE GUTEN TAGE

Irgendwann zwischen Nacht und Tagesanbruch, während ich, das Gesicht dem Mond zugewandt, schlief, ging der Junge fort. War er wirklich bei mir gewesen, oder hatte ich ihn nur geträumt? Hatte ich ihm wirklich meine Verbrechen gestanden? Mich beruhigte der Gedanke, dass der Junge, so er denn wirklich existierte, wenn er aus Fleisch und Blut bestand und nicht bloß aus Träumen, sicher wiederkommen würde, und zwar ohne Erwachsene und ohne Stock, da er vor mir keine Angst hatte.

Drei Tage später kam er tatsächlich wieder. Und danach fast jeden Tag. Er tauchte auf, wenn die Sonne schon beinahe schlief, die Hände schwer beladen mit Essen, das er für mich gestohlen hatte, Hände, die von der Feldarbeit rot und geschwollen waren. Zum Dank für das Essen behandelte ich seine Wunden mit Brennnesselblättern, legte ihm Rosmarinwickel um die müden Füße. Als er eines Abends kam, fehlten ihm zwei Zähne. Ich sagte nichts dazu, stellte keine Fragen, zerstampfte nur einige Blätter Löffelkraut und sagte ihm, er solle sie im Mund behalten, um das Blut damit zu stillen.

Wenn es regnete, blieben wir in dem großen Baum verborgen, doch in mondhellen Nächten schliefen wir im Freien, das Gesicht den Sternen zugewandt. Eines Abends fragte er mich, wen ich getötet hatte. Ich berichtete ihm, was in dieser lange zurückliegenden Nacht geschehen war, und ihm allein erzählte ich von meinem Vater, von den Büchern, die wir gemeinsam mit Antonia und Teresa vor dem Kaminfeuer gelesen hatten. So verwandelte ich das Leid, das ich in mir trug, in Worte, und während ich ihm davon erzählte, kam es mir vor, als ließe es sich nun leichter ertragen, als glitten der Schmerz und die Schuldgefühle, weil ich meine Schwestern allein zurückgelassen und meiner Mutter den Lebensatem genommen hatte, aus mir heraus und lösten sich bei der Berührung mit Luft in Luft auf, wurden Teil des Himmels. Der Junge sagte nichts dazu, doch an seinem ruhigen Atem erkannte ich, dass er mich nicht verdammte.

An manchen Tagen erzählte ich ihm vom Meer, von dem Schiff mit den Menschen, die wegfuhren, den alten Männern mit dem Hut in der Hand, und dann schwiegen wir und stellten uns Orte vor, die wir niemals sehen würden, all das, was jenseits des Meeres lag. Er brachte mir bei, mit der Steinschleuder umzugehen, und ich lehrte ihn die Heilkraft der Pflanzen. Wie der Carabiniere kam er jeden Tag zu mir, doch er kam nicht, um zu spucken oder zu schlagen, er brachte weder Fesseln noch böse Worte.

Eines Abends brachte er eine Schüssel Kartoffelsuppe mit. Er erzählte mir, die habe er direkt aus dem Topf auf dem Herd stibitzt und sei so schnell davongelaufen, dass er über einen Hasen gestolpert sei, der irgendwo aus dem Gebüsch kam. Wir fingen beide an zu lachen, als wäre diese Welt ein Ort für schöne Abenteuer, wo man höchstens mal stolperte und sich dabei die Knie aufschürfte.

An einem anderen Abend kam er mit einer Wolldecke und zwei Äpfeln an, und einmal brachte er mir einen Vogel, der vom Baum gefallen war. Doch eines Tages kam er nicht mehr. Ich wartete auf ihn mit hoffnungsbangem Atem und flehte den Himmel an: »Bitte, mach, dass er wiederkommt.« Ich wartete auf ihn mit geschlossenen Augen und riss sie unvermittelt auf, in der Hoffnung, ich würde ihn aus dem Walddickicht auftauchen sehen; ich wartete auf ihn und stampfte dabei ungeduldig mit den Füßen auf wie ein trotziges Kind. Ich probierte beim Warten alle Tricks aus, die ich kannte, bei Tag und bei Nacht, wenn die Sonne hoch am Himmel stand oder die Sterne am Himmel leuchteten, und zehrte dabei all meine Sehnsucht auf wie eine brennende Kerze das Wachs, bis von meinem Sehnen nichts mehr übrig war.

12.

Wir schlafen, um die Hölle dort draußen nicht hören zu müssen, niedergedrückt in den Träumen, beschützt vom Schlaf. Das rostige Knarren der Tür weckt uns, die eiserne Angel schreit beim Öffnen wie ein Sterbender. Sie tragen drei Gefangene fort, die an der Seuche gestorben sind, die Palermo verpestet. Jetzt sind wir noch vier Überlebende, und auch wir unterscheiden uns von den Toten nur durch den leisen Atemhauch, der zwischen unseren Zähnen entweicht. Die Totengräber packen die Körper am Kragen der Gefängniskleidung aus hartem Leinen, um zu sehen, ob sie auch tot sind, mit der anderen Hand pressen sie sich ein Taschentuch auf den Mund, sie zerren sie an den Füßen hinaus, und einer stolpert dabei, so eilig hat er es, fort von hier zu kommen.

Das rostige Metall schreit erneut auf, als die Tür wieder zugeht, dann stiebt Staub hoch, in den sich eine Stimme, heiser wie Husten, mischt: »Ihr sterbt sowieso alle, es ist bloß eine Frage der Zeit.«

Jeden Tag kommt ein Karren, der eine Schleppe aus Fliegen hinter sich herzieht, er hält an und wartet. Das Pferd schnaubt auf, unter der Haut zeichnen sich die Knochen ab. Mit jedem Tag werden die Stimmen leiser, die Feuer erlöschen, die Schritte werden langsamer. Jetzt haben hier die Toten das Wort, sie haben die Stadt übernommen. Wer noch gehen kann, hält seinen Mund gut verschlossen, denn durch ihn dringt die Seuche ein und verzehrt den Körper, durch ihn strömt das Leben heraus, und man vergeht. Wer auf einen Seuchenbringer trifft, prügelt ihn mundtot, schlägt auf Knochen und Kopf ein, lautlos und ohne ein Wort.

Der Karren hält an und fährt weiter, das Pferd kommt und geht, schleppt die Last der Toten mit sich fort. Palermo erstickt bei strahlendem Sonnenschein, stirbt unter einem blitzblanken Himmel, an dem nicht eine Wolke zu sehen ist. Würde es regnen, versänke man im Schlamm, wäre der Himmel so grau wie diese Gitter, dann wäre der Sinn dieser Plage klar, der Gifthauch vom Monte Pellegrino, die Menschen, erst lebendig, dann tot, gestorben in diesem Gifthauch. Doch der Himmel prahlt mit einer anmaßenden Sonne und bohrt sich in Brust und Münder, in die Ritzen zwischen den Toten.

DAS HERZ STOCKT

Eine Woche ging dahin, dann zwei. Manchmal näherte ich mich dem Haus, in dem der Junge wohnte, auf der Suche nach ihm, warf kleine Steinchen ans Fenster, rüttelte an Zweigen, doch niemand zeigte sich oder redete mit mir. Ich überlegte, ob er wohl tot war, ob jemandem aufgefallen war, dass er mit mir redete, und man ihn totgeprügelt hatte. Ich verbrachte Stunden damit, das Haus zu beobachten, in der Hoffnung, ich würde seine Stimme hören oder sehen, wie er mit seiner Schleuder in der Hand auf mich zulief.

Manchmal verließ ein Mann mit einer Hacke das Haus und machte sich auf zu den Feldern. Ich war zu weit entfernt, als dass ich sein Gesicht hätte erkennen können, doch ich bemerkte, wie schnell er ging, und sah den verbitterten Bogen des Mundes, der sich wohl oft im Zorn nach unten verzog. Er blieb Stunden weg, und wenn er wiederkam, brachte er jedes Mal etwas mit, Früchte oder ein paar Stücke Holz, manchmal ganze Zweige, an denen noch die Blätter hingen.

Hin und wieder begleitete ihn eine dicke Frau, die immer einige Schritte hinter ihm ging, aber von dem Jungen war weiterhin nichts zu sehen oder zu hören.

Ich verbrachte die Zeit des Wartens damit, auf die Jagd nach Kaninchenjungen zu gehen, die ich roh aß, um kein Feuer anzünden zu müssen.

Eines Morgens lief ich bei Tagesanbruch zu dem Haus, in dem der Junge lebte. Ich hatte mir vorgenommen, laut nach ihm zu rufen, doch erst da fiel mir auf, dass ich nicht einmal seinen Namen kannte. Ich hatte ihn nie danach gefragt, und er hatte ihn nie genannt.

Ich sah mich um: Niemand war auf den Feldern oder an der Tür. Ich duckte mich, damit man mich nicht bemerkte, und sah durch ein Fenster den Mann in der Küche sitzen; er säuberte mit langsamen, harten Bewegungen die Klinge einer langen Sichel, während die dicke Frau am Herd stand und das Feuer unter einem rauchgeschwärzten Topf schürte. Während ich sie reglos beobachtete und überlegte, was ich tun sollte, hörte ich das Klirren einer Kette, das aus dem Hof hinter dem Haus kam. Ich nahm an, dass man dort einen Hund angebunden hatte, und als ich nachsehen ging, lag dort ein kleines Bündel auf dem Boden, ganz in sich zusammengekrümmt, so wie ein Tier sich hinkauert. Ich ging näher: Es war der Junge, er hatte die Arme um die Beine geschlungen und die Wange auf den Boden gelegt, als wäre er ein Kissen. Er sah aus, als schliefe er, die Knie eng an die Brust gedrückt, eine dicke Kette um den Hals, die mit einem Ring an einem Pflock festgemacht war. Vor ihm lagen einige Stücke trockenes Brot und eine Schüssel mit schlammverschmutztem Wasser. Er erkannte mich nicht sofort, als er mich sah, doch dann begriff er, wer ich war, und fing leise an zu weinen. Er legte einen Finger an den Mund, um mir zu bedeuten, ich solle still sein.

Ich wandte mich zum Haus um und vergewisserte mich, dass niemand mich bemerkt hatte.

»Was haben sie dir angetan?«, fragte ich ihn leise.

Unter Tränen erzählte er mir, dass Onkel und Tante ihn dabei erwischt hatten, als er Lebensmittel aus der Speisekammer stehlen wollte, und dies sei nun seine Strafe. Auf seinen Armen und am Rücken hatte er große Blutergüsse von der Farbe dunkler Trauben, und an einigen Stellen war seine Haut überzogen von roten Streifen, so schnurgerade wie Straßen.

»Haben sie dich ausgepeitscht?«, fragte ich, aber da senkte er nur den Kopf und antwortete mir nicht. Seit einer Woche lebte er jetzt so, erzählte er weiter, ohne Decke oder etwas Richtiges zu essen, und um seinen Hals, dort wo die Kettenglieder scheuerten, hätten sich Wunden gebildet. Mit meiner Hippe würde ich gegen die Kette nichts ausrichten können, deshalb suchte ich nach einem Stein, mit dem ich das Eisen zerschlagen konnte. Ich fand einen großen Brocken mit einer scharfen Kante und ging damit zu dem Jungen zurück. Bevor ich mich daranmachte, auf die Kette einzuhämmern, fragte ich ihn nach seinem Namen: Er hatte den gleichen Taufnamen wie mein Vater, und als ich diesen aus einem Mund hörte, der nicht meiner war, als ich sah, wie sich die Lippen rund um die Buchstaben formten, zitterten mir die Knie.

Nach Leibeskräften hämmerte ich auf die Kette ein, die ihn fesselte. Blind und taub für alles um mich herum schlug ich zu, Schlag um Schlag, dass die Funken hochsprühten. Ich hatte nur einen Gedanken, diesen Jungen zu befreien und ihn mit mir zu nehmen.

Gerade hatte ich wieder ausgeholt, um erneut auf die Kette einzuschlagen, da hörte ich den Schuss. Ich sah, wie die Vögel von den Zweigen aufflatterten, sah, wie der Körper des Jungen aufzuckte, seine Brust geöffnet wie ein Buch. Ich ließ den Stein fallen, und es kam mir vor, als würde alles in mir verhärten, als wäre auch ich zu Stein geworden und hätte keine Haut mehr, um meine Knochen zu bedecken. Der Junge legte die Hand an die Brust, und seine Augen starrten zum Himmel. Ich sah ihn die Lippen bewegen, doch das Wort schwebte fort, machte sich an eine Wolke geklammert davon.

Ich wandte mich in die Richtung, aus der der Schuss gekommen war, und sah dort den Onkel des Jungen stehen, das Gewehr im Anschlag. Da fiel ein zweiter Schuss, und mir wurde heiß, als hätte jemand im Wald ein Feuer entzündet. Ich wusste, dass sich meine Haut an einer Stelle geöffnet hatte, spürte das Blut herunterlaufen und langsam erkalten, aber ich fühlte keinen Schmerz. Der Mann, sonnenverbrannte Haut, richtete das Gewehr auf mich und schoss zum dritten Mal. Bevor ich davonlief, legte ich dem Jungen die kleine Holzbiene in die Hand, die ich in der Tasche des Carabiniere gefunden hatte.

»Wenn du an der kleinen Schnur ziehst, wird sie fliegen und du mit ihr«, sagte ich noch zu ihm, dann legte ich meine Lippen sanft auf seine Wange, die von der Sonne glühte und von allem, womit man ihn verletzt hatte.

DIE WUNDE

Ich wandte nicht einmal den Kopf, um nachzusehen, ob der Mann mich verfolgte, holte nur meinen im Innern des Baumes verborgenen Beutel und rannte sofort weiter, so schnell ich konnte, bis die mondlose Nacht mich eingeholt hatte, eine Nacht schwarz wie Erde und Pech, und es zu dunkel war, um weiterzulaufen. Ich sank genau dort zu Boden, wo ich gerade war, verfiel in tiefen Schlaf, und am nächsten Morgen weckte mich der Schmerz im Arm an der Stelle, wo die Kugel die Haut aufgerissen hatte. Ich fühlte mich schwach und verwirrt vom hohen Fieber, die Zähne schlugen gegeneinander, Schüttelfrost beutelte meinen ganzen Leib. Ich konnte kaum unterscheiden, ob dieser Schmerz wirklich oder ein Traum war.

Ich blickte mich nach Pflanzen um, mit denen ich meine Wunde behandeln konnte, aber ich sah nur Bäume, die bis in den Himmel hineinwuchsen, und andere, die flach auf dem Boden lagen, vielleicht von einem Blitz oder einer Krankheit niedergestreckt. Als ich versuchte aufzustehen, fiel ich sofort wieder zu Boden. Am Nachmittag zog sich ein Geflecht aus Schmerzen durch meinen Arm, und das Fieber war noch weiter gestiegen. Irgendwann stieß ich auf einen Bach und wusch dort die Wunde gründlich aus, verband den Arm mit Stoffstreifen, die ich aus meinem Rock und der Decke gerissen hatte.

Drei Tage blieb ich dort, hin und wieder verlor ich das Bewusstsein, dann kam ich wieder zu mir, aß Wurzeln und trank vom Wasser des Baches, bis mich meine Beine endlich wieder trugen. Da ich nicht wusste, wo ich hinsollte, lief ich einfach entgegen der Richtung, aus der der Wind blies, den Kopf prall gefüllt mit schweren Gedanken und das Herz voller Erschöpfung. Ich musste wieder an den Jungen denken und an seine aufgerissene Brust, und jedes Mal, wenn an einem Baum ein Zweig brach, schreckte mein Herz auf, erinnerte sich an die Mündung dieses Gewehrs, an jenen schweigsamen Mann, der den Tod brachte. Wo er jetzt wohl sein mochte, dieser Junge mit dem geliebten Namen? Ob jemand seine Augen geschlossen oder ein Erdloch gegraben hatte, um ihn zu ewiger Ruhe zu betten?

Schritt für Schritt gelangte ich aus dem Wald heraus auf eine grasbestandene Lichtung mit vielen Mispelbäumen. Von ihnen wählte ich einen aus, der die meisten Früchte trug, und beschloss, mich darunterzulegen und mir den Mund mit süßem Fruchtfleisch vollzustopfen. Ich legte meine Sachen ordentlich neben mir ab, wechselte den Verband der Wunde und ritzte mit dem Nagel, den ich in meinem Beutel bei mir hatte, das Datum in den Stamm des Baumes.

Der Tag, es war der 25. Juni, neigte sich seinem Ende entgegen, und als ich auf die Zeichen starrte, die ich gerade in den Stamm geritzt hatte, in ebendiesem Moment wurde mir bewusst, dass seit drei Monaten kein Blut mehr zwischen meinen Beinen hervorgekommen war. Was dies bedeutete, wusste ich damals noch nicht, niemand hatte es mir je erklärt. Ich schob es auf meine geschwächte Gesundheit und den Mangel an Nahrung und vergaß es gleich wieder.

11.

Fast alle haben sich davongemacht, nur eine andere Gefangene ist noch geblieben, die kaum mehr atmet, und ich bin noch da, die ich weder sterbe noch lebe. Bei uns ist noch der eine oder andere Gefängniswärter, der unser Ende bewachen soll.

»Jetzt verreckst du, jetzt verreckst du«: Jeden Tag dringt der geflüsterte Todeswunsch durch das Gitter der Zelle, zusammen mit ein wenig Hafermehl und einem Löffel Suppe. Ich nehme mir das Essen der Sterbenden, greife mir ihre Lumpen, vermische ihren und meinen Atem, warte darauf, dass der Pesthauch sie mitnimmt. Schließlich stirbt auch sie, und ich bleibe allein zurück, alles, was ich besitze, habe ich um mich geschart, in dieser Zelle, die mein Zuhause ist.

Ich errichte eine Mauer aus Gedanken zwischen mir und dem Tod, der weiter seine Arbeit verrichtet; ich habe genügend Erinnerungen, um die Feuer auszublenden, den Gestank der Leichen zu vertreiben, den Pfoten der Hunde Einhalt zu gebieten, den Kinderfüßen. Ich schließe die Augen und lösche die Zelle aus meinem Kopf, lasse die Cholera verschwinden und mit ihr die Spur aus Leichen, die sie zurücklässt. Ich bin nicht hier, der Gifthauch der Seuche weht nicht mehr vom Monte Pellegrino, mein Kind lächelt, und mein Vater lebt, erzählt uns Geschichten, die einen am Leben erhalten.

LAURENTIUSNACHT

Die Wunde hat mich nicht getötet, ich starb nicht im Feuer, an Hunger oder Auszehrung. Ich hatte alles überlebt und war immer noch am Leben, ich schlief im Freien, unter dem Sommerhimmel, ich nährte mich von Obst, lauschte den Grillen und träumte vom Gesicht meines Vaters. Sobald ich Stimmen hörte, ganz gleich, ob sie wirklich waren oder es sie nur in meiner Einbildung gab, versteckte ich mich rasch hinter einem Baumstumpf, beruhigte mein klopfendes Herz und wartete darauf, dass der Wind sie mit sich nahm. Ich dachte nie an das, was morgen sein würde, sonst hätte ich nur gezittert. Ich dachte an den Tag erst, wenn die Sonne schon hoch am Himmel stand, und ich überlegte, was ich nun der Reihe nach tun musste, um nicht zu sterben.

Aufstehen, essen, trinken, meinen Vater rufen, mich im Fluss waschen, die wenigen Seiten lesen, die ich aus der Hütte gerettet hatte: Diese einfachen Dinge bestimmten meine Zeit, und so wurde aus Juli August, geschmückt mit Grillen und Vollmond. Ein Jahr war seit der Tat und der Flucht vergangen, eine Abfolge stiller Tage, die sich wie ein Umhang um mich legten, eine Reihung von Stunden und Kilometern, die ich hinter mich gebracht hatte, um mich dann doch stets am selben Ort wiederzufinden: dem meiner unauslöschlichen Schuld.

Aus meinen fünfzehn Jahren wurden sechzehn, aber es kam mir nicht so vor, als wäre ich erwachsener geworden, denn ich war nie wirklich ein Kind gewesen.

Eines Morgens erbrach ich nach dem Erwachen alles Obst, das ich gegessen hatte. Mein Bauch schrie gequält auf vor Schmerz, so heftig, dass ich glaubte, ich müsste sterben. An jenem Abend machte ich ein Feuer und brachte Wasser in einem alten Topf zum Kochen, den ich am Flussufer gefunden hatte. Ich kaute ausgewählte Blätter, andere gab ich ins Wasser und ließ sie dort über Nacht. Ich dachte, dass die Pflanzen mich heilen würden, wie sie es immer getan hatten, doch so war es nicht. Ich erbrach alles, was ich aß, und wenn ich aufstand, fing der Boden unter meinen Füßen an sich zu drehen.

Am 10. August, dem Tag, an dem die Sternschnuppen über den Himmel fliegen, zwang ich mich aufzustehen und ging zum Fluss. Ich wollte meinen Vater sehen und ihn bitten, mich mit sich zu nehmen, mich vor alldem zu retten, was ich nicht begriff.

Leuchtende Spuren durchschnitten die Nacht wie Buntstiftstriche, die ein Kind auf Papier gemalt hat, ineinander verwoben wie meine Wünsche, die aus meiner Kehle ihre Reise begannen. Die Nacht war schwarz, doch dann erschien eine Mondsichel und sandte ihr Licht über den Fluss. Ich zog mich nackt aus, und ohne zu wissen, weshalb, starrte ich auf meinen Bauch, der dick und rund geworden war, obenauf wölbte sich mein Nabel wie ein Knopf vor.

»Vater, bin ich krank?« Das fragte ich den Mond, denn vielleicht verbarg er sich ja dort. Ich begriff nicht, was mit mir geschah, und ich wusste nicht, welche Pflanze ich ausreißen musste, um mich von dieser Erkrankung zu heilen. Seit meiner Geburt hatte ich viele Krankheiten kennengelernt, doch nie eine, die den Bauch aufblähte wie ein Hefebrot. Keiner hatte mir erklärt, keiner hatte mir gesagt, dass dies alles von dem Gewicht eines Mannes, von seinen verschwitzten, kräftigen Hüften kommen konnte.

An den Bauch meiner Mutter erinnerte ich mich nicht mehr, ich war zu klein gewesen, als meine Schwestern geboren wurden, und von der Frau, die in den Wald gekommen war, um dort ihr Kind auf die Welt zu bringen, hatte ich nur die Beine gesehen, die sich dem Himmel entgegenreckten wie Blütenknospen.

An diesem Abend voller Sterne legte ich mich ins flache Wasser und drückte so heftig auf meinen Bauch, wie ich nur konnte. Was auch immer sich darin verbarg, Geist oder Schatten, es sollte hinaus, es sollte weit weg von meinem erschöpften Körper sein. Ich versuchte es mit Blättern und Pflanzen die ganze Nacht und auch in den folgenden Tagen, mit Fausthieben und Gebeten, mit Erbrechen und Schlaf, aber der Bauch wuchs weiter, gleichgültig gegen all mein Bemühen.

Der September kam heran, es begann zu regnen und kalt zu werden, daher beschloss ich, mir einen geschützteren Ort zu suchen, wo ich den Winter verbringen konnte. Ich lief los, um am Leben zu bleiben, denn inzwischen unterschied nur das, dieses blinde, sture Vorwärtsgehen, mich von dem Volk der Toten. So lief ich tagelang, jeder Morgen glich dem anderen, jeder Sonnenuntergang war so leuchtend und tief wie der vorige, rot und orange wie reife Früchte, bis ich eines Nachts vor mir die Lichter eines kleinen Dorfes bemerkte. Ich glaubte, zwei Männer zu erkennen, die Eimer ausleerten und sich unterhielten, vielleicht sahen sie einander auch einfach nur an.

Mir war kalt, und ich hatte Schmerzen, aber ich durfte kein Feuer machen, daher aß ich wilde Brombeeren, die so sauer waren, dass sich mein ganzer Mund zusammenzuziehen schien. Schatten huschten vorüber, Geister, Tiere und Stimmen, aber keiner von ihnen tat mir etwas an. Ein Gewitter rollte heran, stumme Blitze zuckten auf, und da ich nicht wusste, an wen sonst ich mich wenden konnte, bat ich die Erde um Hilfe. Mit bloßen Händen grub ich ein Loch dort, wo sie weicher war, holte Staub und Wurzeln hervor, und als das Loch tief genug war, um mich darin aufzunehmen, legte ich mich auf dem Rücken hinein, geschützt und gewärmt. Regen stach wie Nadeln in meine Augen, die den Schlaf der Erschöpfung schliefen, er drang in meinen Traum ein, der sich darauf mit seltsamen Kapuzenmännern füllte, die scharfe Klingen schwangen und damit meinen Bauch quälten.

Am kalten Morgen aß ich eine verletzte Ratte, die sich zwischen den Ästen verfangen hatte, und am Abend ließ der Schmerz an den Zähnen mich aufschreien. Kein Schmerz durfte größer sein als der über den Tod meines Vaters, daher packte ich mit den Fingern den Zahn, der mir am meisten wehtat, und riss ihn aus. Nicht eine einzige Träne vergoss ich, nur ein kurzer Schrei kam über meine Lippen, so schnell erstickt, dass er nicht einmal die niederen Wolken erreichte. Als ich wieder aufstand, sah ich, dass sich vor den Häusern des Dorfes Menschen versammelt hatten, sie trugen weiß eingewickelte Bündel, anscheinend waren Leichen darin, und warfen sie ins Feuer. Wenig später schlugen die Flammen hoch und erfüllten den Himmel mit Gerüchen, die der Wind mit sich trug: Urin, alte Wolle, Schweiß, nach einer schlimmen, hartnäckigen Krankheit. Sobald die Leichen anfingen zu brennen, liefen die Menschen davon und schlossen sich in ihre Häuser ein, nur ich blieb und beobachtete, wie der Rauch aufstieg, versuchte dabei die Gedanken der gerösteten Seelen zu erraten, die vom Feuer gereinigt wurden, ehe sie zum Himmel auffuhren.

Tagelang versteckte ich mich in der Nähe der Häuser, beobachtete die flackernden Lichter, die hier und da wie Erdensterne die Dunkelheit des Dorfes erhellten. Es war ein böses Feuer, das erkannte ich am Geruch, aber ich wünschte mir seine Wärme, seine Berührung und seinen Trost herbei, vor allem an den Tagen, wenn der Regen gar nicht mehr aufhören wollte.

Wenn der Schmerz in meinem Mund ruhte, konnte auch ich schlafen, ich träumte dann von einem warmen Haus und einem Teller mit Essen. Viele Tage hindurch regnete es ohne Unterlass, und an einem Morgen fuhr ein Blitz, wilder und wütender als die anderen, in einen Baum, verbrannte ihn und erschreckte alles Lebendige um ihn herum.

Es waren Tage voller Beeren und Feuchtigkeit, die die Knochen angriff, mit Kräuterwickeln und schlimmen Träumen, die alle bei meinem dicken Bauch begannen. Ich erwartete, dass das Böse, das mir den Bauch blähte, mich jeden Moment umbringen würde, ich wartete und übergab mich, den Kopf an Bäume und die Erde gelehnt. Keine Pflanze konnte mich heilen, kein Blatt, das ich zwischen den schmerzenden Zähnen zerkaute.

Eines Morgens ging ich zu dem Baum, den der Blitz getroffen hatte, um ihn mir näher anzusehen. Der Stumpf war so groß, dass er die Erde hätte aufbrechen können, so wie man eine Nuss knackt. Dort, wo der Blitz hineingefahren war, war das Holz ganz verbrannt, schwarz wie Kohle. Ich löste ein Stückchen ab und führte es zum Mund, um den bitteren, metallischen Geschmack auf der Zunge zu spüren. Ich dachte an das Feuer im Kamin meines ehemaligen Heims, an die dicken, süßen Kastanien, die mein Vater in einem alten durchlöcherten Topf darin röstete, als ich ein Geräusch hörte. Es kam nicht aus dem Holz, sondern aus der Erde, schleppende Schritte, die sich vorwärtsmühten. Mit der Hippe in der Hand fuhr ich herum und sah vor mir ein Kind stehen, in eine Decke gewickelt.

»Wer bist du?«, fragte der Junge. »Wenn du eine *mavara*, eine Heilerin bist, dann mach mich gesund.«

CHOLERA

Mit einer Stimme dünner als der Rauch und so bleich und so dürr, dass er aussah, als wäre er schon tot, blieb der Junge wenige Schritte vor mir stehen und hüllte sich fest in seine löchrige Decke. Sein Blick war wie der von Gaspare, genauso erschöpft und stumpf, haselnussbraune Augen, angefüllt von der Bosheit der Väter.

»Meine Eltern haben mich in den Wald geschickt, denn für mich gibt es keine Heilung«, sagte der Junge.

Kraftlos ließ er sich ins Gras sinken und erzählte von dem schlimmen Wind, der den Tod ins Dorf gebracht hatte, von den Toten, die auf den Feldern verbrannt wurden, von der Asche der Leichen, die in Eimer gefüllt und der Erde übergeben wurde, damit nicht Tod auf Tod folgte. Er hatte Geschwister, die geweint hatten, als seine Füße sich auf den Weg in den Wald machten. Er hatte eine Mutter und einen Vater, die ihn fortgejagt und vergessen hatten, und man hatte ihm gedroht, er solle es nicht wagen zurückzukehren.

Als der Junge weinte, wandte ich mich ab. Ich wollte nie mehr jemanden liebgewinnen, wollte nie mehr den Verlust spüren, wenn die Hand sich fest um die Kehle legt und einem die Luft abdrückt; ich wollte bloß überleben, einen Tag nach dem anderen, ohne zu wissen, weshalb.

Cholera war also der böse Wind, der das Dorf erstickte, das hatte ich an dem drückenden Gestank in der Luft erkannt, an den Augen, die im knochigen Gesicht des Jungen schier verschwinden wollten. Auch Roccamena hatte vor Jahren die Krankheit befallen, auch dort hatte die Luft verbrannt und wild gerochen und in der Kehle gebissen. Teresa war an einem Junimorgen erkrankt, ihr Körper wurde unter Fieber und Krämpfen ausgezehrt, bis mein Vater in den Büchern von Nonna Agata das Geheimnis fand, um ihr das Leben zu retten. Damals wich ich nicht einen Moment von seiner Seite und half ihm, das Feuer und die Pflanzen vorzubereiten.

»Du musst dir alle Schritte einprägen«, sagte mein Vater nach jedem Handgriff, »du musst sie hier drinnen bewahren, wo kein Mensch sie dir mehr wegnehmen kann«, dabei legte er den Finger fest auf meine Stirn. Anschließend haben wir gewartet und gebangt und gemeinsam erleichtert gelacht, als Teresas Fieber sank.

Das, was mein Vater für Teresa getan hatte, schenkte ich nun diesem kranken Kind und wiederholte alle Handgriffe, um die Krankheit zu vertreiben. Ich suchte eine Wurzel vom Eisenkraut und schnitt sie entzwei, ein Stück davon legte ich auf den Hals des Jungen und die andere Hälfte ins Feuer, das ich entzündet hatte.

Die ganze Nacht über bereitete ich Kampferwickel, tränkte dafür Stoffstreifen, die ich aus seiner Decke gerissen hatte, um das Fieber zu senken. Der Junge hatte Pusteln im Gesicht, am Hals, an den Schultern: Sobald der Himmel sich verdunkelt hatte, starrte ich hinauf, bis ich eine Sternschnuppe entdeckte. Mit einem Lappen rieb ich über die Pusteln, bis sie herabfielen wie dieser Stern, der an einem fernen Ort geendet war. Als der Morgen dämmerte, sagte der Junge, er sähe Schatten, eine dürre Frau würde die Hand nach ihm ausstrecken und ihm sagen, er solle ihr folgen.

Zwei Tage lang sank das Fieber nicht, zwei Tage lang sah der Junge Schatten und hörte flüsternde Stimmen, die ihm Frieden und ewige Ruhe versprachen. Am dritten Tag milderte sich das Fieber, die verschorften Stellen heilten ab, und die Haut brannte nicht mehr. Ich gab dem Jungen Wasser und mein letztes Stück Brot, bis er sich wieder auf den Beinen halten konnte, und als ich sah, dass er geheilt war, schoss mir ein Gedanke durch den Kopf: Wenn ich die Kranken des Ortes heilen könnte, würde ich im Tausch dafür vielleicht Essen und einen Platz zum Schlafen erhalten, aber ehe ich mich diesen fremden Leuten näherte, musste ich sicher sein, dass meine Behandlung auch tatsächlich wirkte.

»Ich habe dich geheilt, aber nun musst du mir helfen«, sagte ich zu dem Jungen, der mit dem Rücken an einem Baum lehnte und die löchrige Decke fest um sich gewickelt hatte.

»Du musst ins Dorf und erzählen, dass du jemanden getroffen hast, der die Cholera behandelt. Du musst mir einen anderen Kranken bringen, den ich gesund pflegen kann.«

Er war leicht wie eine Feder, ein zerbrechliches Wesen, soeben dem Reich der Toten entkommen. Ehe seine Mutter ihn in den Wald geschickt hatte, hatte sie ihm die Haare abrasiert, damit er sauber, ohne Läuse sterben sollte. Sein Gesicht war ein Netz von Narbenstraßen, sie fingen an und endeten wieder, wie Pfade, die nirgendwohin führen. Mit einer Hand kratzte er sich an den Armen, bis er blutete.

»Ich kann nicht zurück, mein Vater und meine Mutter lassen mich nicht mehr ins Haus«, sagte er leise, dann begann er zu schluchzen. Vielleicht dachte er an die Prügel, die ihn erwarteten, wenn er heimkehrte, daran, wie schwer es sein würde, bis man ihm die Tür öffnete, bis man ihm glaubte, dass er geheilt war.

»Zeig ihnen doch die verheilten Pusteln, dann werden sie dir schon glauben«, log ich, denn was hätte ich sonst tun können? Ich wusste nicht, was geschehen würde, ich wusste nicht, ob sein Vater ihn bloß verprügeln und zurück in den Wald schicken würde oder ob sie mit Mistgabeln und Gewehren kommen würden, um mich zu töten, daher blieb mir nichts anderes übrig, als zu warten.

Er ging gebeugt, der Junge, als er mir den Rücken zuwandte und ins Dorf zurückkehrte; er humpelte ein wenig, das rechte Bein war etwas kürzer als das linke, der Hals leicht schief. Auf halbem Weg drehte er sich um und sah zu mir zurück, mit Winterkälte in den Augen. Er ging nach Hause, wollte doch nirgendwo sein.

10.

Jemand nähert sich dem Fenster der Zelle, ich sehe die Hand, den Schmutz unter den Nägeln, sie wirft ein Pulver herein, das sich nicht auf den Boden legt, sondern die Luft erfüllt und überall eindringt.

»Stirb auch du, dreckige Hexe«, sagt die Stimme, in die sich der Rauch der Feuer mischt, der Atem der Sterbenden, der Regen, dessen Tropfen jetzt auf alle gleichermaßen fallen, auf die, die Schuld tragen, und auf die, die unter ihr leiden. Anscheinend warten alle auf mein Ende, hier drinnen und draußen, anscheinend hängt davon die Rettung Palermos ab. Ich kann nichts tun, denn alles ist mir fremd, ich selbst bin mir fremd, mein Leben, mein Tod, meine vergangenen Taten, die erhaltenen Peitschenhiebe.

Mit den Fingern schreibe ich Worte in die dunkle Luft der Zelle, wie in ein Heft mit unendlich vielen Seiten. Ich schreibe im Fieberwahn und mit verquollenen Augen, ich schreibe, während in meiner Wange ein Zahn schmerzhaft pocht, ich schreibe mit ausgefallenen Haarbüscheln, Wunden an den Füßen, Schmerzen, die sich in den Knochen festbeißen, unter Flüchen und Drohungen. Auf jede Wunde schreibe ich die Namen der Menschen, die ich geliebt habe, ich suche sie und rufe sie an.

DIE BEGEGNUNG

Es gibt Schmerzen, die kein Kraut der Welt kurieren kann. Ich bin aus einer Wurzel von Schmerzen geboren worden, und wie das Glück aussehen mag, weiß ich nicht zu sagen, ob es ein Gesicht, zwei Hände und gar einen Mund hat, um damit zu sprechen. Es gibt Schmerzen, die gehen nicht entzwei, die sind härter als Felsen, und wenn sie auf das Glück träfen, würden sie es zerquetschen wie eine Ameise.

Während ich darauf wartete, dass aus dem Dorf weitere Kranke zu mir kämen, suchte ich Trost in meinen Gedanken, im gewohnten Schmerz, und jeden Abend, wenn ich einschlief, träumte ich den einzig möglichen Traum, mein Vater würde nach mir suchen und meinen Namen über den gesamten Erdboden schreien.

Manche Nächte träumte ich von den Füßen des Jungen, den ich geheilt hatte, träumte von den Mündern seiner Eltern, die sich in Worten verstrickten und Krämpfe in den Eingeweiden bekamen aus Wut darüber, dass sie ihn wieder ins Haus aufnehmen mussten.

Einen ganzen Tag blieb ich liegen, von Angst und Hunger gelähmt, ohne zu denken und den Kopf doch angefüllt mit verfilzten Gedanken: Vater, Blut, Feuer, verschlungenes Fleisch, die Stimmen des Waldes, das Schlagen des Herzens. Ich kaute besondere Blätter und vergaß so den nagenden Hunger und die lähmende Angst. Eines Nachmittags, kurz vor Sonnenuntergang, öffnete sich in den Häusern im Dorf eine Tür, und heraus kam eine Frau, den Kopf in den Händen vergraben. Die Krankheit hatte jemanden an den Haaren gepackt, das erkannte man an den lauten Stimmen, an den Leuten, die ihre Häuser verließen und die Türen zuknallten.

Was fehlte meinem Mund am meisten? Wenn sie mir jemanden zum Heilen bringen würden, welche Nahrung sollte ich als Erstes dafür verlangen? Ich schloss die Augen, und der Geschmack von frischem Brot erfüllte mich ganz und gar, stieg hoch bis zu den Zähnen und erreichte die Nase.

Als ich die Augen wieder aufschlug, kamen vier Männer die Straße zum Wald herauf, sie trugen eine Trage. Mühelos und schweigend näherten sie sich, still auch der Körper, in Verbände, Lumpen und Decken gehüllt. Hinter den Männern lief mit wenigen Schritten Abstand der Junge, den ich geheilt hatte, ebenfalls in Decken gehüllt. Ich konnte ihn nicht genau sehen, aber das war auch nicht nötig. Ich stellte ihn mir vor, wie er den Mund aufmachte, den Finger vor sich in die Luft streckte und auf mich zeigte, auf dieses Lumpenbündel am Ende der Straße.

Bei dem Gedanken, dass diese Männer nun zu mir kommen würden, fing mein Herz an zu rasen, es pochte so heftig, dass man es überall hören musste, dass es den Himmel weit aufriss. Der Finger des Jungen deutete auf den Wald und auf alles, was darin war, die Tiere, die Pflanzen, die Blitze, mein kaltes Versteck, die Erde und mein Herz, das wie wild klopfte. Als ihre Schritte zu hören waren, kauerte ich mich neben einen Baumstumpf und hoffte, sie würden mich nicht finden, sie würden umkehren, sie würden mich umbringen, sie wären unbewaffnet. Schließlich hatten sie mich erreicht und setzten die Trage ab.

»Es heißt, du könntest die Krankheit heilen.« Einer der hageren, zerlumpten Männer, eine bleiche Gestalt im Licht des Mondes, hatte gesprochen.

»Ich will Brot«, sagte ich, zusammengekauert, den Mund gegen die Knie gepresst, bereit, die Schläge abzuwehren, die kommen mochten.

»Ich will Brot und warme Kleidung aus Wolle, dann tue ich, was ihr verlangt.«

»Wenn es nicht stimmt, bringen wir dich um.« Die Drohungen machten mir keine Angst, sie raubten mir nicht den Schlaf, pressten mir nicht den Atem ab.

»Bist du eine *mavara*? Woher kommst du?«

Ich antwortete nicht, sondern zeigte auf den Kranken und sagte nur: »Bringt mir Nahrung und Kleidung, und innerhalb einer Woche mache ich ihn wieder gesund.«

MILCH UND BROT

Die *mavare* heilen Menschen, sie kennen das Innerste der Wälder, die geheimen Pflanzen, die im Schatten sprießen, die stillen Flugbahnen aller Vögel. Vielleicht hatte ich diese Gabe von Nonna Agata geerbt, die Macht, das Leben von anderen zu retten, nun, da ich mein eigenes vergeudet hatte.

Die vier Schatten kehrten zusammen mit dem Jungen ins Dorf zurück, bei mir verblieben nur die Cholera und die Drohungen. Der Körper auf der Trage atmete mit laut keuchendem Rasseln, es klang, als wollte er die Erde in sich einsaugen. Ich trat näher; dieser Haufen aus Knochen und erschöpften Seufzern gehörte zu einer Frau, deren wunde Augen zum Himmel starrten. Sie betrachtete mich, aber vielleicht glitt ihr Blick auch nur durch mich hindurch, um dann woanders hinzugehen, vielleicht gab es auch nichts anderes mehr auf dieser Welt, als was diese Augen sowieso schon enthielten. Neben ihr auf dem aus Lumpen gemachten Lager hatten die Männer einen Topf mit Wasser dagelassen, und auf dem Boden lag eingewickelt in einen Lappen ein Brotlaib, der so stark duftete, dass ich alles vergaß, die Frau und die Cholera, die Drohungen und die Kälte des Waldes.

Ich drückte die Hand in das weiche Innere, bis meine Fingerkuppen sich darin abzeichneten, sog lange den Duft in mich ein, versenkte jedoch nicht gleich meine Zähne in die Kruste. Als ich noch klein war, buk eine Nachbarin zu Ostern immer ein Marzipanlamm: nur ein einziges, denn Mandeln sind teuer.

»Beiß in den Kopf«, forderte sie mich auf, aber ich wollte nicht. Ich löste nur behutsam mit zwei Fingern ein Ohr ab und kaute es ganz langsam, um im Mund die Erinnerung an die Süßigkeit zu behalten. Genauso weigerte ich mich jetzt, das Brot zu essen, weil es dann aufgezehrt wäre und es kein neues geben würde. Ich wollte, dass mir der Brotlaib das Warten beibringen würde, mich lehren, ohne es auszukommen, ruhig zu atmen, die Disziplin aufzubringen, die es brauchte, um nicht schon morgen zu sterben. Wenn ich nicht lernte, auf etwas verzichten zu können und das Warten mit dem verzweifelten Sehnen danach zu füllen, würde ich keinen weiteren Tag überleben und beim ersten Anzeichen von Mangel sterben. Daher setzte ich mich vor das Brot und sah es sehnsüchtig an, ohne es zu berühren, bis der nagende Hunger mich vollständig aufgezehrt hatte wie einen Kerzenstummel.

Ich beschloss für mich, ich würde mir erst, nachdem ich Holz gesammelt und Feuer gemacht hatte, erst ganz zuletzt, wenn die Nacht schon eingebrochen war, den Geschmack dieses Brotes gönnen.

Ich ging zu der kranken Frau, die auf einer Seite lag und hechelte wie ein Hund. Sie war viel schlechter dran als der Junge, den ich geheilt hatte, und wenn ich mich nicht beeilte, würde sie den Sonnenaufgang nicht mehr erleben. Daher lief ich in den Wald, um dort Pflanzen, Wurzeln und Blüten zu sammeln, legte alles zum Auslaugen ein, zündete ein Feuer an und wartete, bis die Medizin bereit war.

Es kam die Stunde, die dem Sonnenuntergang vorausgeht, das erkannte ich an den Rottönen des Himmels, an dem ruhigen Gesang der Vögel auf den Zweigen. Endlich einmal schwieg der Schmerz in meinem Bauch, schwieg auch die Krankheit, die meine Zähne aufschreien ließ, und in mir herrschte Frieden, ganz so wie im Herzen des Waldes. Ich streckte die Beine zum Feuer hin aus und aß das Brot, kaute es langsam, genüsslich und lächelte über das Geschenk jedes einzelnen Bissens, versuchte, mir alles einzuprägen, jede Einzelheit, die Erinnerung an die Kruste, an das weiche Innere, in dem noch der Abdruck meiner Fingerkuppen zu sehen war.

Ich wärmte mich am Feuer, ließ es mit seiner warmen Zunge die Feuchtigkeit aus meinen Knochen vertreiben und dazu die Schuld, die ich in mir trug. Ich hatte das Feuer vermisst, fast genauso sehr wie meinen Vater, ebenso heftig, ebenso schmerzhaft. Nun hatte ich warme Füße, und es ging mir gut mit dem Mund voll Brot, es war ein so schönes Gefühl, dass ich mich beinahe glücklich fühlte.

Als die Medizin bereitstand, hob ich der Frau den Kopf an und zwang sie, diese zu trinken. Ich riss einen Streifen Stoff aus ihrem Rock, tränkte ihn mit Wasser und wischte ihr damit über Nacken und Stirn, und vier Tage lang gab es nichts anderes mehr als den Trost dieser immer gleichen Handgriffe, Blätter auslaugen und Stirn benetzen, und das Warten darauf, dass die Krankheit erlahmte. Am fünften Tag sank das Fieber, der Atem der Frau ging ruhiger, und ihre Augen begannen, die unterschiedlichen Formen des Waldes zu erkennen.

»Wo sind wir?«, fragte sie mich.

»Im Wald, um deine Krankheit zu heilen«, erwiderte ich.

»Hast du keine Angst, selbst krank zu werden?«

Ich antwortete ihr, dass ich vor gar nichts Angst hätte, und sie drehte sich auf die Seite und schlief ein.

Am nächsten Morgen fand ich einen weiteren Brotlaib und ein Glas Milch am Fußende meiner Decke. Die Flüssigkeit war lauwarm und fett, sie enthielt jede Menge Erinnerungen: mein Vater, der mit dem Eimer kam und die Kelle ins Weiße eintauchte, meine Schwestern und ich, die wir vor Freude in die Hände klatschten. Ich nahm nur einen kleinen Schluck und versteckte das Glas dort, wo es keiner mir nehmen konnte.

Den ganzen Tag pflegte ich die Frau, und als sie mich fragte, warum, sagte ich die Wahrheit: dass ich es im Tausch gegen Nahrung und Kleidung tat und dass dies allein für mich zählte. Diese Antwort beruhigte ihren Atem, sie enttäuschte sie nicht. Es war die Bestätigung der Welt, die sie kannte, nichts war neu daran oder anders. Diese Welt war auch die meine, eine andere gab es nicht. Am Abend schlüpfte ich mit dem Glas Milch unter meine Decke und hob es dann hinauf zum Himmel, damit die Nacht sich darin spiegelte und damit es den Mond größer erscheinen ließ.

Schließlich trank ich die Milch in einem Zug aus und fuhr mit dem Finger über den Grund des Glases, damit kein Tropfen darin blieb. Ich versuchte sogar, die Erinnerung zu trinken, falls das Weiße der Milch mir nie mehr vergönnt sein sollte. Ich schlief ein voller Kummer über Dinge, die ein Ende gefunden hatten, und als ich erwachte, war die Frau zwar noch schwach, aber geheilt.

9.

Sie haben gehört, wie ich dich im Schlaf gerufen habe, Vater, ein Wächter hat einen Stock durch das Gitter geschoben und mich angestoßen, dann hat er ausgespuckt, aber ohne Kraft. Leise, erregte Stimmen flüstern einander zu, dass ich am Leben bin.

»Die Hexe lebt, sie ist schuld.« Ich habe gehört, wie die Tür aufgerissen wurde, habe schwitzende Haut und atmende Münder gespürt, Hände haben mich berührt, Schläge sind auf mich eingeprasselt, doch bald konnte ich weder Schläge noch Hände mehr zählen.

Ich bin an allem schuld, am Gestank und an der Seuche, an den Feuern, den Mistgabeln, am Sterben des Hafens und an der Leere auf den Plätzen. Das Leben, das sich fest an mich klammert, ist die übelste Ansteckungsquelle, sie hat sich in meinem Fleisch festgesetzt und widersteht allen Tränken und jeder Wurzel, die ich essen könnte.

»I corvi t'hannu a spurpari l'ossa e 'sta carni arripizzata, e supra la to' carogna t'hannu 'a sputari e svirgugnari. – *Die Raben werden deine Knochen verschlingen und dieses faule Fleisch, und deine Leiche wird man bespucken und schänden«, zischt es aus einem schwarz verspeichelten Mund, der sich direkt gegen mein Gesicht presst. Ich bleibe zusammen-*

gekrümmt am Boden, regungslos, warte auf das, was kommen mag. Eine Hand holt eine Tasse, eine andere schüttet Wasser hinein, der Mund eines Dritten spuckt hinein, ein Fuß tritt in harte und weiche Teile meines Körpers; Spitzes, Schmales ist zu hören, wie es kraftlos bricht.

Jemand fährt mit der Tasse über die Lippen der toten Gefangenen, über ihre Kleider, unter ihren Rock, über die Arme.

»Trink«, sagt jemand zu mir. Sie zerren mir den Kopf nach hinten, Haare reißen aus, der Mund wird von zwei Fingern auseinandergedrückt, das Wasser gewaltsam hineingegossen, die Kehle wird weit und nimmt alles in sich auf. Als sie fertig sind, fasst mich keiner mehr an. Die Wachen stehen im Kreis um mein Lager aus Lumpen herum und warten. Ich rege mich nicht, gebe ihnen den Tod, den sie wollen, halte den Atem an, nichts kommt heraus, nichts kommt herein. Sie warten, dass die Seuche mich zum Schweigen bringt, dass sie mein Herz anhält, wie es nur gerecht wäre.

Wenn ich jetzt sterbe, werden sie wissen, dass es nicht meine Schuld ist, dass nicht ich den schwarzen Windhauch über Palermo gebracht habe, aber ich sterbe nicht, es gelingt mir einfach nicht, und so kommen die Füße und die Hände wieder, sie schlagen und treten blindlings auf alles von mir ein, das sich noch bewegt.

»Tu fusti, tu fusti. – *Du warst es, du warst es!«, dann strafende Worte, Drohungen, was mich erwartet, Verwünschungen und anderes, was ich nicht mehr höre, weil der Kopf mich verlässt, er lässt die Zelle hinter sich, den Monte Pellegrino und das verdorbene Wasser, den verpesteten Lufthauch und die spitzen Schatten.*

ZUM DORF HIN

Abgestützt auf einen Baumstumpf richtete sich die Frau auf, dürr und bleich, ballte die Hände zu Fäusten und öffnete sie wieder, als wollte sie die Luft einfangen und sie als Wintervorrat einlagern. Mit denselben Händen fuhr sie sich über die Kleider, dann über den Hals, als wollte sie sich selbst davon überzeugen, dass sie lebte, immer noch aus Fleisch und Blut war.

»Du bist geheilt«, sagte ich ihr, »und jetzt musst du mir helfen.«

Mit erschöpfter Stimme sagte sie mir, dass ich im Heuschober bei ihrem Haus schlafen könne, sicher vor Hunger, Regen und Blitzen. Als sie versuchte, einige Schritte zu gehen, fiel sie hin, ich half ihr auf, und gemeinsam machten wir uns auf den Weg zu den Häusern. Ich konnte die Knochen an ihrem Rücken zählen, während sie vor mir, in ihre alten Lumpen gehüllt, die Zweige des Waldes zertrat. Einmal kauerte sie sich ermattet in den Staub, doch da war noch Leben in ihr, in ihrem Rücken und ihrer Kehle. Jeder Atemzug, den sie tat, kostete Kraft, die Luft, die sie schnappte und dann wieder ausstieß, sie hielt den Kopf tief gesenkt, die Haare waren kraftlos, lang und schwarz wie die Dinge, die sich in der Dunkelheit der Nacht verbergen. Ich kam an ihre Seite und wartete darauf, dass sie redete.

»Was hast du?«, fragte ich schließlich.

»Ich will da nicht wieder hin, nicht nach Hause.« Ausgesprochenes und Dinge, die zwischen den Worten schwebten, weiteten ihr die Kehle. Mit ihrem Gesicht, das nur aus Knochen und papierner Haut bestand, sah sie mich an und wartete darauf, dass ich es begriff. Sie glaubte zwar nicht, dass ich es begreifen würde, doch sie wartete darauf.

»Wenn du mich nicht ins Dorf begleitest, bring ich dich um«, sagte ich zu ihr. Ich wollte keine Nacht länger im Regen verbringen, ich wollte ein Dach und Brot, die tröstende Wärme von Wolle auf der Haut. Ich holte die Hippe hervor, die ich unter meiner Bluse versteckt hatte, und hoffte, dass die Klinge sie erschrecken würde, aber ihrem Blick sah ich an, dass sie an all das gewöhnt war, an Drohungen und scharfe Worte, und dass nichts davon sie berührte.

»Ich will da nicht wieder hin«, sagte sie noch einmal, unbeirrbar und gleichgültig, und drehte mir den Rücken zu. »Geh du, sag ihnen, dass ich fortgelaufen bin, man wird dir schon zu essen geben.« Dann lief sie mit schleppenden Schritten auf einen schmalen Wasserlauf zu.

Ich beobachtete, wie sie die Füße eintauchte, sich Bluse und Rock auszog, bis sie nackt war, und der Wind an ihr zerrte. Ich sah weiterhin bloß ihren Rücken, eine knochige gerade Linie, die sich nach oben in ihrem Haarknäuel verlor, aber als sie sich seitlich drehte, um ihre Kleider wieder aufzuheben, erblickte ich die Wölbung ihres Bauches, groß und rund wie der Mond.

Diese Frau und ich, wir leiden an der gleichen Krankheit, dachte ich, *der gleiche Fluch sitzt uns unter der Haut, der den Magen anschwellen lässt.* Als sie bemerkte, dass ich sie betrachtete, streckte sie einen Finger aus und deutete auf meinen Rock, genau an die Stelle, wo der Nabel saß.

»Wenn du willst, helfe ich dir, es loszuwerden«, sagte sie, »ich weiß, wie man das macht, du wirst nichts davon spüren.«

Ich legte die Hände auf den Bauch, ohne zu begreifen, die Handflächen auf die gespannte Haut, und mir kam es vor, als könnte ich mein Herz darunter spüren, könnte spüren, wie es im schnellen Takt schlug, trat und sich verschluckte. Dann, zwischen Erleichterung und Erschrecken, wusste ich es. Ich war nicht krank, ich trug ein Kind in mir.

In einem Wimpernschlag sah ich den verschwitzten Körper des Carabiniere wieder vor mir, wie er tot auf meinen müden Beinen gelegen hatte. Es war seine Schuld, dass das Blut seit Monaten ausblieb, er war schuld an meinem schmerzenden Kreuz und diesem Bauch, der Hieben und Hunger widerstand. Dort drinnen wuchs das Kind, das er mir vermacht hatte und das von seinem Vater den Mund haben würde und die großen Augen, so wässrig wie vom Regen überschwemmte Felder. Ich schwor mir selbst, dass ich jede Pflanze des Waldes, jedes Gift in der Luft und der Erde einsetzen würde, damit das Herz dieses Kindes nicht mehr schlug. Vor Schmerz und Verzweiflung fing ich an zu weinen und riss bei jedem Schluchzer von der Sonne verdorrte Grasbüschel aus. Wenn es nur so leicht gewesen wäre, das Übel zu tilgen, das ich in mir trug.

Die Frau kniete am Ufer und wusch ihre Lumpen. Sie sang leise, und ich konnte nicht verstehen, was die Worte bedeuteten.

»Ich habe drei Mal die Kinder meines Bruders geboren, empfangen im langen Schatten der Nacht«, sagte sie plötzlich und starrte mich an; nach dem Wort »Nacht« ließ sie den Mund offen stehen, damit die Dunkelheit vom Grund ihrer Kehle emporsteigen konnte. »Ich habe sie an meinen Beinen entlanggleiten lassen, und dann habe ich sie getötet. Ertränkt im Wassertrog, im Wald begraben, dort unter der kalten Erde.« Sie zeigte in Richtung der Hütte, in der ich gelebt hatte, und mein ganzer Körper wurde angesichts dieses knochigen, in der Luft schwebenden Fingers von einem Schauder erfasst.

Ich betrachtete sie näher, hoffte darauf, dass ich mich irrte, aber das tat ich nicht: Sie war es, dieselben rabenschwarzen Augen und die Haare in der Farbe der Nacht, derselbe Lumpenhaufen. Sie war die Frau, die im Wald die Beine gespreizt, das Loch ausgehoben und das neugeborene Kind begraben hatte, sie hatte ihm an ein und demselben Tag das Leben und den Tod geschenkt. Selbst der Himmel hatte geweint angesichts dieses mit Erde bedeckten Mundes, aber der Atem des Kindes kehrte nicht wieder.

»Ich musste bloß die Finger auf ihre Köpfe legen, dann hat der Tod sie sich geholt«, fuhr die Frau fort. Immer noch nackt und glitzernd von Wassertropfen kam sie mit ihrem Gesicht ganz nah an meines, so als wollte sie mir ein Geheimnis anvertrauen.

»Drück meinen Kopf unter Wasser«, flüsterte sie, »mach mit mir, was ich mit ihnen gemacht habe, bis ich aufhöre zu atmen.«

Ich ballte die Fäuste und versuchte, wieder ruhig zu atmen.

»Zieh dich an«, sagte ich, »wir müssen gehen.«

BUSACCHINU

Im Dorf kamen uns vier Männer entgegen. Unter ihnen auch der Bruder der Frau, ich erkannte ihn an der Art, wie er sie ansah, und daran, wie ihr Rücken zuckte, als sei sie ein Pferd, das die Peitsche spürte, während er sie betrachtete. Mit einer einzigen Geste brachte er sie dazu, dass sie sich auf der Stelle drehte, um sie wie ein Tier auf dem Markt zu begutachten, und sie gehorchte, sah dabei alle und niemanden an. Dieser Mann hatte seine Schwester auf ein hartes Lager gedrückt, in der Stille der Nacht, auf die immer eine weitere Nacht folgte. Er hatte sich genommen, ohne zu fragen, so wie es der Carabiniere mit mir getan hatte, so wie Diebe es tun, die in die Häuser eindringen und sie leer räumen.

»Geh und mach etwas zu essen«, sagte er zu seiner Schwester, und sie gehorchte widerspruchslos.

Inzwischen waren aus den Häusern andere Menschen gekommen, Männer, Frauen, Kinder, bleiche, ausgezehrte Wesen wie Gespenster, einige waren nur mit einem leichten Hemd bekleidet, andere in zerschlissene Decken gewickelt. Manche spuckten auf den Boden aus, andere bekreuzigten sich.

»Was willst du als Lohn für das, was du getan hast?«, fragte der Bruder der Frau. Ich antwortete, dass ich einen warmen Platz zum Schlafen wollte, Decken, Essen und Milch, um mich vor der Ansteckung zu schützen. Die Leute dort sahen aus, als wären sie schon tot, sie hielten sich zwar noch aufrecht auf den Beinen, aber ihre Zähne waren krumm und schief, die Augen wie schwarze Brunnen ohne Grund. Ich fragte, wie der Ort hieß. »*Busacchinu*«, erwiderte der Mann. »Das Dorf der lebenden Toten, weil der Tod dreihundert von uns mitgenommen hat, ohne auch nur hinzusehen.«

Er trug eine zerknitterte Samtjacke voller Flecken, hatte wenige schweißnasse Strähnen auf dem Kopf und ein paar graue Zähne, die sich wie durch ein Wunder im Mund festhielten. Andere Frauen spähten durch geschlossene Fenster, während die Männer sich zusammenrotteten, mutig in der Gemeinschaft, doch jeder allein auf sich gestellt ein Feigling. Ihre Stimmen drangen so dumpf zu mir, als kämen sie aus der Erde.

»Bist du eine *mavara*?«, fragte einer. Ich antwortete nicht, fragte bloß nach dem Heuschober, der mir versprochen worden war und der jetzt mir gehörte.

Ich folgte dem Bruder der Frau, der mir mit dem Kopf ein Zeichen gab, und während ich vorwärtsging, spürte ich den Schmutz der vielen Blicke in meinem Nacken, ein dichter Regen aus vergifteten Nadelspitzen, die meine Haut aufrissen. Wir liefen an Häusern vorbei, deren Mauern vom Rauch der Feuer geschwärzt waren, vor jeder Tür stand eine Tonne, um darin Knochen zu verbrennen, dazu ein roter Faden und drei Olivenblätter, um die Cholera fernzuhalten; in jedem Bett lag ein Kranker, die Augen starr an die Decke gerichtet.

Wir bogen um das letzte Haus und standen vor einem niedrigen Gebäude aus Holz und Stroh.

»Geh da rein«, sagte der Mann. Seine Stimme mischte sich mit dem Quietschen der Tür und wurde zu einem langen Klagelaut, der in ein Lachen überging, als ich seine Brust streifte, um über die Schwelle zu gelangen. Drinnen war die Scheune still und ruhig, es roch nach Exkrementen und verletztem Holz. Ich erschnupperte mir diesen Geruch, berührte das Stroh, und alles gefiel mir, auch dieser geteilte, einsame Sonnenstrahl, der von oben hereinfiel und den Boden aus gestampfter Erde aufriss. Der Mann verließ still und lautlos die Scheune, als würde er auf Wasser gleiten, und kehrte gleich darauf mit Milch und einer Schüssel Suppe zurück.

»Was für ein Tag ist heute?«, fragte ich ihn. Er sagte, es sei der 2. Oktober, und starrte mich mit diesem seltsamen, seitlich verzerrten Lächeln an, das zum Ausschnitt meiner Bluse zu gleiten und darin zu verschwinden schien. Noch in dieser Nacht würde der Mann seine Schwester mit dem Gewicht seiner Beine und Arme und seines keuchenden Atems umschlingen und ihr einen weiteren Tod schenken. Noch in dieser Nacht würde er sie daran erinnern, dass sie überlebt hatte, und der Hass dieser Frau würde bis zur Scheune fliegen, um sich von oben geradewegs auf meinen Kopf zu stürzen.

Ich atmete tief durch, als er gegangen war, als ob sich die Luft schlagartig gereinigt hätte, dann führte ich einen Löffel Suppe zum Mund. Bei jedem Gemüse, das die Zähne zermahlten, erinnerte ich mich an dessen Form, Farbe, Fruchtfleisch und Samen. Ich erinnerte mich daran, dass es Erbsen gab, dass aus der Erde Kartoffeln wuchsen, dass man sie kochen konnte oder im Feuer rösten, bis die Schale schwarz verbrannt war.

Nach dem Essen ritzte ich das Datum mit meinem Nagel

auf einen Balken, häufte Stroh auf den Boden, legte mich darauf und zog eine Decke aus kratziger Wolle über mich. Ehe ich einschlief, widmete ich meinem Vater den letzten stechenden Schmerz, den kalten Herzschlag der langen Nacht.

8.

Das verdorbene Wasser habe ich getrunken, ich habe die Tritte eingesteckt, die Spucke geschluckt. Ich habe alles getan, was die Wachen von mir verlangt haben, um zu sterben und mich in ihren Augen als unschuldig zu erweisen, aber ich bin immer noch am Leben und somit schuldig. Ich bin die Hexe inmitten dieses Heeres von Toten.

Die Lumpen der toten Gefangenen sprühen im Dunkeln kleine Funken, ihre Haut leuchtet, Gase steigen auf. Es ist ein Tod in Bewegung, bewegter, als es ihr Leben jemals gewesen ist. Und ich? Ich, die ich immer noch atme, trage mehr Tod in mir als dieses Wort »Cholera«, das die Geister auf dem Monte Pellegrino allen in die Kehle geblasen haben. Die Wachen kommen wieder herein, zerlumpte aufrechte Geisterwesen, die die Seuche schon angesteckt hat, und ich bin es müde, weiter Atem einzusaugen, daher starre ich sie drohend, herausfordernd an, starre in die ausgezehrten Gesichter, sollen sie mich doch an der Kette zum Loch schleppen, zerschmetterte Knochen habe ich schon; sollen sie es nur versuchen.

Und wieder bekommt mein Rücken den Boden zu spüren, den glatten Stein ebenso wie den, der sticht, während sie mich durch die Gänge schleifen: vor mir die Schritte der Wachen, hinter mir die Körper der ausgetrockneten Toten. Einer wollte mich bei den Haaren ziehen, ein anderer meinte, man sollte besser die Arme nehmen, die würden die Schläge besser aushalten, säßen fest am Knochengerüst, Haare würden bloß büschelweise ausreißen. Und so wurden es die Arme.

DIE FLEISCHGEWORDENE STIMME

Nun, da mein Magen mit Nahrung gefüllt war, ich ein Dach über dem Kopf hatte, das mich vor Kälte und wilden Tieren schützte; genau in diesem Moment kehrte mein Herz nach Hause zurück, zurück zu den Wunden, die ich zugefügt hatte, mitten unter die Stimmen, die ich zum Schweigen gebracht hatte. Ich träumte von einer anderen Mutter, die mich anlächelte und ihre Arme ausbreitete, träumte von Antonias und Teresas Launen, den stummen Blicken meines Vetters Gaspare. So verbrachte ich in einem Schlaf voller Erinnerungen meine erste Nacht in Bisacquino, und als die gelborangen Sonnenstrahlen zwischen den Holzbalken des Heuschobers hereinfielen, wandte ich mich wieder den Gedanken zu, die ich ertragen konnte.

Ich hoffte, dass die Cholera im Dorf blindlings zugeschlagen hatte, dass sie wie ein Wind über die Menschen gekommen wäre, sich in Haut und Augen eingenistet hätte, in die Betten und in die Münder geschlüpft wäre. Viele Kranke bedeuteten viel Essen, Decken, Schlaf, Nächte im Trockenen, viele Teller heißer Suppe. Es bedeutete, auf den Tod zu bauen, um am Leben zu bleiben, denn ein anderer Weg hatte sich mir nie geboten.

Bevor die Sonne den Morgentau trank, stand ich auf und

ging in den Wald Pflanzen sammeln, um damit die Kranken zu heilen. Antimon, Schweinsbrod, Bittersüß, Petersilie, alles, was ich fand, legte ich auf sauberen, in der Sonne gebleichten Tüchern zum Trocknen aus. Auf einer schattigen Lichtung entdeckte ich auch einige Blüten vom Schwarzen Nachtschatten, die ich in einem eigenen Tuch etwas abseits hinlegte, um die anderen Pflanzen nicht mit dem Gift zu verunreinigen.

Einen Teil dieser Blüten wollte ich für die Kranken verwenden, um das Fieber zu senken, den Rest für mich selbst, um dieses Atmen aus meinem gewölbten Bauch zu vertreiben, um dieses winzige Herz anzuhalten, das ich stets und ständig schlagen hörte, boshaft klopfte es zwischen Knochen und Haut.

Die Sonne stand schon hoch am Himmel, als ich, nachdem ich Stunden damit zugebracht hatte, Pflanzen zu sammeln und zu bestimmen, plötzlich in meinem Rücken einen keuchenden, warmen Atem näher kommen spürte. Mit erhobener Hippe drehte ich mich um und sah einen großen Hund, der mich anstarrte; er wirkte verwahrlost, sein schwarzes Fell hatte braune kahle Stellen, sein Atem ging flach, und er machte einen schwerfälligen Eindruck.

Als kleines Mädchen hatte ich einmal einen Hund gehabt. Den hatte ich im Wald gefunden, abgemagert und verletzt, und als ich ihm etwas zu fressen brachte, leckte er mir mit seiner rauen warmen Zunge die Hand. Eines Tages entdeckte meine Mutter, dass ich Brot stahl, und verprügelte mich mit dem Stock. Sie versuchte auch, den Hund zu schlagen, aber der lief weg und ließ sich nicht erwischen. Dann sah ich ihn lange Zeit nicht mehr, bis ich ihn eines Tages unter einem Baum fand, Schaum füllte sein Maul, die Augen waren ängstlich aufgerissen. Ich hob ein Loch aus und begrub ihn, viele Monate kam ich jeden Tag dorthin, um Essen unter die lockere Erde zu legen, damit sein Körper dort, wo er sich jetzt befand, nie mehr Hunger fühlen sollte.

»Verschwinde«, sagte ich zu dem Hund, der sich in den Kopf gesetzt hatte, hinter mir herzulaufen. Aber er hörte nicht und folgte mir erschöpft und langsam. Ich ging weiter vorwärts, bis ich an der Tür des Heuschobers angelangt war, dort klaubte ich zwei Steine auf und warf sie nach ihm, doch er wich nur zurück, rannte nicht davon. Ich wusste nicht, warum er so hartnäckig war, da ich ihm ja nichts zu fressen gegeben hatte, aber ich begriff, dass er nicht gehen würde. Also ging ich hinein, ließ die Tür hinter mir offen, und kurz danach schlüpfte auch er herein und rollte sich auf einem Strohhaufen zusammen. Ich gab ihm mein Brot und all meine Milch, und später kam mit dem Schlaf ein süßer, überraschender Gedanke in meinen Kopf, bei dem mir das Herz aufging. Vielleicht lebte ja in diesem alten Hund der Atem meines Vaters fort, seine Stimme, die zu Fleisch geworden, in einen Körper gefahren war, um bei mir zu sein und mir zu sagen, dass er mich nie vergessen hatte.

Dieser Gedanke schien mir am logischsten zu sein, denn nur so ergab es einen Sinn, dass er mir über die Felder gefolgt war, sogar bis ins Dorf, und sich dort im Heuschober zusammengerollt hatte, ohne zu wissen, ob ich ihm Böses wollte. Mich erfüllte großes Glück, eine Wärme wie im Innern eines Ofens, in dem reichlich Holz brannte. Der große Hund spürte, dass ich zitterte, er kam zu mir, leckte mir über Hände und Gesicht, saß einfach vor mir und sah mich an.

»Vater«, sagte ich ganz leise, während ich über diesen warmen Kopf strich, das schüttere Fell, aus dem die Haare büschelweise ausgefallen waren, und ich meinte, durch seinen hechelnden Atem die flüsternde Stimme des Totenreiches zu hören.

»Bleib bei mir, verlass mich nicht«, sagte ich in die Leere des Raumes hinein, dann kaute ich die beiseitegelegten Blüten des Nachtschattens und wartete darauf, dass ihr Gift das Leben aus meinem Bauch vertrieb. Nach einer Weile begann ich zu zittern und mich vor Schmerzen zu winden. Es kam mir vor, als wollte mein ganzer Körper durch meine Kehle entfliehen und mich dort zurücklassen, wo ich war, angekettet an meine Schuld. Die ganze Nacht über wimmerte ich, brach mir die Seele aus dem Leib, immerzu fragte ich mich, wann es endlich zu Ende wäre, sah vor mir, wie das Dach sich weit auftat, dass man den Himmel sah und die Sterne, die lautlos zur Erde fielen.

Als der Morgen dämmerte, spürte ich nichts mehr, weder Schmerz noch Leben, einzig die gleiche Leere, wie sie die Toten spüren. Ich streckte eine Hand nach dem Rücken des Hundes aus und brachte meinen Atem in Einklang mit seinem.

»Ich sehe dich nicht, aber ich kann deinen Atem spüren«, sagte ich. Ich schlief ein und träumte, wie die weißen Blüten des Nachtschattens durch meine Kehle in den Bauch hinabstürzten, um sich dann langsam auf die Augen des Kindes zu legen, das ich im Bauch trug.

KRÄUTERWEIB

Als der Tag zur Gänze erwacht war, hatte ich zwar Schmerzen, aber ich lebte. Ich legte die Hand an den Bauch und spürte nichts. Falls das Gift gewirkt hatte, konnte ich nichts tun als abwarten und hoffen, dass dieses kleine Herz in mir aufgehört hatte zu schlagen, dass mein Bauch bald nicht mehr gewölbt sein würde.

Viele Tage vergingen mit Warten und in Frieden; am Morgen und am Abend öffnete eine unbekannte Frau die Tür zum Heuschober, aber nie ganz, und stellte ein Gefäß mit Essen auf die Schwelle, dann wandte sie sich rasch um und rannte davon, ohne mich jemals anzusehen. Alle im Dorf hatten sie Angst vor mir, das wusste ich, niemand näherte sich dem Heuschober, niemand spähte neugierig zwischen den dicken Balken hindurch.

Ich teilte jeden Tag mein Essen mit dem alten Hund und erzählte ihm mein Leben, in der Hoffnung, ich würde direkt zum Herzen meines Vaters sprechen.

»Du bist meinetwegen hier, und ich lasse dich nicht mehr gehen«, sagte ich zu seinem schwergehenden Atem, zu seinen schwarzen Augen, die durch das Alter ein wenig getrübt waren. Ich erzählte ihm, wie sehr mir meine Bücher fehlten, wie schön es doch wäre, gemeinsam darin zu lesen, nur er und ich und meine Schwestern, wie vor so langer Zeit. Ich erzählte ihm, dass sie jetzt zu Asche verbrannt wären und dass der Wind diese mit sich genommen hätte. Doch er kannte ja bereits alles aus meiner Vergangenheit. Der Atem des Hundes ging schneller als meiner, und ich fragte mich, was seine Augen wohl sehen mochten, Träume eines Hundes oder die eines Menschen?

Jeden Morgen beim Aufwachen legte ich die Hände auf meinen Bauch, in der Hoffnung, er wäre verschwunden. Er war immer noch da, darinnen allerdings hörte ich nichts mehr, nicht einmal einen schwachen Herzschlag. Nachdem ich etwas gegessen hatte, stand ich auf und ging hinaus in die Wälder, um Pflanzen zu suchen. Ich riss die Kräuter mit bloßen Händen aus, um sie nicht zu zerstören, und breitete sie zum Trocknen auf einem Holztisch aus. Ich sammelte Pflanzen, um damit Gutes oder Schlimmes heraufzubeschwören und für Liebeszauber, auch wenn es nicht die rechte Zeit dafür war. Die Cholera hatte die Herzen aller zum Stillstand gebracht, der Hunger hatte sie entzweigebrochen, und so gab es keinen Platz für die Liebe.

Ich sammelte Kräuter, um zu vergessen und zu erinnern, ich zerstieß sie, bewahrte sie in Behältern auf oder kochte daraus Sud. Der Hund folgte mir, ich spürte den Schatten seines Atems immer hinter mir, und wenn ich ins Dorf zurückkehrte, verschwand er. Ich wusste, dass er wiederkommen würde, sobald die Sonne unterging, dass mein Vater immer einen Weg finden würde, mich nicht alleinzulassen. Wir aßen gemeinsam, und zusammen verwebten wir auch unseren Atem ineinander, bevor wir einschliefen, wir legten Mund an Mund, wenn Gewitter losbrachen und Blitze den Heuschober taghell erleuchteten. Jeden Abend gab ich ihm etwas Sud aus Chinarinde, um ihn vor der Krankheit zu schützen, und trank auch selbst ein wenig davon.

Niemand kam, um meine Hilfe zu erbitten, niemand, um mit mir zu reden, sodass ich schon dachte, man hätte mich vergessen, bis ich eines Morgens hörte, wie sich die Schritte eines Mannes hastig näherten.

Der Hund war schon wach, er starrte mit gesträubtem Fell zur Tür, und ein tiefes Knurren kam durch seine Zähne.

»Versteck dich«, sagte ich zu ihm und beobachtete, wie er im Nu ganz hinten im Raum verschwand, wo es in der Wand eine kleine, blickgeschützte Nische gab. Die Tür wurde aufgetreten, und der Bruder der Frau, die ich gerettet hatte, blieb breitbeinig auf der Schwelle stehen und musterte mich mit seinen Wolfsaugen.

»Mach dich bereit«, sagte er und kam auf mein Bett zu, »der Pesthauch hat sich einen Jungen genommen, es fehlt nicht mehr viel, und der Tod trägt ihn fort.«

Ich nahm einige meiner Kräutersude und folgte ihm. Während wir zum Haus des Kranken gingen, kamen wir an Rosenkränzen schreckgeweiteter Augen vorüber, Reihen von kranken Körpern, die die Form und den Geruch des Todes angenommen hatten.

»Schaut das Kräuterweib, die *mavara* geht um.« Dieser Satz wurde mühsam durch Zähne gezischt, um dann auf den Boden zu fallen und von Füßen zertrampelt zu werden. Der Himmel hing tief und schwarz, er war wie Marmor, wie ein Grabstein und beugte die Rücken der Leute, die noch so viel Stolz in sich hatten, um ihn zu zeigen. Einige Männer blickten selbstherrlich, mit den Augen desjenigen, der es gewohnt war, Befehle zu erteilen und nicht zuzuhören, Augen, die ihnen nicht einmal der Tod schloss. Ein alter Mann spuckte auf den Boden aus, als ich vorüberkam, andere bekreuzigten sich.

Das Haus, das ich nun betrat, war schmutzig, es stank nach offenen Wunden und all dem Hass, der hier ein und aus gegangen war. Ein alter Mann saß auf einem Stuhl, den die Zeit entzweigerissen hatte, eine Frau stand vor dem Bett, das Gesicht hinter ihren langen Knochenhänden verborgen. Neben dem Kranken hielt der Tod schon die Totenwache und suhlte sich in all den Tränen. Der Junge atmete schon nicht mehr, als ich kam, die Krankheit hatte ihn bei der Kehle gepackt, seinen Atem eingesogen und die Lunge ausgetrocknet.

»Es ist zu spät«, sagte ich zu dem Mann, »ich kann nur die Kranken heilen, keine Toten zum Leben erwecken.« Die Mutter zerkratzte sich das Gesicht, riss sich große Büschel Haare aus, nannte mich eine Lügnerin, sagte, ich solle in der Hölle verrotten, solle auf dem Scheiterhaufen brennen. Ich antwortete nicht auf die hingespuckten Worte, auch denen nicht, die draußen vor mir ausgespuckt hatten, sondern ging zum Heuschober zurück und schloss die Tür fest hinter mir. Wenn alle starben, nützte ich ihnen nichts mehr, und früher oder später würden sie mich töten, mein Fleisch auf dem Scheiterhaufen rösten.

In den Tagen, die folgten, heilte ich einen Mann vom Hautmilzbrand. Ich rieb Malvenwurzeln über die Pusteln, die seinen ganzen Körper bedeckten, bis sie alle abfielen. Seine Frau sagte, Gott solle mich segnen, und ich sagte nicht, dass er mich bereits verflucht hatte. Einen Neugeborenen kurierte ich mit Igelgift. Der Hund fing ihn für mich, und ich hängte seine Galle an der Tür auf, bis die Flüssigkeit eindickte, dann vermischte ich sie mit der Milch von der Mutter, und das Kind litt danach nicht mehr unter Schmerzen und Krämpfen.

Man rief mich wieder wegen der Cholera oder wegen Wurmerkrankungen, und ich vertrieb den Tod aus ihren Häusern. Nichts drang zu mir durch, weder die Dankesschwüre noch das erleichterte Weinen der Leute, die ich heilte, ich spürte nur eins, den harten Stein, der in meinem Herzen steckte. Sie priesen mich, und ich hätte am liebsten weder Ohren noch Körper besessen, um nicht die Hände der Lebenden auf meinem Kopf zu spüren.

Wenn man mich fragte, warum ich selbst nicht krank würde, sagte ich, das sei ein Geheimnis, aber in Wahrheit kannte ich die Antwort nicht. Mein Leben hing vom Leid der anderen ab: Solange die Häuser voll davon waren, würde ich am Leben bleiben. Es war nur folgerichtig für eine Mörderin wie mich, dass der Tod mich beschützte, mir mein Leben sicherte.

Im Tausch für meine Heilkunst brachten mir die Leute aus dem Dorf Nahrung und Kerzen. Sie gaben mir Schuhe, saubere Kleidung, Decken, auch einen Rock, der einer Toten gehört hatte. Ich nahm die Kleider an, aber ich habe sie nie getragen; ich wollte das Leid nicht spüren, das in dem Stoff festhing, die Erinnerungen und den Schmerz, die der Wolle anhafteten.

Man legte mir auch ein Stück Spiegelglas vor die Tür, aber darin habe ich mich nie angesehen. Ich sperrte mich gegen den schmerzlichen Anblick meines Gesichts, die Trauer über die verlorenen Zähne, das Schweigen der ausgefallenen Haare. Ich wollte mich weder sehen noch mit mir sprechen. Die Spiegelscherbe packte ich unter den Kleiderhaufen und vergaß sie dort. Eine Frau fragte mich, ob ich mich bei ihr im Haus mit Seife waschen wollte, aber ich lehnte es ab, sie sollten alle fern von mir bleiben. Ab und zu kamen die Kinder vorbei, um mich durch die Ritzen zwischen den Balken zu beobachten; die Mutigsten von ihnen traten die Tür auf, bevor sie rasch davonliefen. Niemand sah mir ins Gesicht, wenn ich vorbeikam, niemand kannte die Farbe meiner Augen, sogar ich selbst hatte sie vergessen.

Friedvolle Tage vergingen, dann kamen Tage voller Leid und Schweigen. Die am schwersten Erkrankten starben, vor allem Neugeborene und alte Leute, Körper an den Endpunkten des Erdenlebens. Sie starben, bis sie ihren letzten Atemzug verbraucht hatten, die Ersten ohne Erinnerungen, die Zweiten erdrückt von der Last der Vergangenheit. Doch alle starben sie, erst ein Schritt ins Leere, dann ein schweigender Flug, denn es bedurfte keiner Worte mehr.

7.

Man hat mich dem Richter vorgeführt, der es ebenfalls kaum erwarten kann, diesen Himmel, unter dem die Seuche wütet, hinter sich zu lassen. Alle flüchten, per Schiff, zu Pferde, zu Fuß oder in einer Kutsche. Fort aus Palermo, dorthin, wo keine Seuche herrscht und die Luft nicht tödlich ist. Bettler wie Reiche fliehen, die Ersteren überallhin, wo es keine Cholera gibt, die Reichen an einen Ort, wo alles einen Preis hat, Gesundheit soll sich kaufen, wer es sich leisten kann. Der Richter hat es eilig. Ich höre, wie sein Mund das Urteil mit dem dicken Faden der Schuld neu strickt.

»Die ehrlose Jungfer Catena Dolce, siebzehn an Jahren, schuldig der Morde an der Mutter Maria Bonanno und an dem Onkel Ignazio Dolce, soll für einen Monat in Einzelhaft verbracht werden und von dort an die Richtstätte zur Enthauptung. Sie soll dort barfüßig erscheinen, in Schwarz gekleidet, mit einem gleichfarbigen Schleier, der das Gesicht bedecke, und mit einem Schild auf der Brust, auf dem in großen Lettern stehe: SCHANDWEIB.«

DIE KETTE AUS WÖRTERN

Eines Morgens sah ich die Frau, die ich geheilt hatte, auf dem Gras vor dem Heuschober kauern. Ich hatte sie nicht mehr gesehen, seit sie mich ins Dorf gebracht hatte, obwohl ich sie manchmal unter den Gesichtern der Frauen gesucht hatte, die mich nur stumm anstarrten, wenn ich die Straße entlanglief. Sie schien wie vom Erdboden verschluckt, vielleicht hatte sie es ja endlich geschafft, ihrem Bruder zu entkommen, war in den Wald gelaufen, ohne sich noch einmal umzudrehen.

Manchmal, mitten in der Stille der Nacht, hatte ich dumpfe Schläge und erstickte Laute gehört, wie ein Schrei, der nach außen dringen wollte, aber nicht konnte und der deshalb bereits an der Begrenzung durch schicksalsergebene Lippen erstarb. Wenn ich dies hörte, sah ich hinüber zu dem Hund, weil ich wissen wollte, ob auch er es gehört hatte, und dann bemerkte ich, dass er mit gespitzten Ohren hinaus in die Dunkelheit sah, die hinter der Tür lag. Ich spürte, wie sein Herz sich bei jedem dumpfen Schlag beschleunigte, um sich dann wieder zu beruhigen beinah bis zum Stillstand, wenn wieder Schweigen einkehrte.

Nein, die Frau war weder tot, noch war sie davongelaufen, sie wirkte genauso stolz und düster wie bei unserer letzten Begegnung und war in ein zerlumptes Kleid gehüllt, zu dünn für diesen kalten Morgen. Auf meinem Weg in den Wald kam ich an ihr vorbei, doch sie sagte nichts, tat nichts, stand einfach nur da. So begegnete ich ihr auch am nächsten Morgen und den folgenden, selbst an den Tagen, die von Regen oder der Dezemberkälte geschlagen waren. Sie beobachtete mich, wenn ich mit meinem dicken Bauch und dem struppigen Hund an ihr vorbeikam, meist verharrte sie so, doch es kam auch vor, dass sie mir vor die Füße spuckte, mir Steine nachwarf und mich verwünschte. Um mich davor zu schützen, trank ich jeden Abend einen Kräutersud und legte vor der Tür einen Steinkreis aus.

Eines Morgens entdeckte ich sie wieder, unter einer drückenden Himmelsglocke, die von Streifen, so rot wie Ziegelsteine, durchzogen war, zufällige Sonnenstrahlen ließen sie aufleuchten. Als sie mich sah, richtete sie sich auf und öffnete ihren Umhang, unter dem sie eine kleine Lumpenpuppe hatte, deren verfilzte Haare zu zwei Zöpfen gebunden waren, kleine viereckige Knöpfe waren deren blinde Augen. In ihren Fingern hielt sie eine große Stricknadel, die hob sie nun hoch zum Himmel, um dann damit den Bauch der Puppe zu durchbohren.

»Ihr müsst sterben, du und dein Kind«, zischte sie mir zu, »denn ihr habt mich zu meinem Bruder zurückgebracht.« Ihre Augen zitterten und funkelten dabei wie Steine auf dem Grund eines Teiches. Der Hund knurrte einen Moment lang, doch dann jaulte er einmal traurig auf und rollte sich zu meinen Füßen zusammen, während die Frau wieder die Nadel in die Luft hob und den Körper der Puppe überall zerstach, den Bauch, die Brust, das Gesicht, die Beine und immer wieder den Bauch. Mit dieser unbarmherzigen Hand, die auf und nieder fuhr, eine Bewegung wie von jemandem, der Schläge austeilt. Genauso hatte ich es bei meinem Onkel gemacht, ich hatte eine Puppe aus Fett und Schlamm geformt, und als ich sie mit der Stricknadel meiner Mutter durchbohrte, hatte er sich vor Schmerzen gekrümmt, hatte geschrien und geflucht: Ich hingegen spürte gar nichts, nicht den geringsten Anflug von Schmerz auf der Haut an den Stellen, in die die Nadel sich bohrte.

Ich sagte zu ihr: »Hör auf damit, geh nach Hause«, doch die Frau stach weiter auf den Bauch der Puppe ein, und jedes Mal, wenn die Nadel im Stoff der Puppe versank, verzerrte sie den Mund, sodass die Zähne zu sehen waren. Ich wandte ihr den Rücken zu, während sie erschöpft und atemlos die Knopfaugen ausriss und sie weit weg ins Gras warf. Als ich zurückkehrte, war es schon fast Abend, und die Frau war verschwunden. Ich lief über das Gras, eine düstere Glocke aus Blitzen und schwarzen Wolken über mir, und machte mich auf die Suche nach den Knöpfen der Puppe, doch ich fand nichts als zertretene Blumen, kalte Asche und blindes Schweigen, das von der Erde zum Himmel aufstieg.

6.

Nun, da die Schuld zugeteilt ist, zerren mich die Wachen aus dem Gericht, es genügt ein gut gezielter Tritt, von hinten ins Knie, um mich zu Boden zu schicken und nach Belieben weiterzumachen, lautes Gelächter über den Staub, den mein Rücken aufwirbelt.

Ketten an den Handgelenken und den Knöcheln, Eisen, das singt und schreit, die aufgerissenen Mäuler von denen, die mich fortbringen. Ich schaue ein letztes Mal zurück auf das Nichts, das ich hinter mir lasse, auf die ferne Zelle, auf die Körper der Frauen, die dort für immer ruhen.

Es bleibt der Windhauch meiner Erinnerungen, es bleiben die Haut meines Sohnes und die Stimme meines Vaters, zwei leuchtende Sonnen, zwischen Gittern gefangen, aufgehängt am Dach meiner Gedanken, um mich durch diese Hölle zu leiten. Möge er Unheil über euch bringen, über euch Richter und Wärter, dieser Wind, der ich war und den ihr nicht in Ketten legen könnt. Für all die Male, die ihr mir Brot und Licht geraubt, die ihr mich angespuckt habt: Mögen sie euch zurück in Mund und Kehle fahren! Jede Tat geschieht zum letzten Mal, sie wird kein weiteres Mal wiederholt, mein Schmerz an Fleisch und Körper, dieser Hass, der das Maß aller Dinge ist.

Alles ist zu Ende. Die Luke öffnet sich und verschluckt mich, zum letzten Mal verschlingt sie mich und spuckt mich nach unten aus.

DER SOHN DIESES MANNES

So kam die Nacht des 31. Dezembers 1898 heran, schwarz von zu wenig Mond, dafür umso mehr Vergangenheit. Das Jahr endete, indem es Kälte und Erinnerungen durch die Balken tröpfeln ließ und so die fernen Stimmen derer zu mir trug, die ich geliebt hatte.

Vor allem dachte ich an meinen Vater, der in den Himmel aufgestiegen war, an meine mir verlorenen Schwestern, und ich fragte mich, ob sie alles vergessen hatten. Mir ging es schrecklich, erst quälte mich starke Hitze, dann wieder eisige Kälte, und aus dem Bauch stieg Schmerz wie von einer mit tausend Messern geschärften Klinge auf. Der Hund lag winselnd zu meinen Füßen; auf jeden meiner Schreie reagierte er, indem er mit sanfter Zunge gründlich den Schweiß fortleckte. Ab und an spitzte er die Ohren und legte den Kopf schief, als wollte er begreifen, was der Grund für so viel Schmerz sein konnte.

Die Haut brannte wie Feuer, die Beine zitterten, und der Kopf ging auf Wanderschaft, allerdings nur zurück in die Vergangenheit. Irgendwann in dieser stürmischen Nacht sträubte sich das Fell des Hundes, und er knurrte. Ich dachte, da wäre jemand draußen vor der Tür, doch dann sah ich, dass er auf einen dunklen Punkt in der hintersten Ecke des Raumes starrte, den selbst der Schein der Kerzen nicht erreichte.

Ich setzte mich auf, streckte mühsam den Arm mit der Kerze vor, um den Heuschober auszuleuchten, aber ich sah nichts außer einem großen Spinnennetz, das irgendwo zwischen den schmutzigen Wänden hing.

»Da hinten ist nichts, wovor fürchtest du dich?« Schwer atmend, als lastete eine Kiste Steine auf meinem Rücken, beugte ich mich hinunter und streichelte den Kopf des Hundes, bis er aufhörte zu knurren und sich wieder zu meinen Füßen zusammenrollte.

Eine Minute verging, vielleicht auch zwei, vielleicht auch eine ganze Stunde (der Schmerz, den ich fühlte, faltete die Zeit zusammen wie ein Blatt Papier und zerknüllte sie zwischen seinen grausamen Fingern), als ich glaubte, das Geräusch schleppender Schritte zu hören, es kam aus ebenjener Ecke, die ich gerade mit der Kerze ausgeleuchtet hatte. Ich setzte mich wieder auf, und diesmal bemerkte ich dort etwas, obwohl meine schwachen, getrübten Augen diese Gestalt in viele Facetten zerlegten und sie wie Spiegelscherben vervielfältigten, um sie dann verschwinden zu lassen, als wäre sie Luft.

»Fass!«, rief ich dem Hund zu, als die Frauengestalt im Umhang sich unter dem Spinnennetz niederzulassen schien, doch er bewegte sich nicht, obwohl er gar nicht mehr aufhören wollte zu knurren. Unter dem schwarzen Stoff war sie nackt, blutverfärbt zwischen den Beinen, überall, wo man die Haut sah, hoben sich Krusten aus Blut und Erde schwarz und rot davon ab. Ich fragte mich fieberhaft, wie sie hereingekommen war, wie sie es geschafft hatte, geräuschlos durch die Tür zu gleiten, oder ob es irgendwo in der Mauer einen Spalt gab, den ich noch nie bemerkt hatte, aber diese Frage löste sich auf unter den Krämpfen und dem Grauen, das mich packte.

»Verschwinde, lass mich in Frieden!«, schrie ich mit der wenigen Kraft, die mir noch verblieben war. Der Schweiß überall auf meiner Haut wurde eisig kalt, sodass alle Decken auf dieser Welt mich nicht hätten wärmen können. Als sie mich so zittern und mit den Zähnen klappern sah, riss die Frau den Mund weit auf und lachte laut, so düster und lang anhaltend, dass ich meinte, ein jeder müsste sie bis an den Waldrand hören. Tief aus dem Bauch kam ihr Lachen, das zu einem himmelzerfetzenden Schrei wurde. Und genauso abrupt, wie er begonnen hatte, endete er auch. Unter der Glocke der Kälte, die von draußen gegen die Tür presste, starrten wir einander weiterhin an: Auge in Auge, Atem an Atem, weiß die Knöchel der zusammengeballten Fäuste, ich voller Schmerz, sie erfüllt von einem Hass hart wie ein Fels. Hätte dieser Hass, den sie in sich trug und nährte, die Macht gehabt, die Welt zu vernichten, hätten wir ihr in dieser Nacht aus Kälte und Kerzen ein Ende bereitet.

Wieder riss die Frau den Mund auf, aber nun kam kein Schrei heraus. Es war vielmehr ein Raunen, ein stetiger Singsang, der mich fesselte wie eine Kette, mich zwang, mich hinzulegen und die Beine zu spreizen. Ihr verpesteter Atem verfügte über meinen zerbrochenen Puppenkörper, bog ihn zurecht wie der Wind die Zweige. Ein letzter messerscharfer Schrei durchbohrte mir den Bauch, ich schrie so laut, wie ich nur konnte, und zwischen den Beinen glitt das Kind hervor.

Klumpiges Blut und hohes Wimmern, eine Schnur aus Fleisch von seinem Körper zu meinem. Nie in meinem Leben hatte ich einen solchen Schmerz gefühlt, nie hätte ich mir vorstellen können, dass man so etwas erleiden könnte. Draußen vor dem Heuschober kam Wind auf, er blies herein über meinen geschundenen Körper, hinweg über dieses neue wimmernde Etwas, das nach Aufmerksamkeit verlangte. Mit einem Hieb der Hippe durchschnitt ich die Schnur aus Fleisch; ein harter Schnitt, der uns für immer voneinander trennen sollte.

»Sie werden kommen, um dich zu holen, und du wirst für alles bezahlen«: Zwischen den Krämpfen und dem Weinen, das gar nicht aufhören wollte, dem Winseln des Hundes und dem stetigen Wehen des Windes drang die Stimme der Frau zu mir, die jetzt nicht mehr vom äußersten Ende des Heuschobers zu kommen, sondern aus den Wänden selbst zu dringen schien, aus den schwarzen Wolken, die wie Wächter tief am Himmel hingen. Ein Gebrüll, das sich von oben herabsenkte und von unten emporstieg und den Himmel mit der Erde in einer einzigen Dunkelheit vereinte. Ich sah auf und suchte den Blick der Frau, aber sie starrte hinaus in die Nacht jenseits der Tür.

»Nimm es und begrab es im Wald«, hörte ich sie sagen, während sie weiter ins Leere blickte.

Geschüttelt von meinen Krämpfen und dem brennenden Schmerz, der vom Bauch aufstieg, versuchte ich die Augen zusammenzukneifen, sie mit den Fingern zu reiben, um mich zu versichern, dass alles nicht bloß ein böser Traum wäre; kurz glaubte ich schon, dort wäre nur der Schatten des Spinnennetzes, das wie Wasser in einem Glas erzitterte, doch gleich darauf stand die Frau vor mir, ein Körper geformt aus Fleisch und Hass, sie wirbelte mit den Armen im Wind wie in einem Tanz und befahl dem Blut, das zwischen ihren Beinen hervorströmte, zu mir zu fließen. Zwei träge Rinnsale liefen zwischen ihren Schenkeln nach unten, bis sie die Lumpen erreichten, die um meine Beine gewickelt waren, um mich warm zu halten, bis zu meinen schäbigen Schuhen, die von einer Schnur zusammengehalten wurden.

»Schaff es in den Wald und begrab es dort«, wiederholte sie, und ihre Stimme klang wie die Summe aus tausend Stimmen, der des Waldes, der Vögel darin, des winselnden Hundes und des wimmernden Säuglings, und als ich aufstand, um zu ihr zu gehen und sie zum Schweigen zu bringen, drehte sich auf einmal alles um mich wie nach einem Glas herben Weins. Ich nahm das Kind, das immer noch schrie und dessen Gesicht vom Weinen ganz rot angelaufen war, und lief hinaus in die grausame Nacht, mit ihren von der Dunkelheit und der Kälte geschärften Zähnen. Als ich mich umdrehte, um noch einmal zurückzuschauen, war da nichts mehr außer den spärlichen Schatten zu sehen, die die Kerze auf die Wände warf.

5.

Sie lassen mich ab, und das Licht erlischt sogleich, es ist mit mir herabgefallen, wurde von der Dunkelheit des Lochs verschluckt. Ich weiß nicht, ob es dasselbe Loch wie beim letzten Mal ist, ob das gesamte Vicaria-Gefängnis aus Löchern besteht, ob ich allein bin oder ob das Loch mit Körpern angefüllt ist, die der Himmel ausgespuckt hat. Ich bleibe an dem Platz, den mein Fall mir vorgegeben hat, strecke mich zunächst aus, dann rolle ich mich zusammen, stelle mich lebend und stelle mich schlafend, und so vergeht der Tag, ohne ein einziges Geräusch.

Ich muss nun lernen, auf die Erinnerung zu verzichten, ich darf Hände, Augen, sich nähernde Schritte nicht heraufbeschwören. Ich muss mir selbst genügen, ich muss mir selbst das Leben sein. Meine Augen werden sich an die Dunkelheit gewöhnen, werden lernen, den Umriss dieser Zelle zu erkennen, die Mauer und die Dinge jenseits der Mauer: die Piazza, Hundegebell, Menschen, die kaufen und verkaufen, die Sonne hoch am Himmel, die die Schatten erwärmt. Noch ein paar Tage werde ich die Augen geschlossen halten, dann entscheide ich, was ich mit der mir verbleibenden Zeit beginnen werde.

MUTTER

Draußen im Freien, wohin die Stimme der Frau mich trieb, wehte ein boshafter Wind, der an den Kleidern zerrte, in die Münder fuhr und den Atem vor Kälte erstarren ließ. Aus dem Maul des Hundes, der sich eng an meine Beine schmiegte, stieg eine dichte milchweiße Wolke auf. Das Kind weinte stetig, schenkte dem Winter die laue Wärme seines Körpers, und auf jeden seiner Jammerschreie folgte ein klagendes, tiefes Jaulen. An einer baumumstandenen Lichtung im Wald kniete ich mich hin; aus Wind waren meine Hände, aus Wind war auch die Stimme, die in meinen Ohren widerhallte und mir befahl zu graben.

Eine ganze Minute hielt der Säugling die Luft an und ließ nichts hinaus, ballte die kleinen Fäuste der Mondsichel entgegen und strampelte die Dunkelheit mit seinen nackten Beinchen weg. Es lag kein Schmerz in meinen Armen, die die Erde aufwühlten, nur eine verzweifelte Erschöpfung am Ende des Jahres, der Wunsch, dieses Weinen möge so schnell wie möglich verstummen. Sollte sich der Tod den Sohn holen, um den ich nie gebeten hatte, und das Blut aus seinen zarten Adern.

Als das Loch tief genug war, legte ich den kleinen Körper hinein. Dann sprang ich mit noch erdverkrusteten Händen auf und rannte weg, stolperte, rappelte mich wieder auf, schlug mir die Hände über die Ohren, um sie vor dem immer schwächer werdenden Weinen zu schützen, vor der Erinnerung an meine Tat, vor der Kälte, die alles zerstörte. Ich lief, ohne zu wissen, wohin, mit geschlossenen Augen und abgestorbenem Herzen, rannte davon vor meiner Schuld und endete doch bei jedem Schritt wieder mitten darin.

Irgendwo in Wald und Dunkelheit blieb ich stehen und bemerkte, dass der Hund nicht mehr bei mir war. Der Wind hatte sich gelegt, er wehte jetzt sanft und leckte den Schweiß von meinem erschöpften Körper. Ich spürte, wie ein blutiges Rinnsal an meinen Beinen herablief, mein Blut vermischt mit dem des soeben Geborenen, ungewollter Herzschlag, unter Gewalt in meinem Bauch entstanden, zu Haut, Knochen und Herz geworden, herausgeglitten zwischen meinen Beinen, mit mir verbunden, Hände und Füße, wie Fleisch von meinem Fleisch.

»Was habe ich getan?«, fragte ich, das Gesicht zum Boden gewandt, und mir schien es, als hätte ich alles begraben, was noch von meinem Herzen am Leben war. Die Nacht kauerte wie ein schwarzes Laken über dem Wald, hier und da zerschnitten von der Sichel des Mondes. Etwas strich durch die Dunkelheit, ein Schatten, vielleicht ein Fuchs auf dem Weg zu seinem Bau. Ich sah ein Augenpaar aufleuchten wie zwei kleine Fackeln, dann war da wieder nichts.

»Was habe ich getan?«, wiederholte ich, während ich mit dem Atem, der mir noch geblieben war, meine Schritte zurückverfolgte und den Himmel anflehte, dass ich meinen Sohn noch lebend wiederfinden würde.

Als ich auf die Lichtung kam, saß da der Hund, er hatte

seine Schnauze auf die lockere Erde gelegt und winselte immer noch, denn das war seine Art einer Fürbitte. Ich warf mich auf die Knie und holte den kleinen Körper aus dem Boden.

»Was habe ich dir angetan?«, flüsterte ich, während ich das Kind fest an mich drückte und versuchte, seinen kältestarren Körper zu wärmen, indem ich seine Haut heftig rieb und aus meinem Mund warmen Atem in seine Kehle blies.

»Was habe ich dir angetan?«, fragte ich wieder, bis mir auf meine Frage ein leises Wimmern antwortete.

Er lebte noch, er lebte, der Frost hatte ihn sich nicht geholt. So schnell ich konnte, legte ich den Weg zum Heuschober zurück und hielt nach der Frau Ausschau, aber da war niemand, nicht der kleinste Hauch in der Stille dieser Zuflucht.

»Such«, sagte ich zu dem Hund, denn ich dachte, die Frau hielte sich noch irgendwo im Dunkeln verborgen, und er durchkämmte jeden Winkel, suchte witternd, mit angespannter Nase den Boden ab, aber vielleicht war da auch nie jemand gewesen, den er hätte suchen können. Von ihr blieb nur ein Geruch nach verrotteten Pflanzen zurück, nach vergessenen Dingen, zwischen Wasser und Mond. Ich legte das Kind auf das Stroh, und der Hund kauerte sich daneben, leckte ab und zu die kleinen Fäuste, die durch die Luft fuhren.

»Keiner wird dich fortbringen«, sagte ich zu dem Säugling, dann nahm ich ihn wieder hoch und drückte ihn fest an mich. Ich wusste nicht, womit ich seinen Hunger stillen konnte, aber er zeigte es mir, indem er seinen kleinen Mund öffnete und ihn an meine Brust presste. Ein Tropfen Milch glitt von seinen Lippen auf seine Wange herab, und ich begriff, dass diese Milch aus mir kam, dass ich selbst Nahrung und Leben war.

An diesem Morgen gab ich dem Kind den Namen, der mir der teuerste auf der Welt war, da mein Vater ihn getragen hatte: »Ich werde dich Giovanni nennen«, flüsterte ich meinem Sohn zu, »und ich werde dich so lieben, wie ich ihn geliebt habe.« Und so wurde ich in der kalten Morgendämmerung des neuen Jahres Mutter.

DAS ANGEBOT

Alles tat mir weh, als ich später am Tag erwachte. Schwer waren meine Beine, schwer der Kopf, hart die Erde unter mir, die meinen Schlaf empfangen hatte. Ich nahm meinen Sohn in den Arm und betrachtete ihn lange; die Arme, die Beine, die weiche Haut, die Falten, in denen Schweißperlen ruhten, diesen kleinen roten Fleck mitten auf der Stirn. Ich fuhr mit einem Finger darüber, er war warm und weich und rot wie reife Kirschen. Ich versuchte, mich zu erinnern, ob mein Vater auch so einen gehabt hatte, aber sein Bild schien mir so fern, wie ein Traum, der langsam in der lähmenden Verwirrtheit des Erwachens verblasst.

»Ich werde dir niemals sagen, was dein Vater für ein Mann gewesen ist«, flüsterte ich meinem Sohn ins Ohr. Hatte ich wirklich versucht, ihn zu töten? Meine noch immer schmutzigen Hände erzählten, dass ich ein Loch gegraben und das Kind der Erde übergeben hatte in der Hoffnung, dass es bald sterben möge, dass es aufhören möge zu atmen und zu weinen. Ich drückte den Jungen fest an mich und versuchte, die Erinnerung an die letzte Nacht auszulöschen, küsste ihn auf den Kopf, flüsterte ihm süße Worte ins Ohr, schwor ihm, ihn vor allem Übel zu beschützen.

Giovanni umklammerte meinen Finger und vergab mir, was

ich getan hatte. Mit geöffnetem Mund näherte er sich meiner Brust und bat mich um Milch und Trost, auch er bat um Vergessen, in dieser langen Nacht von meinen Armen gewiegt.

Den ganzen Tag verließ ich den Heuschober nicht, weil immer noch Blut zwischen meinen Beinen herausfloss, und mein Herz schlug langsam und kraftlos. Mit Stoffresten, das Geschenk einer Frau, weil ich ihren Mann dem Tode entrissen hatte, nähte ich Kleidung, um mein Kind darin zu hüllen, und eine Schärpe, in der ich meinen Sohn immer bei mir tragen konnte, wenn ich in den Wald ging.

Bei Sonnenuntergang, als ich beobachtete, wie die Sonnenstrahlen sich auf der Stirn meines Sohnes niederließen, hörte ich es zweimal schwach an der Tür klopfen. Der Hund, der bis dahin mit geschlossenen Augen zusammengerollt dagelegen hatte, sträubte das Fell und kam zu mir.

»Versteck dich«, sagte ich zu ihm, dann schob ich mir die Hippe unter die Bluse und drückte meinen Sohn, den ich auf dem Arm hielt, fest an mich. Ich hätte jeden getötet, der versucht hätte, ihm etwas anzutun. Mit bloßen Händen oder mit der Hippe hätte ich ohne Gewissensbisse getötet. Ich wusste, dass hinter der Tür nicht die Frau stand. Sie hätte nicht geklopft, sie wäre wie eine Furie hereingestürmt, wäre von oben über uns gekommen, durch den Boden heraufgekrochen, ohne sich vorher anzukündigen. Ich öffnete, und vor mir stand, etwas von der Schwelle entfernt, ihr Bruder, er hielt seinen Hut fest umklammert und hatte den Blick auf den Boden gesenkt.

»Mein Haus ist nun verwaist«, stieß er in einem Atemzug hervor, ohne mich anzusehen. »Wenn du mit mir kommst, wirst du so viel zu essen haben, wie du willst.« Als er aufblickte und meinen Sohn entdeckte, verzog er verächtlich das Gesicht, bleckte dabei die Zähne.

»Den kannst du auch mitnehmen«, sagte er, »es gibt ein großes, bequemes Bett.«

Er richtete die Augen auf mich, grub seine Blicke zwischen meine Kleider und zog mich damit aus, als er das Wort »Bett« aussprach. Er wollte mit seinem schweren Körper meinen Atem entzweibrechen, mich unter sich begraben, keuchender Atem an Atem, wie er es mit seiner Schwester getan hatte. Er wollte dasselbe, was auch der Carabiniere gewollt hatte, der mich mit der Waffe bedroht und erpresst und auf meine zerschlagene Haut gespuckt hatte.

Der Bruder zählte alles auf, was es bei ihm im Haus gab, er sprach von Ersparnissen, die mir und meinem Sohn gehören sollten. Der Hass presste mir erst die Kehle zusammen, ehe er zu meinen Wangen hochkroch und weiter mitten in die Augen.

»Wo ist deine Schwester?«, fragte ich ihn, und auf meine Frage verfärbten sich seine Wangen leicht, seine Hände kneteten den Hut, den er immer noch zwischen den Fingern hielt. Drei niedrig hängende Wolken glitten vorüber, dann trug der Wind etwas heran, einen Schrei oder ein Lachen, mitten aus dem Herzen des Waldes.

»Sie ist vor einem Monat gestorben«, sagte er, »sie hat geboren und ist gestorben. Ich habe sie im Wald begraben«, dabei zeigte er in die Dunkelheit, eine formlose Schwärze. Ich erzählte ihm nicht, was ich in der letzten Nacht im Heuschober gehört hatte, er hätte mir sowieso nicht geglaubt, doch als er ging, gaben meine Beine nach, und mein Gesicht wurde so weiß wie die Milch, die ich in meiner Brust trug. Bei Einbruch der Nacht befestigte ich einen Kranz aus Rosmarinzweigen an der Tür und zog einen Kreis aus Steinen, um die Seelen der Toten fernzuhalten.

4.

Enthauptung, hat der Richter gesagt. Für einen Monat in Einzelhaft, vor den anderen verborgen, bereits tot vor dem Sterben. Allein im Loch, allein mit der Dunkelheit und dem choleraverpesteten Wasser, hartem Brot, vielleicht nicht einmal dem. Und ich sterbe einfach nicht, ich kenne keine Strafe mehr, denn nun hat man mir alles genommen. Mein ewiges Leben mit dem Flug ins Loch, mein Herz entleert, meine Eingeweide verdorrt, allem trotzend. Werde ich dann endlich sterben, oder werde ich auch ohne Kopf weiterleben? Werden meine Arme, meine Beine leben, werden sie für immer auf der Suche nach meinem Sohn sein?

Enthauptung. *Jetzt fürchte ich mich doch, aber nicht vor dem Schmerz. Wie soll mich denn mein Vater ohne Kopf erkennen? Und wie werde ich ihn erkennen können ohne Augen, um nach ihm zu suchen, ohne Stimme, um nach ihm zu rufen? Wie werde ich den Weg ins Reich der Toten finden?*

Ich darf nicht enthauptet sterben, ich darf nicht den Mund verlieren, der den Namen meines Vaters und meines Sohnes ruft. Ich muss einen Weg finden, einen anderen Weg, um mit meinem ganzen Körper zu sterben.

DIE MÜDE KRANKHEIT

So kam der 31. Januar, ein Monat war seit der Geburt meines Sohnes vergangen. Jeden Tag nahm ich ihn mit mir in den Wald, erzählte ihm von seinem Großvater, wie er im Feuerschein des Kamins gesessen und gelesen hatte, von meinen Schwestern, von den Sternen, die im Himmel wohnen, und von den Pflanzen, die in der Erde verwurzelt sind. All das, was Großmutter Agata meinem Vater beigebracht hatte und er wiederum mir, schenkte ich nun ihm, ich deckte ihn mit Worten und mit Küssen zu, nannte ihn Blut von meinem Blut. Giovanni, geliebter, ungewollter Sohn.

Abends legte sich der Hund neben uns und wärmte uns mit der Luft, die seiner Schnauze entströmte; wenn ich dann den Kopf auf seinen Rücken legte, konnte ich den Atem meines Vaters spüren, den sanften Hauch, der uns alle einhüllte. Tag um Tag verging, und mein Sohn wuchs. Ich machte mir keine Gedanken über meine Zukunft, stellte mir nichts vor bis auf das weitere Leben Giovannis, erst Knospe und dann sich öffnende Blüte, gebadet vom Licht der Sonne und vom Morgentau. Um ihn zu beschützen, verbrannte ich Eukalyptusblätter, zerstampfte Beeren und Zweige, pflanzte rings um den Heuschober Kräuter an, Rosmarin und Weißdorn, damit seine Schwelle für Cholera und Gespenster unüberwindbar bliebe.

Der Geist jener Frau kehrte nie mehr zurück, nur in meinen Träumen erschien sie mir von Zeit zu Zeit oder in einem Gelächter, das der Wind herbeitrug. Ihr Bruder klopfte nie wieder an meine Tür, niemand kam mehr, weder Mensch noch Geist, mit Drohungen oder Bitten zu mir. Der Heuschober war stets angefüllt mit Aufgüssen, jedes Heilmittel trug einen Namen, die Kräuter lagen in der Sonne zum Trocknen. Erkrankte jemand, so ging nun ich zu ihm und ließ meinen Sohn schlafend im Stroh versteckt zurück. Niemand würde ihm etwas antun, solange der Hund da war, um ihn zu beschützen.

Jeden Abend, bevor ich den Heuschober betrat, ging ich erst an den Fluss und wusch mich, ich rieb meine Kleider mit Seife ein und scheuerte sie gründlich. Mich hätte der Kummer getötet, wäre mein Sohn erkrankt, hätte der Pesthauch an seinem Fleisch geleckt und seinen Atem für immer ausgelöscht. Er und ich ganz allein auf der Welt, ein einziger Faden aus Lebensatem, der nicht riss und den man nicht zertrennen durfte.

Außerhalb des Heuschobers, außerhalb unserer geschützten, stillen Welt wurde weiter gestorben; die Krankheit riss die Körper mit sich, wie der Fluss im Winter, wenn er von »zornigem« Wasser angeschwollen ist. Manch einer, der noch gesund war, nahm sein Pferd und seine Siebensachen und brach auf, weil er sich vor den Grenzen des Dorfes das Paradies erträumte.

Im Februar war die Cholera schließlich das Töten müde geworden, sie wurde so langsam wie die Arme eines Greises. Ab und zu holte sie sich noch einen, mehr aus Langeweile als aus Gier, ein Kind oder einen Alten, ließ Pusteln ausbrechen und drang so in den Körper ein, bis das Fleisch ausgezehrt war. Auch die unheilvolle Krankheit wurde alt, wehmütig, und erschöpft erinnerte sie sich daran, als sie noch eine kräftige Lunge gehabt und ohne Unterlass ihren Pesthauch ausgestoßen hatte, als für zehn, die davonkamen, hundert starben, so schnell, dass nicht einmal Zeit für einen Rosenkranz blieb. Damit man mich nicht aus dem Dorf jagte, fing ich an, Zähne zu ziehen, Leute zur Ader zu lassen und mit dem Monatsblut der Frauen Zauber und Liebestränke zu brauen.

3.

Im Bauch der Erde können die Augen nicht sehen, die Stille zählt meine Atemzüge. Eins, zwei, drei, vier… ich zähle bis hundert, und dann schlafe ich ein. Ich träume vom Herzen des Carabiniere, rot ist es, rostig rot; ich stecke es in einen Beutel und fliehe, fliege dahin, aber er holt mich ein mit diesem Loch in der Brust. Er will es wiederhaben, sein Herz, er wühlt in meinem Beutel, aber da ist nichts, nur der triefende, noch warme Stoff.

»Buttana«, *sagt er, Hure nennt er mich, und seine Stimme kommt direkt aus der Brust. Ich spüre Blut im Mund, es ist bitter, ich kaue, schlucke, wache auf. Ein weiterer Zahn ist ausgefallen, ein weiterer Zahn, den ich die Kehle hinunterschicke und mir dabei vorstelle, es wäre Brot.*

Enthauptet darf ich nicht sterben. Mit meinem Kopf muss ich unter die Toten gehen, mit meinem Mund muss ich meinen Vater rufen. Mit der wenigen Kraft, die mir geblieben ist, erhebe ich mich und schreie laut: Beleidigungen fortlaufend wie Kettenglieder, Unheilsschwüre, die sich an die Wände klammern, nach oben zur Luke klettern, dort hinaus, bis an die Ohren von irgendeinem betrunkenen Wärter. Ich bezichtige mich, an allem schuld zu sein, an der Cholera und dem Leid, an dem Seuchenhauch vom Monte Pellegrino, ich kün-

dige weitere Tote an, Tote über Tote, bis nicht mehr genug Raum sein wird, sie alle aufzunehmen.

Kommt, tretet ein in diesen Bauch aus dunkler Erde, wenn ihr den Mut habt. Kommt und tötet, macht mir mit Messern, Bissen und Peitschen den Garaus, nehmt euch meine Schenkel und mein Herz, schlagt mir Hände und Füße ab, reißt mir den Bauch auf, füllt die Seuche dort hinein, spuckt auf meine Eingeweide, aber lasst mir den Kopf, damit mein Vater mich erkennen kann. Kommt jetzt, denn mir geht die Kraft aus.

DER PRIESTER

Das Ende kam plötzlich, eines kalten Abends am 10. Februar 1899, mit einem dumpfen Schlag, der die Stille des Himmels zerriss. Jemand klopfte zwei Mal entschieden an die Tür, und ohne eine Antwort abzuwarten, wurde sie von einer schmalen bleichen Hand aufgerissen, während die andere den Ellenbogen eines kleinen Mädchens gepackt hielt und es gewaltsam in den Heuschober stieß. Das lange Gewand des Priesters wich vor dem wilden Knurren des Hundes ein wenig zurück, dann machte er zwei schwankende Schritte nach vorn, Zornesfunkeln in den Augen.

»Bind ihn an«, sagte er und wies auf den Hund, »halte ihn von mir fern.«

Ich nahm meinen Sohn in den Arm und drückte ihn fest an mich, dem Hund gab ich ein Zeichen, er solle sich hinlegen. Der Priester kam auf mich zu, während sein Schatten in die entgegengesetzte Richtung wanderte, sich zur offen gebliebenen Tür ausdehnte und in der Dunkelheit verlor, ein Schatten unter den Schatten der Nacht. Der Mann sah mich an, dann ging sein Blick zu den Fläschchen mit den Kräutersuden, die aufgereiht auf den Regalbrettern standen, er sog den von den getrockneten Blütenblättern freigesetzten Duft tief in sich ein, süße Aromen und doch schwer wie stehendes Sumpfwasser.

Woher kam dieser Mann? Ich hatte ihn noch nie im Dorf gesehen, daran hätte ich mich erinnert.

Groß war er, sehr hochgewachsen und so dürr, dass seine Schultern sich beugten wie manche Blumen unter der Last einer zu schweren Blüte (oder wie alte Frauen, wenn sie den Rosenkranz beten), und er stieß das kleine Mädchen mit einem Schlag von hinten in den Nacken vor sich in den Raum. Ungerührt sah er zu, wie es auf die Knie fiel, den Fall nur abgemildert durch die verwundeten Händchen; wie ein Grashalm kam es mir vor, so dünn war es, ein Stängel, der selbst beim sanftesten Windhauch umgeknickt wäre.

Der Hund, immer noch wachsam, hörte nicht auf zu knurren, fletschte die blitzenden Zähne vor den ausgezehrten Zügen des Priesters, der nur wenige Haare auf dem Kopf hatte und gar keine auf den geisterblassen Händen, die fortwährend glättend über den Stoff seines Gewandes fuhren.

Der ganze Raum verdichtete sich unter dem lauten Schlag der heftig pochenden Herzen zu einem einzigen Dröhnen.

»Die will mich nicht«, sagte der Mann und wies mit dem Kinn auf den gebeugten Rücken des Mädchens, ein kleiner Hügel, der von Schluchzern geschüttelt wurde. Ich sagte kein Wort, die Stille war ein schützender Mantel, der den Heuschober von allen Seiten umgab.

»Ihre Eltern haben sie mir gegeben, aber sie will mich nicht. Brau einen Zaubertrank, der sie in mich verliebt macht.«

Sie will dich nicht, und nicht einmal das mächtigste aller Kräuter kann das bewirken, was du verlangst. Dieser Gedanke wurde nicht laut ausgesprochen, nicht in Worte gefasst, aber er las ihn in meinem Kopf, in meinen Augen.

»Ich weiß, wer du bist«, zischte der Priester leise wie eine Schlange und zog aus der Tasche seines Gewandes einen zerknitterten Zeitungsausschnitt, es war der, den ich dem Carabiniere abgenommen und danach tief unten in meinem Beutel versteckt hatte. Angst wickelte sich um mich wie ein Schleier, machte mich blind und taub für alles um mich herum, und er musste nur in meine Augen sehen, um dort die Schuld zu erkennen.

»Eine Frau hat sich vor ein paar Monaten zu Fuß von Bisacquino zum Pfarrhaus von Campofiorito aufgemacht, nur um mir den hier zu übergeben«, sagte er und hielt den Zeitungsausschnitt hoch. »Sie hat gesagt, dass sie ihn verborgen zwischen deinen Sachen gefunden hat und dass du eine Hexe und eine Mörderin bist.«

Ich konnte mir gut vorstellen, wie die Augen der Frau wild gefunkelt hatten, während sie den Beutel durchwühlte, ihr boshaftes Gelächter über meine schlimmen Taten, angesichts des Verbrechens, das sich jedes Mal von Neuem vollzog, wenn die Tinte seine Geschichte erzählte. Ich sah vor mir, wie sie den Ausschnitt zusammenfaltete und hastig den Heuschober verließ, bevor ich aus dem Wald zurückkam, wie sie die Straße nahm, die aus dem Dorf hinausführte, wie sie mit gesenktem Kopf Kilometer um Kilometer lief, mit dem beharrlichen Schritt von jemandem, der an Flucht gewöhnt ist. Ab und zu auf dem Weg wird sie wohl den Kopf gehoben und ein irres Lachen zum Himmel hinaufgeschickt haben, das gleiche, das sie, so stellte ich mir vor, auch noch unter der Erde ausstieß, wo sie nun begraben lag. Glücklich und zufrieden, dass sie sich endlich gerächt hatte, dass es ihr gelungen war, mir das Böse anzutun, womit sie mir gedroht hatte.

Seit ich aus der Hütte geflohen war, hatte ich diesen Ausschnitt nicht mehr angefasst, und ich hatte nicht einmal bemerkt, dass man ihn mir gestohlen hatte. Der Priester faltete das Blatt zusammen und ließ es mit den auskostend langsamen Bewegungen eines Siegers in der großen Tasche seines Gewands verschwinden.

»Gib mir das, was ich brauche, dann werde ich dich nicht anzeigen. Mach, dass sie sich meinen Liebkosungen fügt«, sagte er und zeigte auf das zusammengekauerte Bündel zu seinen Füßen.

Weißt du überhaupt, was Liebe ist? Dieses Wort liegt falsch und widerlich in deinem Mund wie ranziger Speck auf dem Teller. Ich sprach mit meinen Augen zu ihm, und in meinen Augen erkannte er die Drohung.

»Hasse mich meinetwegen, so viel du willst, aber tu, was ich dir sage, sonst endest du im Gefängnis, ich bring dich in die Vicaria, und du siehst deinen Sohn nie wieder.« Er packte das kleine Mädchen am Kragen seiner Bluse und stellte es auf die Füße, wobei er es fest an den feinen schwarzen Haaren hielt.

»Ich habe das, was du brauchst«, sagte ich zu dem Priester, während ich versuchte, meine Gelassenheit wiederzufinden, mein Herz und meinen Atem zu beruhigen. Ich legte Giovanni auf dem Lager ab und machte mich daran, zwischen Fläschchen und Salben zu kramen, bis ich das Gesuchte fand. Aus seiner Ecke verfolgte der Hund jeden meiner Schritte, und immer, wenn der Priester etwas zu nahe an mich herankam, stieß er ein tiefes Knurren aus.

»Dies hier ist ein sehr mächtiger Liebestrank«, sagte ich zu dem Priester und hielt ihm ein Fläschchen mit einer dunklen

Flüssigkeit hin. »Den musst du heute Nacht trinken, während du auf deinem Bett liegst.«

Dann wies ich mit dem Kinn auf das kleine Mädchen. »Sie bleibt bei mir, denn heute Nacht dürft ihr nicht zusammen sein. Du wirst deinen Liebestrank trinken, sie den ihren, und morgen holst du sie wieder ab. So muss es geschehen, oder der Zauber wirkt nicht.«

Der Priester nahm das Fläschchen, umschloss es fest mit der Hand, darauf ging sein Blick erst zu mir, dann zu dem Mädchen.

»Wenn du nicht tust, was ich dir gesagt habe, wirst du gehenkt.«

Jedem seinen eigenen Tod, dachte ich und nickte stumm.

Nachdem der Priester gegangen war, blieb das Mädchen aufrecht und wie erstarrt stehen, geschüttelt von Schluchzen, ihre Tränen bildeten zarte Muster im Staub auf dem Boden. Ich ging zu ihr und sprach die übrige Nacht leise auf sie ein, versuchte sie zu beruhigen, ihren eiskalten Rücken mit einer Decke zu wärmen.

Ich wusste, was sie zu Hause erwartete, mit welchen Worten ihre Eltern sie bei ihrer Rückkehr empfangen würden, aber ich konnte nichts für sie tun, ich konnte sie nicht bei mir behalten.

Bei Tagesanbruch, nachdem sie ein paar Stunden geschlafen hatte, ließ ich sie ziehen.

»Er kann dir nichts mehr antun«, sagte ich zu ihr, »geh nach Hause zurück.«

Sie flog davon wie ein Vögelchen, wenn man den Käfig öffnet, und mein Blick folgte ihr, bis sie hinter einer bröckelnden Mauer verschwunden war.

2.

Aus diesen ungezählten dunklen Tagen, so fest aneinanderhängend, dass sie mir wie ein einziger endlos langer vorkamen, kann ich nur von meinen Schreien erzählen, die das Dach durchschlugen, den Himmel beschmutzten und einen Gewittersturm entfachten.

»Kommt doch«, schrie ich, »tötet mich, oder ich töte euch mit meinen Hexenbannsprüchen, mit dem verpesteten Cholerahauch. Tötet mich, und ihr kommt alle heil davon.«

Aus diesen Tagen kann ich von der Dunkelheit erzählen, von meinem Plan, wie ich doch mitsamt meinem Kopf zu Tode kommen könnte, um mir den Mund zu bewahren, der mir noch viele weitere tausend Male dazu dienen wird, »Vater« zu sagen und den Namen meines Sohnes, um mir die Augen zu bewahren, die die beiden auf ewig betrachten wollen. Dieselben Augen, die ich hier unten im Loch geschlossen halte; denn mit geschlossenen Augen kann man sich die Welt erfinden, Gitterstäbe durchteilen und schwerelos reisen, hin zu den Tagen voll Aprikosen, draußen in der Sonne, hin zu den Träumen kleiner Mädchen. Mit geschlossenen Augen wird die Zelle zu Wasser und zerbirst in so kleine Stückchen, dass der Wind sie mit sich fortträgt.

Schließlich, nach Tagen, die angefüllt waren mit dunklen

Schreien des Hasses, mit Fingern, die scharrten, kratzten, bis die Nägel abbrachen, kommt jemand, vielleicht ein Wärter, um meinen Atem zu brechen. Er öffnet die Luke, wirbelt Staub dabei auf, lässt eine Leiter herab.

Steht der Richtblock etwa schon bereit? Kommt er deswegen? Bringt er mich auf die Piazza vor die geifernde Meute? Wird er mich dem Henker übergeben? Nein, kein Befehl eines anderen ist es, der ihn Sprosse für Sprosse zu mir herabtreibt, unter Flüchen, die sich mit der Dunkelheit vereinen, unter heftigem Klirren der Schlüssel gegen die eiserne Leiter.

Kommt er meinetwegen herunter? Um mir das Schweigen einzubläuen, zu dem ich nicht in der Lage bin? Ehe alles beginnt, sehen wir uns an, wir sind aus dem gleichen verrotteten Fleisch gemacht und schon tot. Wir sind gleich, gleich ist auch unser Hass, fest und dick wie der Lederriemen, den er in der Hand hält, um damit hart auf mich einzuschlagen. Wir sind gleich, am Leben und doch bereits tot, tief unten im Bauch der schwarzen Erde.

BLAUER EISENHUT

Kurz nach Einbruch der Dunkelheit kamen sie, um mich zu holen. Der Priester war nach Hause zurückgekehrt und hatte getan, was ich ihm gesagt hatte: Er hatte sich auf sein Bett gelegt, das Fläschchen entkorkt und vertrauensvoll die dunkle Flüssigkeit getrunken, ohne die in den Tropfen verborgene Stimme der Bedrohung zu hören. Der Blaue Eisenhut hat blaue Blüten, hübsch anzuschauen, aber tödlich für das Blut. Ich hatte sie ausgerissen, ohne Klingen oder andere Gerätschaften aus Eisen zu benutzen, in der sengenden Sonne ausgebreitet, sie gestampft und zerrieben, jeden einzelnen Tropfen Gift hatte ich aus dem Fleisch der Blätter gepresst. Nur wenige dunkle Tropfen, die nichts von der einstigen Schönheit der Blüte hatten. Hatte man sie einmal getrunken, stellte sich innerhalb einer Stunde der Schmerz ein, heftig, brennend wie Peitschenhiebe, die Eingeweide zersetzten sich zu einer schlammigen Brühe, und das Herz brach in tausend Stücke wie Glas.

Als der Priester sich krümmte, die Arme eng um den Körper presste, als sein Herz raste wie verrückt, hatte er das Mädchen und die eingeforderte Liebe vergessen; er hatte alles vergessen bis auf seine Schuld. Und als sein Leben durch den vom Gift schaumigen Mund entwich, hatte er vor seinem letzten Atemzug, der sich zwischen seinen Zähnen verfangen hatte, noch meinen Namen genannt.

»Die Hexe hat mich vergiftet. Erschlagt sie wie einen Hund.«

Ich schlief, als vier Wachen die Tür des Heuschobers aufrissen. Mein Sohn begann zu weinen, der Hund bellte laut, und meine Augen schleuderten Blitze. Die Wachen durchteilten die Luft wie ein Sturmwind, sie zerbrachen Flaschen, gossen Flüssigkeiten aus, warfen meine wenigen Habseligkeiten hoch in die Luft.

»Kommt nicht näher«, schrie ich sie an, aber sie lachten nur laut in einem Regen aus Glasscherben und eingelegten Pflanzen. Sie entrissen mir meinen Sohn, pressten ihre Hände fest auf meinen Mund, der schrie und biss, packten meine Arme, die die Luft zerkratzten. Ich schrie so laut, dass es die Stille der Nacht zerriss, ich trat um mich und verwünschte sie, doch mein Sohn war schon nicht mehr bei mir, so weit entfernt, dass ich nicht einmal sein Weinen mehr hörte. Der Hund bellte und biss für mich zu, seine Zähne waren meine, mein waren auch seine kratzenden Krallen, mein die wilde Wut in seinen getrübten Augen.

»Lauf weg«, rief ich, bevor man mir wieder den Mund stopfte, doch er griff sie nur noch heftiger an, zerfetzte Haut an Armen und Beinen, zielte genau auf die Kehlen.

Sie schleppten mich fort zu einem windschiefen Karren, während alles in mir nur den Namen meines Sohnes schrie, ich beschwor ihn zwischen den Bäumen und der Erde, hinter jedem Baumstumpf, im Gesang eines jeden Vogels. Ein Stoß, und ich war auf dem Karren, blindwütige Fußtritte zwangen mich in eine Ecke.

Ich wandte mich nach dem Heuschober um, und im gleichen Moment sauste der Stock eines Wächters auf den Kopf des Hundes herab, doch der wich geschwind aus und floh zum Wald hin. Ich betete stumm, dass er weiterlaufen würde, ohne sich noch einmal umzudrehen, dass er fliehen würde, bis ihm der Atem ausging, doch gleich darauf blieb er stehen und jaulte zum Karren herüber. Sein langes fiependes Winseln erhob sich hoch hinauf zu den Häusern, es drang hinter die Fensterscheiben der Menschen, die dort standen und gafften, es wand sich um die Räder des Karrens, bahnte sich einen Weg in meine Kleider, unter die Haut, in meinen Bauch; zwischen Knochen und Schmerzen suchte er nach mir.

»Lauf weg«, sagte ich noch einmal leise und blickte ihm in die großen, sanften Augen, die mich ansahen, als wäre ich eine verlorene Tochter.

Diese Augen wussten viele Geschichten zu erzählen, und ich hatte sie mir alle angehört, an den Winterabenden vor dem knisternden Feuer. Seine geweiteten Augen waren ganze Abenteuerbücher, Seiten, die niemand ausreißen konnte.

»Lauf«, sagte ich, bewegte die Lippen und bewegte Tränen, damit er in beidem die Gefahr für sich erkennen möge, und daraufhin wandte er mir den Rücken zu und lief so schnell weg, wie er konnte, weg vom Feuer und den Stockschlägen, und ließ einen Haufen hochwirbelnder trockener Blätter hinter sich.

I.

Er wird mich schon lehren, still zu sein, er wird mir das Ende beibringen, das alle Hexen erwartet: Das sagt mir der Wärter, nachdem er im Loch angekommen ist, das sagen mir seine glänzende Zunge, seine neue Peitsche. Den Kopf hocherhoben, auf dem Hals, der immer noch zu mir gehört, warte ich darauf, dass der Schlag niedergeht. Und er kommt, ein pfeifender Laut und ein Luftzug gehen ihm voraus. Ich bohre die Fingernägel in alles, was weich ist, presse die Lippen fest zusammen, halte den Atem an. Ich erwarte den Schmerz, aber ich spüre ihn nicht; es ist vielmehr der Wind, der mich verletzt, der Luftzug vor dem Leder, der den Gestank aus dem Dunkel des Lochs mit sich trägt.

Schau mir ins Gesicht, während du zuschlägst. Schau mir in die Augen, lass den Kopf oben. *Jeder Peitschenhieb hat seinen eigenen Luftzug, jedes Mal anders. Erst scharf und kalt, wie eine Messerklinge, dann schwer wie der Schirokko, wenn der Arm erlahmt. Jeder Peitschenhieb zieht einen Schweif an Worten hinter sich her, einen Striemen aus gespuckten Beleidigungen, wie »Eine Mörderin bist du, eine Hexe dazu, bei dir braucht es den Stock, der die Knochen bricht«.*

Ich spucke ebenfalls, ihm ins Gesicht und auf die Peitsche, und lache laut, um ihm zu zeigen, dass ich keinen Schmerz spüre, denn ich habe kein Fleisch mehr, auf das man schlagen kann. Ich bin schon so gut wie tot, aber ich lache noch und blute. Er begreift nicht, was es da zu lachen gibt, und sorgt für noch mehr Wind mit der Peitsche, sein Schweiß tränkt meine Lumpen. Ich lache, und dann spucke ich, denn so machen das die Hexen.

Was ist stärker? Die Angst vor meinem vergifteten Speichel oder der Hass in deinem Herzen? Was verleiht deinem Arm den Schwung, wenn die Faust vorschnellt, wenn sie niedergeht wie die Sterne der Laurentiusnacht?

Erinnerst du dich, Vater, an die Sterne? Wie viele von ihnen fielen in den feuersprühenden Augustnächten? Ich stand da mit offenem Mund, und in der Zeitspanne, während das Licht aufleuchtete und dann verglühte, wünschte ich mir, du mögest ewig gesund bleiben, dir und meinen Schwestern möge es wohlergehen in unseren künftigen Tagen.

Auch jetzt wünsche ich mir etwas, nun, da ich totgeprügelt werde, Schlag um Schlag mehr sterbe. Bei jedem Lichtblitz und dem folgenden Schmerz, bei jedem neuen Pfad aus Blut wünsche ich dich herbei, der du mir immer ein Vater gewesen bist. Die Faust geht nieder und hebt sich wieder, ich weiß nicht mehr, wohin und wie oft. Jeder Teil meines Körpers, der bricht, der stirbt, lässt mir noch die Zeit, mich zu verabschieden. Bewusstlos bin ich, halte die Augen geschlossen, jene Augen, die einst voll Licht, Streifen von Himmelsblau, Stimmen, Lieder waren. In diesem Himmel, in den ich verschwinde, lebt der Atem des Hundes, der gekommen ist, um meine Wunden zu lecken, da sind im Schatten eines großen Baumes mein Sohn und mein Vater.

»Lu cielu è 'na cuperta arraccamata, la luna tra li stiddi fa la spia. – *Der Himmel ist eine wärmende Decke, der Mond lugt zwischen den Sternen hervor*«, *ertönt eine Stimme, sie fließt von den Zweigen herab, tröpfelt auf die Erde, tränkt sie.* »Stanotti la me casa fu lu cielu, foru li stiddi ca mi ripararu. – *Heute Nacht war der Himmel mein Haus, die Sterne draußen beschützten mich.*«

Ich singe, um keinen Schmerz zu spüren. Ich erinnere mich an alle Worte, jemand hat sie mir beigebracht. Nein, nicht meine Mutter, die sang keine Lieder. Der Wärter hält mir den Mund zu, um mich am Singen zu hindern, und ich beiße in seine Hand. Ich bin nicht allein, da ist der Hund, um mich zu verteidigen, er knurrt und fletscht die Zähne.

Er spricht mit der Stimme meines Vaters zu mir, der unter der Erde hervorgekommen ist. »Pi' materazzu appi' lu tirrenu e pi' cuscinu un carduneddu amaru. – *Als Lager hatte ich die harte Erde, als Kissen eine stachelige Distel.*« *Ich sehe, wie der Mann die Peitsche fortwirft, mit den nun leeren Händen die Hosen herablässt und sich auf meinen zerschlagenen Körper wirft.*

Deswegen also bist du in die Dunkelheit zur Hexe herabgestiegen, ganz allein, mit vor Kälte und Angst klappernden Zähnen. Du bist nur wegen meiner gespreizten Schenkel in diesen dunklen Bauch gekommen. *Während du mich besteigst, an mir zerrst und mich zerkratzt, schließen sich deine Hände um meinen Hals: »Still, du musst still sein, keiner darf dich hören.«*

Ich sehe dich, keuchend wie ein Tier, diesen Rücken, der bei jedem Stoß zuckt, der mich tot zurücklässt. Ich sehe dich, wäh-

rend ich in den Himmel verschwinde, so weit hinauf, dass du mir nichts mehr tun kannst. Ich bin sicher zwischen dem wärmenden Atem des Hundes und den Augen meines Vaters, je stärker du das Fleisch meines Halses zusammendrückst, desto mehr Luft bekomme ich und steige nach oben, hinaus aus der steinernen Zelle, lasse dir den Moder und den Gestank. Du drückst zu, damit der Körper stirbt und keinen Atem mehr hat zum Singen. Du drückst zu, und mein Herz schläft ein. Ich verdrehe die Augen zu den Sternen, die ich nicht sehe.

0.

Als sie kommen, um mich zu holen, ist es schon lange Tag. Zu zweit kommen sie nach unten, mit sauberen Kleidern für den großen Anlass, auf dass die der Strafe Unterliegende zum Richtblock gehe, die Hexe, die den Giftwind wehen lässt. Vor dem Henker wird die kaltblütige Mörderin den Kopf neigen, ihr schwarzes, sündenschweres Herz darbieten.

Sie bringen für mich ein neues Gewand mit, einen langen Fetzen, frisch gewaschen, denn sauber soll ich sein, wenn man mich anspuckt, wenn ich an der Kette bis vors Henkersbeil geschleppt werde. Als Luft, zu der ich geworden bin, betrachte ich euch, wie ihr in den dunklen Bauch eindringt. Das bin nicht ich, dieser Haufen zerschlagene Knochen, dieses schmutzige Bündel, dieser gebrochene Hals, dem kein Atem mehr entströmt, diese offenen Augen, die auf die Schwärze der Steine starren. Das bin nicht ich, weil der Wärter mir die Flucht geschenkt hat, er hat meinen Hals zugedrückt, bis er brach, und alles an mir hat sich in Dunst verwandelt: Leicht bin ich davongegangen, leicht wie der Nebel der Morgendämmerung, und habe im Loch nur meinen zerschlagenen Körper zurückgelassen.

Leicht bin ich in den Himmel über Palermo aufgestiegen, und ich brauchte keine Finger, um nach den Sternen zu greifen.

Tagelang bin ich geflogen, habe meinen Sohn in jedem Winkel des Himmelszeltes gesucht, habe dunkle Regentränen auf die Dächer der Häuser vergossen.

Nun ist mein Vater bei mir, Duft und Lufthauch, zusammen mit allen Toten, so viele sind es, dass kein Blau mehr zu sehen ist. Er sagt, dass es meinem Sohn gut geht, dass er ein langes, glückliches Leben vor sich hat und mich niemals vergessen wird. Mühelos heben die Wachen mich hoch, ich kann sehen, wie schnell ihr Herz klopft, kann die Überraschung und die Wut sehen, weil sie mich tot vorgefunden haben, weil es kein Fest für den Henker geben wird, weil sie ohne die Genugtuung der Rache nach Hause zurückkehren müssen.

Einer packt die Beine, der andere die Arme, so tragen sie mich hinaus ins gelbe Licht der Sonne, die ich auf meinen toten Knochen zu spüren glaube. Nicht einmal die Augen schließen sie mir, der Hexe und Mörderin, alles soll ich sehen, jedes Stück Holz, das sie auf der Piazza aufstapeln, jedes Aufheulen der Flamme, die das Holz verschlingt. Offen lassen sie mir die Augen, für mich gibt es kein Mitleid; soll doch die Angst meinen toten Körper verschlingen.

Mit einem Schrei werfen sie mich ins Feuer, während die Piazza ausbricht in Bekreuzigungen und Rufe nach Gerechtigkeit, in Flüche und Gebete und Freudentränen. Ich sehe, wie mein Körper verbrennt, die Flammen zum Himmel aufsteigen, das Feuer leckt und streichelt. Sobald das Fleisch verbrannt ist, bleibt bloß Wind von mir. Weiß wie Milch liegen inmitten der dunklen Asche die Knochen der Hexe, sie soll in der Hölle brennen.

GIOVANNI

Giovanni heiße ich, Johannes, »wie Jesus' Lieblingsjünger«, pflegt meine Mutter zu sagen, die die Heilige Schrift in- und auswendig kennt. Ich bin fünfzehn Jahre alt, aber aus meinem alten Leben erinnere ich kaum noch etwas, nur kleine Punkte, die herumgeistern wie Glühwürmchen über einem Feld und genau wie diese flattern und verschwinden, wenn ich danach zu greifen versuche. Ich weiß, dass mich mein Name begleitet, seit ich auf der Welt bin, also schon lange bevor meine Adoptiveltern mich in dieses große Haus brachten, vollgehängt mit Bildern ihrer Vorfahren und von Heiligen, dessen hohe Fenster auf das brettflache Meer von Palermo gehen.

Ich weiß auch, dass ich dünn bin und »sehr groß für mein Alter« (das sagen meine Eltern immer), dass meine Haut so weiß wie Milch ist und meine Augen braun wie Haselnüsse, die von Bäumen herabgefallen sind; ich habe Sommersprossen auf der Nase und rote Haare, geschwungen wie die Wellen des Meeres, das im Hafen gefangen ist. Mitten auf meiner Stirn schläft ein kirschroter Fleck, der aussieht wie ein gebrochenes Herz, ich fahre gern mit den Fingern darüber, während ich irgendwo sitze und lese, spüre gern die weiche warme Haut, stelle mir vor, dass auch die Finger der Frau, die mich auf die Welt gebracht hat, dort verweilten und dass ich, wenn ich diese Stelle berühre, auch sie, meine Mutter, einen Augenblick lang berühre.

Von ihr, von meiner richtigen Mutter weiß ich nichts, weder ihren Namen noch ihre Vergangenheit; ich weiß nur eins, dass sie eine Frau war, deren Seele »von Sünden verdorben war«, so erzählten es jedenfalls die Mönche im Waisenhaus, und dass sie für ihre Schuld bestraft wurde.

»Wie wurde sie bestraft?«, fragte ich, aber als Antwort erhielt ich nur Schweigen und das Gemurmel ihrer Münder, die Gebete sprachen. Sie beteten den ganzen Tag, vor dampfenden Suppen auf den Tischen im Refektorium oder in dem kalten Saal, in dem man schlief, und wenn einer von uns Schülern die Worte des Vaterunsers nicht wusste, wurde er mit dem »Zungenkreuz« bestraft, bei dem man mit der warmen Zunge auf dem Boden ein Kreuz ziehen musste, um so unseren Herrn Jesus oben im Himmel um Verzeihung zu bitten.

Wenn wir gerade nicht mit Gebet oder Lektüre beschäftigt waren, verbrachten wir Waisenkinder die Zeit im Gemüsegarten, den wir umgraben mussten, mit Blindekuh im Hof oder mit stummem Warten, die Augen gebannt auf das große Tor gerichtet. Viele Kinder trugen ein Bändchen am Arm mit der Hälfte einer in der Mitte durchgebrochenen Metallscheibe. Die Mönche sagten, ihre Mütter hätten sie den Neugeborenen am Handgelenk befestigt, bevor sie sie in die Drehlade gelegt hatten, und die andere Hälfte der Scheibe für sich behalten.

»Da drauf stehen mein Name und mein Geburtsdatum«, erklärte mir Antonio, einer der Waisenjungen, und zeigte mir den durchgebrochenen Kreis, der mit einem Stück dünner Schnur an seinem Handgelenk befestigt war. »So kann meine

Mutter mich wiedererkennen, wenn sie kommt, um mich zu holen.«

Das Warten auf die Mütter war eine Leere, die in unserer Brust pochte wie das dumpfe Schlagen unserer Herzen in der Stille des Schlafsaals. Die Hoffnung war so groß wie manche Blasen, wenn man Wasser in einem großen Topf auf dem Feuer zum Kochen bringt, und wie bei den Blasen im Wasser blieb, wenn sie zerplatzte, nichts als Luft zurück. Jeden Morgen rannten wir in den Hof und hofften, dort eine Reihe von Müttern vorzufinden, die alle ihre Armbänder fest umgebunden hätten. Auch ich hoffte, obwohl ich am Handgelenk nichts als ein Geflecht blauer Adern hatte.

Nie kam eine Mutter, um uns zu holen, aber eines Tages öffnete sich das große Tor mit einem Ächzen, das wie das Stöhnen eines alten Mannes klang, und eine vornehme, schöne Kutsche hielt vor unseren Augen an. Dass dies ein ganz besonderer Tag sein würde, hatten wir schon in den frühen Morgenstunden begriffen, als die Mönche sich über unsere Hälse hermachten und sie kräftig schrubbten und mit erhobenem Zeigefinger immer wieder Empfehlungen und Ermahnungen aussprachen. Dann alle ab in eine Reihe, in neuen Sachen, deren steifer Stoff kratzte.

Der Kutsche entstieg ein Mann in einem dunklen Anzug, groß und ernst, mit einem großen Schnurrbart, dessen Enden sich einrollten, und hinter ihm, elegant wie ein Wassertropfen auf einem Blatt, eine Frau mit einem großen Hut und Handschuhen aus Spitze. Staunend sahen wir sie auf uns zukommen und unsere schweigende Reihe abgehen, der Mann hielt die Hände hinter dem Rücken verschränkt, die Frau strich sanft über glatte Gesichter. Die letzte Liebkosung galt mir, auf diese Weise wählte sie mich aus, auf diese Weise wurde ich ihr Sohn.

Seit fünf Jahren habe ich einen Vater und eine Mutter, ein Zimmer mit Spielsachen und ein warmes Bett, um darin die Augen zu schließen. Mein Vater ist Chirurg, ein strenger, aber gerechter Mann, meine Mutter hat das gleiche sanfte Lächeln wie die Madonna auf dem Gemälde, das über dem Esstisch hängt. Tagsüber gehe ich zur Schule, wo ich gelernt habe zu lesen, ohne dabei den Worten mit dem Finger unter der Zeile zu folgen: Lesen, mir die Menschen aus den Büchern vorstellen, sodass sie real werden, ihre Lippen bewegen und mir in die Augen schauen, das ist mir das Liebste, neben dem sanften Blick von Hundeaugen. Wenn ich nach Hause zurückkehre, erwartet mich ein großer Streuner schon am Gartentor, denn er weiß, dass ich immer etwas zu fressen für ihn dabeihabe: ein Marmeladenbrötchen, das ich vom Mittagessen aufgehoben habe, ein Stück Trockenfleisch, das ich in der Speisekammer stibitzt habe, einen kleinen Apfel. Meine Schulkameraden sagen, dass der Hund gefährlich ist, und werfen mit Steinen nach ihm, um ihn zu vertreiben, aber ich weiß, dass er mir nichts tun wird; mit zum Himmel gerecktem Schwanz, schwerfällig und schwankend wie manche Schiffe, wenn sie in den Hafen von Palermo einlaufen, kommt er auf mich zugerannt, setzt sich vor mich und sieht mich mit seinen großen schwarzen Augen an, während ihm die Zunge seitlich aus dem Maul hängt. Zuweilen, wenn er dann auf dem Boden zusammengekauert liegt und frisst, erzähle ich ihm von meiner Mutter, ich sage ihm, wie ich sie in meinen Träumen sehe, wie ich mir ihre Stimme vorstelle, dann schaut er zu mir auf, und es kommt mir so vor, als würde er mir zuhören.

Ich denke fortwährend an sie, aber das Warten lässt mein Herz nicht mehr schneller schlagen, nimmt mir nicht mehr den Atem wie früher im Waisenhaus: Es hat sich in einen sanfteren Gedanken verwandelt, in ein ruhigeres Gewässer. Wenn ich im Bett liege und das Meer singen höre, versuche ich mir ihr Gesicht vorzustellen, ich frage mich, ob sie ihre Schuld verbüßt hat und ob ihre Seele eines Tages wieder so rein sein wird wie die Blätter eines neuen Schulhefts. Mir gefällt der Gedanke, dass sie sich nicht an einem bestimmten Ort der Welt aufhält, sondern dass sie aus Wind gemacht ist, der keinen Körper besitzt, aus Luft, die alle Himmel erfüllt, auch den über meinem Kopf. Manchmal spüre ich, wie sie kommt und mich umkreist, um sich dann leicht wie eine Feder zwischen dem Bett und dem Fenster niederzulassen und mich mit ihrem unsichtbaren Mund anzulächeln. Das ist unser Geheimnis, und ich weiß genau, dass sie da ist, so wie ich weiß, dass es das Meer gibt, wie ich weiß, dass ich geboren wurde. Wenn ich möchte, dass sie mir ganz nah ist, sage ich: »Komm«, und schon ist sie da und zerzaust mir mit ihren durchsichtigen Fingern die Haare, manchmal blättert sie auch Seiten in einem Buch um.

Ich nenne ihn »Mutter«, diesen Wind voller Liebe, denn einen anderen Namen kenne ich nicht.